朴斗鎭의 生涯와 文學

林英珠 著

국학자료원

| 책머리에 |

이 책은 박두진 문학 전반에 관하여 논의한 필자의 박사학위 논문이다. 논의의 동기는 혜산 박두진의 연구가 불모였던 까닭이었고, 그의 삶의 모습과 시에 많은 관심이 모아졌던 이유에서였다.

'청록파'라고 지칭되었던 조지훈, 박목월, 박두진 세 시인 가운데 앞의 두 시인은 학위 논문이나 기타의 통로를 통하여 전반적인 논의가 활발히 이루어졌던 것에 반해 박두진은 생존 작가라서였는지 - 필자가 박두진 연구를 시작했던 '97년 혜산은 생존하였고 98년 여름 타계하였다. - 전반적으로 연구가 미흡한 상태였었다. 1993년~1994년 두 해 동안 계속해서 신촌의 자택에서 들었던 혜산 선생의 강의는 참으로 인상적이었고, 그의 시와 그의 모습은 일치된 느낌으로 다가왔다. 이 시대의 대시인이 함께 호흡하고 있다는 극히 개인적인 감동이 그를 더욱 연구하고 싶게 만들었는지 모르겠다. 2년 여 동안 혜산 선생을 참으로 사모했다. 그가 소학교 시절 통학했던, 다복솔 깔린 숲길을 걸으며, 청년시절 그리도 오르길 좋아했던 도봉산을 오르며 참다운 그의 연구를 많이 기원했다.

그래서 이 책은 그 시기의 열정 그대로를 훼손시키고 싶지 않아 학위 논문 그대로를 실었다. 부끄러움과 자책은 두고두고 느끼리라 했다. 논문으로 펴낼 때의 부끄러움이 또 한 번 앞서지만, 여기에 특별히 내용을 더 보탠다면 혜산 사후의 애도문이나 감상문으로 흐를까 싶어 논문 그대로를 고스란히 담는다. 부족함과 미숙함을 느끼면서도 감히 용기를 내본 것은 이 글에 대한 열정과 그 과정을 너무도 사랑하기 때문이다.

혜산 선생과의 만남, 그의 마지막 강의를 들었던 제자로서, 그리고 혜산의 안성 고향 땅을 수도 없이 드나들었던 그 해의 봄과 여름, 가을을 많이 좋아했던 일개 문학도로서의 나를 되돌아본다. 논문의 마무리 이듬해 혜산 선생은 타계하셨고, 고향 안성 땅에 마련된 양지 바른 그의 무덤가에서 '삐이 삐이 배, 뱃종! 뱃종!' 하고 멧새들이 우는 소리를 들었던 1998년의 가을을 기억한다.

학문이란 감상이 아님을 알면서도 지나고 보면 모든 일이 아름답듯 학위논문의 그 과정도 아름답고 행복하였다. 이 행복했던 마음을 기억하며 이 책을 엮음에 선뜻 용기를 내어 본다. 학위 논문을 쓸 무렵 아낌없는 지도와 격려를 해주신 이영섭 교수님께 진정 감사드린다. 내 평생의 스승 류재엽 교수님께서 이 책을 내도록 격려해 주셨다. 항상 그렇듯 감사의 마음이 가득하다.

사랑하는 나의 가족들, 그리고 예쁘고 건강하게 자라주는 나의 원빈과 원호, 늘 고맙다.

2002년 늦은 가을에
남한산을 바라보며
필 자

| 목차 |

제1장

서 론

1. 연구 목적

1939년 ≪문장≫지에 <향현>, <묘지송>을 추천 받음으로써 시단에 나온 혜산(兮山)[1] 박두진은 지금까지 근 20권에 가까운 창작 시집과 시선집, 시론집, 에세이 등을 발간함으로써, 한국근대시사에서 중요한 자리를 차지하고 있는 시인이다. 반세기가 넘는 오랜 시작 활동과 적지 않은 작품으로 그의 시사적 위치는 확고한 반면, 그에 대한 연구는 미흡한 편이다.

혜산이 문단에 등단한 시기는 일제 강점기였고, 그 후 8 · 15 해방과 6 · 25 전쟁, 4 · 19와 5 · 16 등 일련의 역사적 사건들은 그의 시 세계에 뚜렷한 이정표로 나타난다. 그는 이러한 역사적 사건 속에서 그 사건과 현실을 외면하지 않으면서 나름의 독자적 시 세계를 펼쳐 왔다.

60여 년이라는 시작 기간과 1,000여 편이라는 방대한 작품을 놓고 볼 때 그의 시 세계에 있어 변모는 불가피하다고 본다. 그러나 그가 추구하는 세계는 변모의 과정을 거치면서 발전의 형태를 띠고 지향점을 향하고 있다.

한편, 그가 초기시에서 보여주었던 심상 구조나 종교적 염원이 작품 속에 지속적으로 나타나고 있으며, 자연친화와 신앙적 믿음이라는 특유의 생명력을 바탕으로 한 그의 시 창작 활동은 병고를 겪기 전까지 이어져 왔다.

그는 시작 생활과 신앙 생활에 전념하면서 세속적인 명리에는 일정한 거리를 견지해 왔다. 그러면서도 6 · 25와 4 · 19, 유신 등 민족의 험난한 역사의 고비에 처할 때마다 정치적 모순과 사회적 부조리에 대해서는 준열한 비판과 저항의 자세를 보여주었다. 그는 예언자적 지성으로서, 시인 또는

---

1) 박두진 선생의 호 혜산(兮山)은 '있는 그대로의 산'이라는 뜻이다.

신앙인의 본분에 충실하되 불의와 부정에 대해서는 문인으로서 실천적 지성의 면모를 보여 주었다.[2)]

혜산은 시의 주제나 대상에 대한 관심에 있어서 시기에 따라 일정한 변화를 보이고 있는데, 이러한 변화를 기초로 하여 시작과정을 대체로 세 시기로 나누어 볼 수 있다. 등단 이후부터 『청록집』(1946), 『해』(1949)를 발간하기까지를 초기로 본다면, 시집 『오도』(1954), 『거미와 성좌』(1962), 『인간밀림』(1963), 『하얀날개』(1967)가 나온 50~60년대를 중기로, 그 이후 『고산식물』(1973), 『사도행전』(1973), 『수석열전』(1973), 『속 · 수석열전』(1975), 『야생대』(1978), 『예레미야의 노래』(1981), 『포옹무한』(1981) 등의 시집이 출간된 시기를 후기로 잡을 수 있다.[3)]

이러한 혜산의 시적 변모과정은 자연(초기)과 인간(중기), 신(후기)으로 대별해 볼 수 있으며, 이 세 관계는 단절되어 나타나는 것이 아니라 끊임없이 서로 영향을 주고받으며 구분할 수 없을 정도로 밀접한 관계에 놓이기도 한다. 다만, 시기마다 어느 한 특성이 더욱 강하게 나타나는 것뿐이다.

초시기에는 자연에 대한 시적 지향이 나타난다. 혜산이 발견한 자연은

---

2) 김재홍,「가시면류관, 또는 거듭나기」, 박두진 시선집 『가시면류관』(서울:종로서적, 1988), p. 141.

3) 박두진의 시적 변모를 초 · 중 · 후기로 분류하는 방법은 여러 연구자에 의해 공통된 의견으로 나타나고 있음을 알 수 있는데(이운용의「한국기독교시 연구」, 조선대학교 박사학위논문, 1988 참조), 박철희도 "박두진의 시 세계가 처음부터 자연사를 표층으로 하면서도 인간사를 내용으로 하며, 신성사를 그 저변으로 하고 있다."(『박두진』, 서울:서강대학교 출판부, 1996, p. 11)고 보았다. 또한 박두진 자신도 1993년 4월 14일의 강의(본 연구자는 1993년 3월~6월, 94년 3월~6월에 걸쳐 대학원 과정에서 혜산 박두진으로부터 강의를 들은 바 있다.)에서 "나의 시는 초기에는 자연에 대한 사랑과 관심을, 중기에는 6 · 25를 기점으로 인간의 삶, 불행 또는 악과 연민, 대구피난시절의 어려움과 어두움을, 후기에는 신에 대한 시를 써 왔다."고 말한 바 있다. 또한 혜산의 작품을 전체적으로 살펴보면, 그의 시적 변모가 자연, 인간, 신의 단계를 거치고 있음을 알 수 있다.

고향을 잃어 버린 민족에게 아름다운 고향을 제시해 준 자연이며 시대적・민족적인 것을 비유하는 매재로서의 자연이기도 하다. 이 시기에 그는 해와 산과 하늘, 별과 꽃이라는 영원한 생명이 숨쉬는 자연과 그 안에서 맥박하는 사람들의 정서를 보여주고 때로는 민족적 비극을 종교적 차원으로 승화시켜 새로운 시대에 대한 꾸준한 희망과 기다림을 노래했다. 혜산은 이 시기를 "완전한 암흑기, 고독하고, 처절하고, 암담하던 시대"[4]라고 술회한 바 있다. 이 시기 박두진의 시는 기독교 정신을 바탕으로 하면서도 신앙적 측면보다는 예술성 자체로서의 성격이 더 드러나는 것이 특징이다.

중기시에서는 6・25의 비극과 4・19혁명의 과정을 지켜보면서 젊은 죽음들의 희생, 그 희생의 가치를 지키려는 열정과 사회악에 대한 비판의식을 강렬하게 표출하고 있다. 다시 말해 지상의 삶에 있어서의 고통과 수난에 대한 심리적 갈등과 이에 대응되는 인간 구원에 대한 갈망이 지속적으로 분출되고 있으며, 그의 저항의지가 가장 격렬하고도 밀도있게 형상화된 시기라고 할 수 있다.

그리고 그의 후기시는 신의 섭리와 자연과 인간에 대한 사랑을 재발견하고 찬양하는 내용으로 집중되는 경향을 보여 준다. 그의 시는 출발점 자체가 기독교 정신과 신앙심을 바탕으로 하였고, 그의 전 생애와 시작에 있어 지속적으로 작용함으로써 후기에 이르러서는 연작시 <사도행전>을 비롯한 수많은 신앙시를 탄생시켰다. 그것은 예수 그리스도의 수난과 고통, 영광과 은총을 함께 노래하면서 그 속에서 진정한 삶의 길, 시의 길을 발견하려는 노력으로 나타난다. 아울러 이 무렵에는 <수석열전> 등의 연작시 속에서 자연사와 인간사, 그리고 신성사가 자연스럽게 화해되고 합치됨으로써 그의 시는 정점으로 향해 나아가게 되었다. 그의 시는 '수석'이라고 하는 돌의 형상 속에서 인간사와 자연사, 그리고 신성사의 모든 모습을 함께 투시하고 통합해냄으로

---

4) 박두진,『한국현대시론』(서울:일조각,1992), p. 150.

써 자연과 인생, 인간과 종교가 마침내 행복한 화해를 이룩한다.

혜산 시의 세계는 한 마디로 말해 자연→인간→신의 3단계를 꾸준히 심화 확대시켜온 과정으로 설명할 수 있는데, 이는 우리의 근대사 전개와 관련지어 생각할 때 그의 시적 변모를 파악할 수 있는 요체가 될 수 있다.

자연을 통한 생명과 질서의 조화, 미래의 힘찬 전망을 제시하고, 부조리한 인간 삶을 직시하는 현실 대응의 자세로 일관한 그의 시세계가 이러한 모든 희구와 갈등이 해소되는 신의 세계로 합일된 것은 당위성을 지니고 있으며, 이러한 시적 변모를 제대로 파악할 때 그의 시세계를 올바르게 이해할 수 있을 것이다.

때로는 밝고 힘차고 강한 육성으로, 때로는 단장의 오열로, 때로는 차분히 가라앉은 목소리로 한 민족에게 바치는 송가가 그의 시다. 그것은 한 가닥의 노래라기보다 지난 날 맺히고 응어리진 역사에 대한 한풀이이고, 미래에 대한 예언이기도 하다. 이러한 한풀이와 예언은 민족의 미래에 대한 확신과 신앙의 의지, 그리고 조국에 대한 크고도 깊은 사랑이 아니면 생각할 수 없는 착상이요, 서정적 전략이 아닐 수 없다. 그를 일컬어 민족시인 혹은 불의에 굽히지 않은 지조의 시인이라고 한 것은 이 때문이다.[5)]

이 글에서는 혜산의 생애를 살피는 한편, 그의 종교관, 인생관과 문학관을 파악하여 그의 시작 활동이 보여주는 총체적인 시의 세계를 고찰하고자 한다. 테이트(A. Tate)는 "시의 의미란 그 긴장(tension), 즉 시에서 발견되는 모든 외연(extension)과 내포(intension)를 완전히 조직한 총체"[6)] 라고 말한 바 있다. 이 말은 시가 표시적 의미로서의 외연과 함축적 의미로서의 내포를 유기적으로 조직한 총체라는 뜻이다. 즉 시에 대한 연구는 표시적 의미와

---

5) 박철희,「서정적 자아와 신앙적 자아」, 박철희 편,『박두진』, 한국 문학의 현대적 해석⑥ (서울:서강대학교 출판부, 1996), p. 8.

6) A. Tate, *On the Limits of Literature*, 김수영 · 이상옥 공역,『현대 문학의 영역』(서울:중앙문화사, 1962), p. 100.

아울러 함축적 의미를 함께 고찰해야 된다고 할 수 있다. 따라서 이 연구에서는 그 동안 단편적인 연구에만 머물러 있었던 혜산 시에 대한 연구성과를 토대로 하여 이를 종합하고, 전체 작품을 통하여 혜산 시 세계의 총체를 살피고자 한다. 이것은 우리 근대 시문학사에서 문학사상의 한 지평을 넓히는 길이며, 아울러 혜산의 시가 점유하고 있는 시사적 위치를 더욱 공고히 하는 것이기도 하다.

2. 연구사 검토

60여 년이라는 오랜 작품 활동기간과 1,000여 편이 넘는 방대한 작품의 양에 비해 총체적 연구가 다소 부족하지만, 지금까지 혜산에 관한 논의는 다수 축적되어 있다. 지금까지의 연구 성과를 보면 첫째로 혜산 시의 특징을 자연성과의 연계를 전제한 다수의 논의와 둘째로는 그의 종교적 특성에 초점을 둔 논의로 크게 구별된다. 다음으로 자연성과 종교적 특성에 초점을 둔 여러 논의에 비해 다소 적은 양이기는 하지만, 혜산시의 역사성에 관한 논의를 들 수 있다.

1940년을 전후로 청록파 시인들이 ≪문장≫을 통해[7] 문단에 등장한 이래 청록파의 문학 활동은 많은 연구 대상이 되어 왔다. 또한 혜산을 비롯하여 박목월, 조지훈 등 세 시인에 대한 연구물도 상당한 편이다. 그것은 이들이

7) 1939년 ≪문장≫ 3월호에 조지훈의 시 <고풍의상>이, 같은 해 6월호에 박두진의 <향현>, <묘지송>이, 9월호에 박목월의 <길처럼>, <그것은 연륜이다>가 각각 1회씩 추천되었다. 박두진은 1939년 9월호에 <낙엽송>이 두 번째로 추천되었으며, 다음 해인 1940년 1월 <의>와 <들국화>가 정지용에 의해 추천 완료되어 청록파 중 제일 먼저 시단에 등단했다.

우리 문학사에 있어 커다란 비중을 차지하고 있음을 뜻한다. 여기서는 청록파와 혜산에 대한 선행 연구들을 살펴봄으로써 본 연구에서 제기하고자 하는 문제점을 추출해 내는 한편 연구의 이론적 근거를 마련하고자 한다.

박두진에 관한 논의는 『청록집』 발간 이후 오늘날까지 대학에서의 학위논문이 30여편 가량 되며, 이 밖에도 그에 관한 연구물은 다수 있으나 주로 그의 시가 지니고 있는 자연성에 관한 내용[8]을 담고 있다.

혜산의 초기시는 다른 청록파 시인들의 시와 마찬가지로 자연을 소재로 한 작품이 많음에 따라 그의 초기시에 관한 논의는 자연성에 관한 것이 대부분일 수밖에 없다.

가장 먼저 혜산 시의 자연성에 대해 언급한 이는 정지용이었다. 정지용은 ≪문장≫지에 혜산을 추천한 선후평에서 "박군의 시적 체취는 삼림에서 풍기는 식물성인 것"[9]이라 말하여 박두진의 신자연에 대하여 관심을 보였다.

조연현은 혜산의 시를 가리켜 "선이나 기독교나 그러한 종교의식이나 종교관념이 발생하기 이전의 원시인이 가진 자연에 대한 소박하고 단순한 경이와 존엄을 성신에 대하여 가졌을 뿐"[10]이라고 말하여 기독교의 자연과 구별되는 범신론적 자연을 주장하고 있다. 또한 그는 원시인이 지닌 신앙의 대상으로서 자연성을 지적하면서, 작품 <해>를 평하여 "인간이 도달할 수 있는 최고의 경지"[11]라고 하였다.

---

8) 청록파의 일원으로서 박두진에 대해서는 그의 자연성에 관한 논의가 대부분이다.
① 박철희,「청록파연구」Ⅱ,『국문학논문선』⑨(서울:민중서관, 1977).
② 배형우,「청록파 시인의 자연관 연구」, 동아대학교 대학원 석사학위논문, 1979.
③ 임승빈,「청록파시 연구」, 청주대학교 대학원 석사학위논문, 1982.
④ 이철영,「청록집 시 연구」, 숭전대학교 대학원 석사학위논문, 1983.
⑤ 서수원,「청록집의 시 대비 연구」, 경남대학교 대학원 석사학위논문, 1985.

9) 정지용,「시선후」,≪문장≫, 1940. 1, p. 195.

10) 조연현,『현대한국작가론』(서울:청운출판사, 1965), p. 63.

이유식은『청록집』,『해』,『오도』가 발간된 제1기의 특징을 "자연에 의탁하여 자연의 존재를 빌어 현실문제와 사회문제를 터치한 것"이라 말하고 그를 자연성을 바탕으로 하여 "현실에 뿌리를 둔 혁명적이고 민족적 시인"[12]이라고 결론지었다.

또한 정태용 역시 혜산 시의 성격을 밝히면서 "자연을 소재로 했지만 자연의 미를 노래하지 않고 자기 마음의 세계를 자연의 모습으로 형상화한, 자연까지도 마음대로 바꾸려는 의지의 시인"[13]이라고 규정했다.

정한모는 혜산의 자연관을 논한 자리에서 청록파가 발견한 두 가지 의의 중 하나는 "고향과 문화를 잃어버린 민족에게 시로써 하나의 아름다운 고향을 마련해 준 점이며, 다른 하나는 그때까지 있었던 시사적인 여러 갈래의 흐름 속에서 계승할 것은 계승하고 거부할 것은 거부하면서 하나의 시사적 청산을 해 준 점이 높이 평가될 점"[14]이라고 말했다.

김동리는 "박두진의 특이성은 그의 구경적(究竟的) 귀의가 다른 동양시인들에게처럼 자연에의 동화법칙에 의하지 않는 데 있다. 그도 물론 항상 자연의 품속에 들어가 살기는 한다. 그러나, 그는 거기서 다시 다른 태양이 솟아오르기를 기다리는, 즉 메시아가 재림하기를 기다리는 시인"[15]이라 했다.

그러나 '다른 태양'이 솟아오르기를 기다리는 자세가 반드시 '메시아의 재림'을 기다리는 것으로 이해하기에는 혜산의 <하늘>이나 <낙엽송>, <해> 등의 작품은 너무나 자연적이다. 그의 시에서 종교적 구원의식이 배제될 수는 없지만 그것을 한마디로 종교성으로 결론 짓기엔 편협적이다. 종교적 이데아의 목적성보다 시세계로서 자연을 먼저 노래한 것에 혜산 시

11) 위의 책, p. 61.
12) 이유식,「박두진론」,≪현대문학≫, 1965. 11.
13) 정태용,「박두진론」,≪현대문학≫, 1970. 4, p. 300.
14) 정한모,「청록파의 시사적 의의」, 김동리 외,『청록집 · 기타』(서울:현암사, 1968).
15) 김동리,「자연의 발견」, 김동리 외, 위의 책, pp. 258~259.

의 의의가 있기 때문이다. 특히 그가 종교 이전의 '자연'을 추구한 것은 초기 시에서 더욱 뚜렷하게 살펴 볼 수 있다.

여기에서 혜산 시의 자연성에 관한 이상의 논의를 정리해보면, 먼저 서정주는 박두진의 시에 나타난 자연을 '에덴적인 자연' 혹은 '낙원 모티프'로, 김춘수, 박태욱은 '구원의 상징'으로 보았다. 김봉군은 박두진 시에 등장하는 온갖 '짐승'으로 인해 자칫 범신론적 자연으로 오해할 수 있지만 그것은 인간 내면에 잠재한 어둠의 속성이며 표상이라 하여 서정주가 주장한 '에덴적인 자연'에 입장을 같이 한다.[16] 박철희는 달리 '순진의 세계'라고 이름붙여 이유식이 규정한 이상주의적 자연과 일맥상통하는 입장을 취하고 있으며, 박이도는 박두진 초기의 시를 자연 친화적인 세계로 보고 자연의 신비 안에서 온갖 생물이 삶을 함께 누리려는 꿈을 실현하고 있다고 본다.[17] 김용직은 박두진이 인식한 자연을 동양적 자연보다는 신 앞에 선 자아를 의식하는 서구적 자연에 비교하고 있다. 한편 조연현, 박철석은 이러한 기독교의 자연과 대립되는 범신론적 자연을 주장하고 있으며, 혜산의 자연을 만유협동(萬有協同)의 최고 이상에 초점을 맞추고 있다고 평가하고 있다. 이것은 이유식이 주장하는 이상론과 일맥 상통한다. 김해성은 청산과 해, 바다와 일월, 하늘과 숲의 대화라는 자연과의 신비적 경지에서 대화하는 시인으로 박두진을 이해한다.[18] 또한 김현자는 박두진의 자연세계를 논하면서 그의 빛과 어둠, 긍정과 부정을 연결하는 매개체로서 '꽃'을 들면서, 시인은 꽃을 통하여 정·부정의 세계를 조화시켜 나간다[19]고 보았다.

결국 혜산의 자연은 기독교의 자연과 범신론적 자연으로 양분법적 대립상

---

16) 김봉군 외,『한국현대작가론』(서울:민지사, 1984).

17) 박이도,「한국 현대시에 나타난 기독교 의식」, 경희대학교 대학원 박사학위논문, 1984.

18) 김해성,『한국현대시 비평』(서울:당현사, 1976).

19) 김현자,「박두진과 생명의 탐구」,『한국현대시사연구』(서울:일지사, 1987).

을 보이는데, 본래적인 존재의 궁극에 가서는 하나만의 원칙인 에덴적인 자연에 귀의하는 자세[20] 가 드러난다. 즉, 박두진의 시의식에 자리하고 있는 자연은 본래의 자연, 본연지성으로서의 자연과, 그의 관념 속에 내재되어 있는 자연으로 나타난다. 그것은 자연과의 친화로, 때로는 박두진 특유의 정신이 자연으로 상징되어 신이 창조한 본래의 '에덴적 자연'을 추구하는 모습이다.

그밖에 학위 논문 역시 그의 초기시 연구에 집중되고 있으며 따라서 시의 자연성에 관한 논의가 많다.[21]

다음으로는 그에 시에 나타난 역사성이다. 혜산은 중기시에서 인간과 자유에 대한 커다란 관심을 보여주고 있는데, 김재홍은 6·25와 4·19라는 민족사의 소용돌이를 체험하면서, 정신적 삶을 향한 투명지향성과 이념지향성을 추구하는 시인[22]이라고 했으며, 신동욱도 6·25와 4·19 이후의 시를 현실에 밀착된 시인의식이 집중된 것[23]으로 보았다.

박이도는 혜산이 자연을 통해 기독교를 의식한 것은 물론, 그것을 통하여 민족의 나아갈 현실적 방향을 제시하는[24] 시인으로 보았으며, 홍신선은 혜

---

20) 이운용,「자연의 의미와 기독교시」,≪월간문학≫, 1987. 11, p. 276.

21) 각 대학에서의 학위 논문 중 박두진 시의 자연성을 주제로 한 연구물은 다음과 같다.

① 김정복,「박두진의 초기시 연구」, 연세대 대학원 석사학위논문, 1981.

② 박성길,「박두진의 초기시에 나타난 꽃의 이미지」, 경남대 교육대학원 석사학위논문, 1985.

③ 김용주,「박두진 연구」, 국민대 대학원 석사학위논문, 1986.

④ 우미자,「박두진 연구」, 원광대 대학원 석사학위논문, 1988.

⑤ 김성주,「박두진의 초기시 연구」, 경원대 교육대학원 석사학위논문, 1995.

⑥ 나완식,「혜산 박두진 시 연구」, 경원대 대학원 석사학위논문, 1996.

22) 김재홍,『한국현대시인연구』(서울:일지사, 1986), pp. 408~409.

23) 신동욱,「해와 삶의 원리」,『박두진전집』①(서울:범조사, 1982), p. 279.

24) 박이도,「한국 현대시에 나타난 기독교 의식」, 경희대학교 대학원 박사학위논문,

산이 1960년대를 전후하여 역사적 현실과 만남을 주목하고 저항과 비판의 일관된 모습으로 현실에 대응하고 있다[25]고 보았다. 박두진 시를 민족의식의 시로 단정한 논의[26]도 있으며, 암울한 조국과 혼란스런 나라를 밝게 비춰주는 '빛의 시인'[27]으로 평가되기도 하였다. 정현기는 박두진의 심상구조를 파악하면서 그의 시는 어둠이나 부정, 부조리, 폭정에 비타협적인 시어 구사의 시인이며, 그가 기독교인이기 이전에 시인, 참된 의미의 혁명가에 가까운 시인임에 주목한다. 또한 가장 한국적이고 가장 인간적인 격정의 물결 위에 애정의 눈빛을 빛내는, 청록파 세 시인 가운데 기본 톤을 벗어나지 않고 현실을 힘있게 숨쉬고 있는 시인으로 평가하였다.[28]

다음은 그의 종교적 특성에 대한 논의이다.

혜산의 시에 나타난 종교적 특성에 대한 연구는 1956년 박양균의 연구[29]를 비롯해서 자연에 대한 종교적인 해석, 관념과 체험의 문제, 신과 인간과의 관계 설정, 예술성과 이념 문제, 신앙시의 성서적 근거 등에 집중되어 있다.

서정주는 혜산의 시가 지닌 특색을 "기독교 가운데에서 신약과 구약이 있어 두 갈래로 볼 수 있다면 그 중에서 구약적인, 고대 이스라엘적인 양명성(陽明性)"[30]이라고 말하고, 또한 그의 자연성에 대해서도 "기독교적인 자연, 그 중에서도 별다른 자연으로 표현"[31]되었다고 하면서, 예로써 <해>, <청산도>를 들었다. 박철희는 그의 초기시가 "과거-미래는 긍정적으로, 현재는

1984.

25) 홍신선,「상승과 초월의 변증법」,『한국시문학대계20』(서울:지식산업사, 1983).

26) 최일수,「박두진의 아, 민족」≪현대문학≫, 1971. 5.

27) 오동춘,「빛의 시인 박두진론」,『연세어문학』제9·10합집(서울:연세대학교 출판부, 1977), p. 40.

28) 정현기,「박두진론 I」,『연세어문학』제9·10합집 (서울:연세대 출판부, 1977).

29) 박양균,「기도의 양상」,≪시와 비평≫, 1956. 2.

30) 서정주,『한국의 현대시』(서울:일지사, 1969), p. 219.

31) 위의 책, p. 219.

부정적으로 나타난다고 보고, 결국 어둠에서 밝음을 기다리는 자세는 기독교적 신앙의 표상"[32]이라고 보았다.

이후 기독교 문학에 초점을 맞춘 논문들에서 신익호는 근대 이후 기독교의 영향권 아래 씌어진 작품, 그 중에서도 기독교의식으로 일관한 윤동주, 김현승, 박두진의 시를 통해 한국 기독교 시의 가능성과 그 문학사적 성격을 고찰[33]하고 있고, 이운용도 기독교시의 정의를 "미가 신적 속성의 하나라는 원리 안에 삼라만상의 실재를 신의 미에서 발견하려는 것"이라는 쟈끄 마리땡(Jacques Maritin)의 말을 인용하면서 혜산의 시세계를 한국 현대시사에 기독교시인으로 기록되면서 일관된 시관을 견지해 온 시인으로, 그의 시세계를 기독교시라는 관점에서 살피고 있다.[34]

또 박춘덕은 윤동주, 김현승, 박두진 등 세 시인을 대상으로 하여 이들의 시세계를 삶과 신앙 사이의 역동적 긴장 관계로 살피면서, 혜산의 시를 예언자적 낙관주의로 정의하고 있다.[35] 박이도는 혜산이 자연과 인간을 대칭화하지 않고 일원으로 인식, 자연을 통한 기독교의식을 시로 형상화했다고 보고, 가나안으로 인도하는 강력한 의지로 표출되어 메시아를 갈망하는 선지자의 모습으로 부각된다고 본다. 따라서 혜산을 가리켜 자연을 통해 신의 존재를 인식시킨 시인으로 평가하면서, 한국 시단에 기독교적인 휴머니즘을 구축했다고 보았다.[36]

혜산 후기시에서 보이는 신앙시는 기독교적 세계관이 지나치게 시에 침투됨으로써 접근이 용이하지 않음도 사실이다. 특히 많은 시어들이 성서에

---

32) 박철희,『서정과 인식』(서울:이우출판사, 1983), p. 134.

33) 신익호,「한국현대기독교시연구」, 전북대학교 대학원 박사학위논문, 1987.

34) 이운용,「한국 기독교시 연구」, 조선대학교 대학원 박사학위논문, 1988.

35) 박춘덕,「한국 기독교시에 있어서 삶과 신앙의 상관성 연구」, 부산대학교 대학원 박사학위논문, 1993.

36) 박이도, 앞의 논문.

전거를 두고 있어 기독교에 조예가 깊지 않거나 성서를 가까이 하지 않은 일반 독자에게 심리적인 부담을 주기도 한다. 그것은 때로 "단편적인 신앙고백이나 넋두리의 차원이 머물고 만 느낌을 주는 것"37)일 수도 있으며, 그것은 또한 그의 신앙시가 보편성을 획득하는 데 장애로 지적될 수 있기도 하다. 혜산의 시세계를 기독교적 측면에서 살펴본 것은 그의 시의식에 흐르는 종교적 특성을 염두에 둘 때 타당하다. 그러나 그의 시사적 의의는 종교적 신념을 시로 승화시켰다는 데 있다. 그의 신앙시는 기도문으로 끝나는 것이 아닌 다의성을 가진 시로서, 그를 단순히 기독교 시인으로만 상정할 수 없게 한다. 그는 어떠한 목적이든 그것이 종교적이든 이념에서든 시보다 목적을 우위에 두지 않았다. 그가 가진 시의 순수성에 대한 신념은 확고한 것이었다. 일제에 대한 분노와 저항을 직핍적으로 표현하기보다는 거리를 두고 관망할 수 있었던 원동력은 시의 순수성에 대한 그의 신념 때문이다. 힘있고 저항의지 강한 시들이 자칫 '구호'로 전락할 위험이 있음에도 이러한 위기를 그는 시의 순수성에 대한 일념에서 지켜낼 수 있었다. 따라서 혜산은 이념과 종교를 위한 시로서가 아닌 시인의 목소리로 종교와 혁명을 노래한 시인이었다.

이밖에도 혜산의 기독교 사상에 대한 연구 결과는 상당히 많은 편이다.38)

---

37) 김재홍, 앞의 책, p. 427

38) 혜산 시의 기독교사상에 대한 연구 결과 중 각 대학의 학위논문들을 살피면 다음과 같다.

① 박태욱,「한국현대시의 기독교 사상」, 고려대 대학원 석사학위논문, 1983.
② 안석근,「박두진 시에 나타난 기독교적 소망」, 경희대 교육대학원석사학위논문, 1985.
③ 윤명란,「박두진의 <사도행전>에 관한 연구」, 연세대 교육대학원 석사학위논문, 1991.
④ 김홍기,「박두진 시에 나타난 기독교사상 고찰」, 호남대 대학원 석사학위논문, 1993.
⑤ 박종희,「한국현대기독교시연구」, 충북대 교육대학원 석사학위논문, 1994.

한편, 혜산이 후기에 와서 집중적으로 관심을 보인 수석시에 대한 연구물들도 상당수 있는데, 특히 신대철과 박철희의 경우 수석 연작시에 대한 커다란 관심을 보이고 있다. 신대철은 수석시를 일러 신 앞에 가장 완전무결한 인간으로 다가서려는 자기 검열의 장치라고 보고[39] 그것은 신성한 세계와의 교섭을 의미한다고 했다. 또 박철희는 혜산의 수석시를 경건하고 성스러운 시원적 생명력을 상대하고 있으며, 그것이 시인의 정서를 불러일으킨다고 하였다.[40]

이 밖에 형태적인 면에서 살펴본 연구[41]와 의성어와 의태어, 소리의 울림에 의한 자・모음의 뛰어난 효과를 지적한 연구[42]가 있으며, 기호학적 접근으로는 백승수의 연구[43]가 있고, 시인의 상상력을 중심으로 한 김응교의 연구[44]가 있다.

이와 같이 앞서 논의되었던 연구사를 정리해볼 때, 많은 연구자들이 다양하게 혜산의 시세계를 언급하고는 있으나 청록파의 일원으로서 시인의 면모와, 자연파로서, 또는 종교시인으로 규정한 논의가 대다수였다. 또한 어려운 시대를 거치면서 역사의식이 투철했던 시인으로 논의되기도 했으나 혜산의 면모를 좀 더 다각도에서 종합적으로 체계화해야 할 필요성을 느낀다. 특히 학위논문은 혜산의 초기시 연구가 다수를 차지하고 있고, 단지 기독교 시인으로 부각되고 있어 총체적이고 종합적인 연구의 필요성이 절실하다.

이러한 연구에 있어 조심스럽게 접근해야 할 과제가 혜산 자신의 저작물

---

39) 신대철,「박두진의 수석시의 근원과 인간의 한계」,『어문학』제1집(서울:국민대학교 출판부, 1982), p. 145.

40) 박철희,「수석의 현상학」,『박두진전집』⑩(서울:범조사, 1982), p. 387.

41) 김춘수,「자유시의 전개 - 박두진, 박목월, 조지훈의 시형태」,『청록집・기타』(서울:현암사, 1968).

42) 김현자, 앞의 책.

43) 백승수,「청록집의 기호학적 연구」, 동아대학교 대학원 박사학위논문, 1993.

44) 김응교,「빛의 힘, 돌의 꿈」, 연세대학교 대학원 박사학위논문, 1997.

에 대한 참고 문제이다. 그는 60여년에 걸쳐 방대한 시작품은 물론 많은 자전적 에세이와 시론 등을 내놓았는데, 『시와 사랑』(1960), 『한국현대시론』(1970), 『현대시의 이해와 체험』(1976) 등 3권의 시론집, 『시인의 고향』(1959), 『생각하는 갈대』(1970), 『언덕에 이는 바람』(1973), 『돌과의 사랑』(1986), 『박두진문학정신』(1995)이 있다.

『박두진문학정신』은 총7권으로 구성되었다. 제1권 : 『고향에 다시 갔더니』, 제2권 : 『여전히 돌은 말이 없다』, 제3권 : 『숲에는 새 소리가』, 제4권 : 『밤이 캄캄할수록 아침은 더 가깝다』, 제5권 : 『현대시의 이해와 체험』, 제6권 : 『한국 현대시 감상』, 제7권 : 『시적 번뇌와 시적 목마름』 등으로 구성되어 자신의 시적 편력과 문학세계, 시인으로서의 자세 등을 자세하게 기록하고 있다. 이 저작물들은 혜산 자신의 성장 배경과 자연과의 친화, 6·25와 4·19혁명을 전후한 민족의 고통과 울분, 그리고 수석에의 몰입과 더불어 스스로 찾은 신의 세계와 자연의 감응 등에 대해 자세하게 서술하고 있다. 다시 말해 혜산의 저작물은 그 어떤 연구 성과보다도 더 절실하게 그의 정신적 역정의 면모를 보여주고 있다.

그러나 시인이 시를 쓴 자신에 관한 이야기를 밝힌 산문 형식의 글들은 실상 그의 시적 체험의 범위를 좁히거나 그 의미의 폭을 한정할 수도 있으므로 시인의 목소리는 시에서 들려와야 된다는 평범한 진리를 확인하면서 제한된 목적을 위한 것이 아니라면 혜산 저작물에 대한 참고는 절제할 필요가 있다고 생각한다.

3. 연구 방법

어느 한 시인의 시 작품을 올바르게 이해하자면 시에 형상화된 그 시인의 내면의식을 분석해 보지 않을 수 없다. 일반적으로 시정신이란 시인이 시를 창작할 때 시의 주된 내용이 되는 정신상태, 즉 자아와 세계가 일체감을 이루는 심상작용을 말한다. 시에는 그 사람의 관념형태와 사상 즉 그의 시관, 세계관, 자연관, 사회관, 인생관, 인간관, 종교관, 역사관, 철학관 등이 통틀어 드러나는 것[45]으로서, 시인의 정신이 곧 작품의 이념적 배경이 되는 것이다.

흔히 혜산을 박목월, 조지훈과 함께 자연파 시인이라 부른다. 이는 혜산이 자연을 대상으로 한 작품을 많이 썼기 때문이다. 혜산의 시는 초기시에서부터 근작시에 이르기까지 일관되게 도시적 삶보다는 원초적 자연을 대상으로 하고 있다. 1949년 6월 박목월, 조지훈과 공동으로 발간한 『청록집』에 수록되어 있는 <향현>, <도봉>, <별>, <연륜>, <숲>, <푸른 하늘 아래>, <설악부>, <푸른 숲에서>, <장미의 노래> 등 12편 작품의 주된 내용이 자연과의 친화를 통해 민족의식을 내면화시켰다고 할 수 있고, 1949년에 발간된 혜산의 최초의 개인 시집 『해』에 수록된 <해>, <해의 품으로>, <낙엽송>, <청산도>, <비로봉>, <산아>, <비둘기>, <하늘>, <나무처럼>, <노고지리>, <바다1>, <바다2>, <바다로>, <해수> 등 역시 자연과의 교감을 기독교적 정신세계로 승화시킨 작품들이고 보면, 박두진 초기시의 시 정신은 독실한 기독교 사상을 밑바탕으로 한 자연과의 친화 사상이라고 말할 수 있다.

그의 기독교 사상은 초기시에서는 물론 근작시에 와서 더욱 완숙되어 나타나는데, 1973년에 발간된 시집 『사도행전』은 시집의 표제가 시사해주는 것처럼 신앙적 상상력이 전형화되어 있다. 이러한 종교적 사상의 기저 위에 자연 친화의 정신이 융화된 것이『사도행전』에 이어 발간된 『수석열전』과 『속 · 수석열전』이다. 자연과 신에 대한 혜산의 시적 추구는 창작방법의 근본적인 토대를 이루고 있다.[46]

---

45) 박두진,『현대시의 이해와 체험』(서울:일조각, 1995), p. 77.

혜산이 추구한 자연은 단순한 자연이 아니라 영원한 관념적 실체로서의 자연, 바로 살아 숨쉬는 생명력 있는 자연이다. 또한 자연은 신의 세계 즉 인간의 절대적이고 영원한 안식처로서의 자연을 말하고 있다.

자연은 그에게 있어 바로 '영원한 나의 어머니'요, 현실 생활에서 물러나면 으레히 돌아가는 귀의의 대상이며 그의 시의식은 늘 자연의 품 속으로 회귀하기를 갈망하고 있다.

그리고 그가 종교적 상상력으로 추구하는 신은 자연을 초월하여 있는 것이 아니라 자연에 내재하고 있으며, 정신 없는 물체란 없고, 물체 없는 정신도 없음을 뜻하며, '신은 곧 자연'이라는 일원론과 다르지 않다.

혜산은 대체로 종교시인이라 명명된다. 그의 시적 생애를 통해 발표한 시편들의 공통된 사상적 배경은 기독교 사상이라고 정의되고 있다. 그러나 흔히 '성당', '십자가', '기도', '영생' 등의 시어가 등장한다고 해서 그 시를 종교시라고 못 박을 수 없다. 진정한 의미에서의 기독교 시로 범주화 시키려면 그 시가 담고 있는 내용, 곧 그의 사상성이 기독교의 사상과 합일되어야 하며 작가의 신앙 고백이기도 하여야 한다. 혜산의 시는 그것이 나타내고, 소망하고, 부르짖는 소리가 모든 기독교 사상의 근본인 성서의 말씀에 토대를 이루고 있으며, 시인의 진실한 신앙이 가장 높은 감사요, 눈부신 찬미요, 가장 간절하고 싶은 기도의 형태인 시로써 승화되어 표현되고 있다.[47]

> 세계주의 · 인류애 · 평화주의가 초기 청년시대의 내 사상의 모토였고, 소박하던 이러한 관념을 체계화시켜 준 것이 깊고 거대한 그리스

---

46) "자연과 신을 시의 소재 대상으로 함에 있어 처음부터 아주 근원적인 것, 본원적이고 본질적인 것으로부터 울려내고, 거기에다 시의 뿌리를 박으려 한 주체적인 의도와 자세를 나는 그 뒷날을 위해서 매우 현명한 일이었다고 생각하고 있다. 보편적이고 순수하며 자연스럽고 본질적인 출발은 언제나 가장 건전하고 안전한 시의 기조가 될 수 있기 때문이다." (위의 책, pp. 106~107).

47) 임정아,「박두진 시의 기독교 사상」,『중앙대 어문론집』제12집, 1977, p. 99.

> 도교적 인류애, 십자가 종교가 표방 추구하는 세계와 우주, 인류 역사의 천국적 완성의 사상이었다. 어려서부터 내가 품고 있던 소박한 인류애와 영원한 평화, 영생의 갈구가 처음 기독교 사상과 그 비전에 의해 체계화되고 보증되고 합리화되었을 때, 나는 문자 그대로 대만족, 경탄과 쾌재를 속으로 연발했다.48)

이처럼 그의 시세계는 기독교적 신앙의 종교 세계에 깊이 뿌리를 두고 있음을 알 수 있다.

박두진은 "인간의, 인생의, 혹은 민족의 혹은 인류의 열렬한 비원, 열렬한 염원, 끊을 수 없이 강렬한 동경이면서도 이루어질 수 없는 영원한 소망, 죽음에서의 생명, 죽음에서의 부활을 갖는 그러한 염원을 오히려 정돈되고 가라앉힌 감정으로 불멸의 종교적인 믿음으로 가져보고 노래해 보고 신뢰"49)하였으며, 절망을 보다 더 내적이고 초시간적인 종교적 질서와 그 섭리에서 불멸의 생명 의욕으로 이를 초극하려 하고 있다. 주검과 무덤을 외롭지 않은 눈으로 볼 수 있는 시인의 마음은 기독교의 근본 이념인 부활의 신앙으로 가득 차 있다.

그러나 박두진의 시작품 속에 흐르고 있는 기독교 사상도 근원적이고 보편적인 인간 정신의 구현에 있다고 볼 때 그를 반드시 종교시인이라 따로 규정지을 이유는 없다. 그는 시작 초기부터 지금까지 일관되게 기독교 신앙인의 자세를 견지한 것이 사실이지만, 시인으로서의 혜산은 이상적인 시의 형이상학을 일관되게 추구해왔기 때문이다. 애국사상이나 기독교 사상도 따지고 보면 진리·평화의 균등한 실현이라고 볼 때 그의 시정신은 기독교 사상을 배경으로 한 자연 친화 사상이라 할 수 있으며, 그 자연 친화도 단순한 자연이 아닌 불변적인 자연이며 초월적인 자연을 대상으로 하고 있음을

---

48) 박두진, 앞의 책, p. 107.
49) 박두진,『시와 사랑』(서울:신흥출판사, 1960), p. 15.

알 수 있다.

이 연구에서는 혜산의 생애를 자세히 살펴보면서 그의 세계관과 시의식의 형성 과정을 정리했다. 그 작품을 형성하게 된 시인의 생애와 시인의 시선이 고정 또는 편력했던 외부 환경이 시인의 의식 형성에 큰 영향을 끼치기 때문이다. 아울러 혜산의 세계인식과 시에 대한 내면의식의 흐름을 살피면서 작품에 대한 종합적 분석 고찰에 유의하였다.

이 연구에서는 혜산 시 세계를 전체적으로 검토하려는 맥락에서 어떤 특정한 하나의 방법론을 내세우기보다 경우에 따라 몇 가지의 연구방법론이 복합적으로 활용하였다.

텍스트의 발생론적 토대를 살피기 위해 먼저 역사·전기적인 접근 방법을 사용함으로써 박두진이 살았던 다양한 굴절의 시대와 삶에 대한 시인의 독특한 대응 방법을 알아보았다. 문학 작품이 비록 한 시대를 초월하여 모든 시대를 위한 것이라 할지라도 개개 작가가 처해 있던 사회적 풍토는 작품과 무관할 수 없다. 엄밀한 의미에서 모든 인간적 의미는 역사적이기 때문이다. 이러한 방법은 그의 범인류주의적(cosmopolitanism)이며 혁명가적이고 지사적 의지야말로 그가 살았던 시대로부터 잉태된 것임을 확인시켜 줄 것이다. 또한 그의 초기시에서 나타나는 자연이 '완상'의 자연이 아니라 모든 생물체가 화해롭게 공존하는 공간이며, 애상적이고 비극적 감정을 환기시키는 자연이 아닌 힘있게 '빛'줄기가 내리쬐는 이상적 가상세계임을 확인할 것이다. 이러한 작업은 그의 시적 역동성이야말로 시대가 어려움에 처할 때마다 언어로써 혁명을 주도했던 시인이었음을 살펴보는 주요 장치가 되리라 믿는다.

제3장에서 제5장까지의 구체적 작품 분석에서는 형식·구조주의의 방법을 적용하였다. 완성된 한 편의 시는 그 자체로 독자적인 존재이며, 작품 분석에서 가장 중요한 것은 작품 그 자체이므로 작품을 독립적인 구조체로 분석하여 시적 상상력의 근원을 탐색할 것이다. 특히 혜산 시에 타나나는 역설의 논리를 살펴보기로 하였다. 그의 시에 나타난 '피흘림'이나 '죽음'은

새로운 세계의 도래나 재생을 위한 장치임을 규명할 수 있다. 박두진의 원죄의식과 속죄의식, 성서 구절의 원용, 어린 시절의 체험이 어떠한 상상력으로 형상화되었는가 등을 살펴보기 위해서는 원형분석 이론을 도입하였다. 이는 혜산 시가 가지는 독특한 시적 가치를 찾는데 매우 합당한 방법이 될 것이다. 그러나 이 경우에도 작품과 시인의 삶이 전적으로 역사적 배경과 관계가 없다고 볼 수는 없으므로 작품의 외적 연구도 병행할 것이다. 시인이 호흡했던 외적 공간이야말로 시인의 내적 공간과 불가분의 관계에 있기 때문이다.

이러한 연구방법들은 궁극적으로 박두진 시의 특성을 총체적으로 살펴보기 위해 빌린 분석장치이다.

따라서 먼저 박두진의 전기와 그 작품에 대한 영향 관계를 살펴 보았다. 제2장의 그의 생애적 고찰에서, 어린 시절 고향 고장치기에서 받았던 자연과의 교감, 그리고 상경하여 기독교에 입문하면서 끊임없는 신의 세계에 대한 갈구, 그리고 6·25와 4·19, 10월유신과 같은 역사의 격동기를 거치면서 형성되었던 민족에 대한 사랑과 폭력에 대한 저항, 만년에 접어들면서 수석이 주는 신의 섭리와 그것과의 일체화를 통해 얻고자 했던 신과 인간의 합일을 차례로 기술하였다. 이것은 그의 인간적 변모이자 시세계의 변화이기도 하다. 이는 그의 생애와 시세계가 서로 밀접한 관련을 맺고 있음을 뜻한다.

다음으로 그의 시세계의 변천을 나름대로의 시대적 구분을 통해 살펴보았다. 박두진의 시적 변모는 논자들에 의해 조금씩 차이는 있지만 전술한 바대로 초기시, 중기시, 후기시의 세 시기로 나누는 것이 거의 정설이다. 시인의 시정신을 시기별로 고찰하는 것은 자로 재듯 그 시기를 정확히 나눌 수 없는 한계를 가지기도 한다. 중기시에서 주로 보여주었던 혜산의 '저항의지'와 '인간에 대한 관심'은 중기에서만 나타나는 것은 아니었다. 후기시에서도 그가 직면했던 현실의 부조리와 인간사의 모습이 부각되어 조명되고 있으며, 시인은 그가 살았던 시대를 생생하게 보여주고 있기 때문이다. 이 연구에서 혜산의 시의식을 시기별로 나누어 본 것은 큰 흐름을 살펴보기 위한 것임을 밝혀 둔다. 따라서 시를 분석할 때는 후기에 있던 시가 중기시의 특성에서도 다루어질 것이며, 경우에 따라 작품은 시기를 초월하여 분석될 것이다. 따라서 제3장에서는 그의 초기시에 나타난 자연성과 식민지 현실을 인식한 그의 부활의 심상을 고찰하였다.

다음 제4장에서는 6·25와 4·19, 5·16 등 일련의 역사적 소용돌이를 거치면서 발표된 그의 중기시를 중심으로 혜산 시에 나타난 역사성과 저항의지를 살펴 보았다. 그가 초기시에서 보여주었던 민족과 역사에 대한 관심이 보다 구체성을 띠며 현실에 가까워지는 것을 살필 것이다.

제5장에서는 초기시에서부터 일관되게 투영되었던 신과의 전일(全一)한 만남이 구체적으로 나타난 작품들을 고찰하였다. 또한 수석 연작시를 연구대상으로 하여, 그의 시에 나타난 수석의 상상력과 그것을 통해 도달하려는 자연과 인간과 신성세계와의 일체를 살피고자 하였다.

이 연구의 텍스트는 그 동안 발간된 혜산의 시집을 대상으로 하면서, 특히 1982~84년에 발간된 『박두진전집』[50] 전10권을 기본으로 삼았다. 여기에 수록된 작품은 총 840편인데, 이 중에서 제9권에 수록된 기념시(『기의 윤리』) 44편을 제외하고 796편을 그 대상으로 하였다.

---

50) 『박두진전집』은 총10권으로 1949~84년 사이에 간행된 박두진 개인 시집을 한데 묶은 것이다.
제1권:『해』,『오도』,『인간밀림』
제2권:『거미와 성좌』,『청록집』시대, 『해』시대, 『오도』시대
제3권:『하얀날개』,『고산식물』
제4권:『수석열전』
제5권:『속·수석열전』
제6권:『포옹무한』
제7권:『별과 조개』,『사도행전』
제8권:『하늘까지 닿는 소리』
제9권:『아, 민족』,『기의 윤리』
제10권:『수석연가』

제2장

생애와 시적 편력

1. 자연과의 친화

혜산 박두진은 1916년 3월 10일 경기도 안성군 안성읍 봉남리 360번지(현재의 안성여자중학교)[51]에서 태어나 9세 때 고장치기라는 마을로 이주했다. 그가 자라난 고장치기는 차령산맥의 한 끝마무림이면서 안성읍에서 충북 진천으로 넘어가는 벌판길을 남쪽 앞으로 바라보고, 뒤쪽으로는 안성읍에서 죽산, 장호원으로 넘어가는 신작로를 가까이 끼고 있는 작디작은 빈촌이었다.[52] 아버지는 건강한 체력에 격정과 인자를 겸한 성품, 그리고 유식하면서도 겸허했고 유교적 덕성이 몸에 밴 데다 부지런하고 자상하며 다정다감한 분이었다. 어머니는 무학이었으나 사리에 밝았으며, 자녀교육에 열의가 많았다. 특히 어머니는 섬세하고 능숙한 말솜씨, 아주 사실적인 묘사력과 풍부한 어휘력을 갖고 있어 박두진이 시인이 되는 데 많은 영향을 주었다.[53]

혜산이 17세까지 자라온 고장치기 마을은 한국의 전형적인 향토적 공간으로서의 시골의 모습을 띠고 있다.

---

51) 일명 '마골'이라 불리웠던 곳으로 박두진 생가는 남아 있지 않고 현재 안성여자중학교 운동장으로 사용되고 있다. 그후 안성군 보개면 양복리(양협)로 이사하여 2년간 어린 시절을 보내다가 그가 9세 때 안성군 보개면 동신리(고장치기)로 이사하여 18세에 서울로 이사하기 전까지 이곳에서 살았다. 지금까지 여러 논의에서는 그의 출생지를 '고장치기'로 적고 있는데, 고장치기는 그의 출생지가 아니라 소년기를 보냈던 곳이다. 혜산은 고장치기에서 중요한 시적 영감을 얻었는데 고장치기(동신리)는 그의 에세이 등에 빈번하게 등장한다.

52) 박두진,『현대시의 이해와 체험』(서울:일조각, 1995), p. 87.

53) 위의 책, p. 91.

> 나의 가장 다감했던 소년시절의 대부분을 길러준 자연 환경은 허허한 벌판이었다. 대부분이 논벌, 멀리 한 이십리쯤 저만치로 길고 묵중한 청룡산 줄기가 그 시야를 하늘로 맞대어 줄 뿐 거기까지는 그대로 일망무제, 아무것도 가리는 것이 없는 허허한 벌판이었다.[54]

시적 감수성을 지닌 예술가에게 향토적 공간의 체험은 나름의 독자적 의식세계를 구성하는데 중요한 역할을 하게 된다.

청룡산과 사갑들이라는 두 존재가 혜산의 성격이나 그 뒤의 의식구조를 형성하는 가장 잠재적이고 깊고 순수한 자연 조건의 바탕을 이룬 요소였다.

또 하나는 바람인데 시인의 고향 고장치기는 분지의 중앙에 자리잡고 있어서 바람이 많았다. 드넓은 사갑들을 질러 불어오는 바람의 감촉과 의미, 바람의 쓸쓸함과 상징은 그대로 자연과의 대화였고 내밀한 교감의 체험이었다.[55] 혜산이 어린 시절 체험했던 바람 등 자연과의 교섭은 그의 무의식에 지배되어 원체험으로 자리잡았다. 따라서 그가 겪은 안성이라는 향토적 공간 체험은 그의 의식 구조에 깊은 영향을 주었다.

이처럼 바람 소리는 혜산에게 있어 인간의 한계와 영원한 초월의 세계를 깨닫게 하는 자연의 음악이요, 언어인 동시에 자연과의 비밀하고도 신비한 교섭이었다. 동시에 그것은 자연에 대한 새로운 인식이기도 하였다.

청룡산, 사갑들 떠오르는 해, 밤하늘의 별, 바람 등은 그의 시적 작업의

---

54) 위의 책, p. 86.

55) "나의 귓부리를 불고 콧잔등을 불고, 뺨을, 목덜미를, 옷소매를, 등덜미를 부는 바람의 그 바람소리는 바로 나 이외의 대상, 나에 대한 자연의, 그 자연이 지껄여 오는 언어요 방언이며 무어라고 의미화할 수 없는, 개념화할 수 없는 순수 언어이며 그 본질이다. 아무도 몰래 듣고 단 둘이서 말하고 모든 것을 말하고 끊임없이 말한다. 인간을 인간과의 관계로만, 가족이나 육친적인 관련과 그 인연에서만 생각하는 데서 떠나게 하고, 동시에 그 고독을, 나 혼자의 존재이기도 함을 비로소 그 바람은 나에게 일러 줬다." (위의 책, p. 88).

자원이었다. 혜산의 자연과의 친화된 모습은 '산'에서부터 시작된다. 떠오르는 해를 보며 꿈을 키웠던 청룡산과 동네 뒷동산의 칡순과 다박솔, 할미꽃, 멧새소리 등은 그의 영혼을 채우고 환희를 체험하게 한 최초의 신비였다. 산에 대한 애정은 평생 그를 산에 오르내리도록 하였으며 금강산 기행으로 이어진다. <향현>, <도봉>, <묘지송> 등의 작품이 씌어진 배경도 상경하여 서울 근교의 산을 등산하며 얻어진 시상으로 탄생되었다. 그 다음의 시적 매재는 '빛=태양=해'로 집약된다. 빛의 상징성으로 인해 혜산의 시세계는 역동성, 광명, 회복, 상승 등 불멸의 이미지로 살아 있어 그를 '빛의 시인'으로 평가하기도 하였다. 이러한 영원한 생명성에 있어 '별' 또한 주요한 자원이며, 유년시절 체험이 기초가 된 존재론적 바탕으로서의 별은 영원성의 상징으로 형상화 되었다. 유년시절의 이러한 원형적 체험으로서의 자연 전체는 그에게 놀라움과 아름다움을 동시에 주는 시적 매재였다. 유년시절의 몽상은 우리에게 자유를 주어 역사를 꿈꾸게 한다.[56)]

1946년 박두진・박목월・조지훈과 공동으로 발간한『청록집』이후 이들은 자연파 시인, 청록파, 3가 시인 등으로 불리고 있는데 박두진은 이들 두 시인과는 다른 뚜렷한 특징을 갖는다. 조지훈은 자연을 동양적 자연관으로 음미하고 목월은 토속적인 자연 속에서 하나가 되는 전통적 자연관이라면, 혜산은 자연 속에 들어가 체험하고, 적극적으로 정복하고 재창조하려고 하였다. 그의 자연이 역동적인 생명력을 지녔다는 논의는 이러한 이유에서이다.

혜산이 시에서 그리는 자연은 한용운, 조지훈의 선적 자연주의나 서정주, 신석초의 불교적 자연주의 내지 도교적 자연주의나 박목월, 김소월의 외면적, 객관적 자연이나 김영랑의 유미적 자연주의와는 다르다. 그것은 내면적

56) G. Bachelard, *La Poétique de la revevie*, 김현 역,『몽상의 시학』(서울:기린원, 1995), p. 115.

자연, 주체적 자연[57]으로서, 그것은 청원적인 감정 상태의 직핍, 지고한 대상에 대한 서정적 자아의 내적 감동 및 긴장으로 표출되는 자연이며, 인간의 감탄 대상이 되기도 하고, 이상향일 수 있으며, 이데아의 표상으로서 산, 하늘, 바다, 해일 수 있고, 이러한 정신과 결합된 감각적 발상은 순전히 내발적이다. 이런 점에서 같은 청록파 시인인 박목월, 조지훈과는 구별된다.[58]

박두진은 청록파 중에서도 가장 적극적이고 순수하며 가장 자연적인 시인으로서, 자연을 자연 그 상태로 간과하지 않고 그 자연 속에 자신이 추구하는 이상세계를 강하게 포괄하고 있으며, 청록파의 두 시인과는 달리 처음부터 자연에 대한 특이한 관념적 신앙을 하나의 이상으로서 확립하고 있었다.[59]

특히 혜산의 시는 형태 해석에서부터 두드러지게 그다운 면모를 드러낸다. 그에 이르기까지 우리 주변의 서정시는 같은 말을 되풀이하지 않는 간결주의에 지배된 듯한 대체로 짤막한 형태를 취한 단곡이었다. 그것은 오랫동안 우리 주변에서 좋은 서정시의 본보기로 생각되어 온 한시의 5언이나 7언 등의 절구의 영향에서였고, 서정시는 간결한 가운데 강한 인상을 남겨야 한다는 통념에서 비롯되었다. 그러나 한시가 아닌 우리말 시에서는 여러 말을 주워섬기는 입심으로 심상과 가락이 이루어지는 수가 있다. 각설이 사설이나 타령들을 들을 때 까닭 모르게 흥취를 느끼는 것이 바로 이러한 힘을 빌린 것이다. 이렇게 보면 박두진은 그의 초기시에서 한국의 근대 서정시가 미처 개척하지 못한 처녀지에 손을 댔다는 논의가 가능하다. 이런 그의 시도는 <해>, <청산도> 등을 통해서 재확인되며, 그 이전 우리 시에는

---

57) 박철석,「한국현대시에 나타난 자연관」,≪현대시학≫, 1976. 2, pp. 125~126.

58) 박철희,「박두진론」, 서정주 외 편,『현대시인론』(서울:형설출판사, 1982), pp. 343~344.

59) 조연현,『한국현대문학사개관』(서울:정음사, 1974), p. 283.

거의 나타나지 않는 파토스(pathos)식 정열이 있다. 그러면서 그 목소리는 메아리를 일으키는 것이다.[60]

그의 초기시들은 참신하면서도 이상향에 대한 염원과 새로운 삶의 세계를 추구하던 작품으로서 자연은 그의 시에 절대적인 소재였다. 혜산의 초기 시들은 자연을 중요한 소재로 삼으면서 생명력이 역동하는 자연을 그리고 있다. 이러한 자연 속에서 그는 때로 이상향에 대한 염원과 새로운 질서의 세계에 대한 가능성을 모색하고 있기도 하다.

국어의 사용이 전면 금지되었던 일제 말기에 같은 청록파의 일원이었던 조지훈이 <동물원의 오후>에서 화자를 "철책 안에 갇힌" '나'로 형상화하여 자신을 짐승들에 둘러싸여 철책 안에 갇힌 존재로서 인식하고 있다면, 박두진은 <향현>에서 "확확 치밀어 오를 화염을" 기약하는 열린 가능성의 화자를 제시하고 있다.

박두진의 자연은 세속적인 한과 슬픔이 제거된 자연이면서 동시에 아카디아(Arcadia)와 유토피아(Utopia)적인 이상향의 자연[61]이다. 그의 이러한 자연은 시대와 민족이 위기에 처할 때 작품 <꽃구름 속에>서처럼 "치위와 주림에 시달리어"도 "꽃바람 불어" 올 것을 믿는 화자를 제시하여 건강성을 보여준다. 해방 공간의 혼란 속에서 그가 추구한 자연의 세계는 그 자체로도 신선한 생명력을 불어넣었다. 이것이 박두진이 가진 독특한 자연 인식이다.

그런 면에서 정지용이 그의 추천사에서 "신자연을 소개한다"[62]고 한 것은

---

60) 김용직,『변혁기의 시와 문화』(서울:서울대학교 출판부, 1992), pp. 300~302.

61) Arcadia와 Utopia는 모두 '이상향'으로 번역되지만 엄밀히 살펴보면 차이가 있다. 전자는 목가적인 자연에서 즐기며 사는 것을 의미한다면, 유토피아는 이상적인 것을 찾는, 때로 불가능하지만 완전을 찾으려는 노력이 수반되는 이상향이다. 전자가 이미 '놓여진'이라면 후자는 의지를 갖고 '노력해서 얻으려는' 이상향이다. 혜산은 '있는 그대로의 자연'과 그 안에서 '있어야 할 자연'을 찾으려 한 시인이다. 동양적 자연관으로서 음미하는 '바라보는 자연'과 '직접 들어가 체험·정복해 보는 자연'이 혜산 시의식에 병존하고 있어 그의 자연에 대한 독특한 해석을 가능하게 한다.

매우 시사적이다. 지용이 그를 우리 시문학사에서 '자연파 시인'이라 정의한 것은 동시대의 역사적인 수난과 그로 인한 억압과 비극적인 현실을 자연 속에서 새로운 삶의 질서를 창조하여 초극하려는 혜산의 역설적인 시적 의지를 평가한 것이라고 할 수 있다.

새로운 삶의 질서를 추구하려는 의지는 혜산이 일관성 있게 추구한 시의식이기도 하다. 그러므로 그의 시어는 현실적 구조에 유포되어 있는 언어에서 채취하지 않고 영원과 결부될 수 있는 물상들을 자연스레 배열하는 순서로 마음의 율동에서 채취하고 있다. 이러한 물상이미지들의 불멸성과 초시대성을 통하여 '시간으로부터의 탈출(escape from time)'[63]을 시도한다. 그러므로 그의 시에 자주 등장하는 악한 동물들의 이미지는 시간과 역사를 초월하여 해석할 수 있다. 일제시대에는 그 동물적 이미지가 일본일 수도 있고 6·25 전쟁 때는 동족을 죽여야 했던 잔혹한 동족일 수 있으며 60, 70년대 독재 정권시에는 자유를 억압했던 독재자일 수 있다. 시간과 역사를 초월하는 그의 시간으로부터의 탈출시도는 그가 염원하는 새로운 삶의 질서가 창조된 세계를 향한 의지이며, 자연은 이러한 의지를 시로 형상화하기에 가장 적합한 시적 소재였다.

2. 식민지 현실과 신앙적 의지

그의 소년시절, 청년시절은 일제 암흑기였다. 일본 제국주의의 잔혹했던 폭정을 체험하면서 성장한 혜산에게 민족의식의 발로는 당연한 결과라 볼

---

62) 정지용, 앞의 책, p. 195.

63) 정현기, 앞의 책, p. 163.

수 있으며, 그의 신앙심은 민족 위기에 있어 더욱 강한 저항의 시를 쓸 수 있도록 정의에 대한 신념을 갖게 하였다. 당시 그의 시의식 속에는 식민지 지식인으로서 일본 제국주의에 대한 강렬한 저항의식이 자리하고 있었다. 더욱이 1930년대말은 일본 제국주의가 대륙으로 향한 침략의지를 노골적으로 드러냈으며[64], 소위 치안 유지라는 미명으로 우리 민족에 대한 탄압이 극도로 자행된 시기였다. 우리 국어인 조선어 시간이 중학교 교과과정에서 폐지되고, 다시 국민학교(초등학교)에서도 폐지, 일본어를 상용하도록 하는 이른바 조선어 말살 정책이 강행되었다. 민족적인 색채를 띠는 모든 활동은 금지되었고, 한글로 발간되던 신문과 잡지는 모두 폐간되었다. <조선일보>, <동아일보> 등 신문이 1940년 8월 10일자로 강제 폐간되었고, 순수문예지인 ≪문장≫과 ≪인문평론≫도 자진 폐간할 수밖에 없도록 상황이 전개되었다. 그 뿐만 아니라 우리말로 된 많은 서책의 발행이 금지되고 『우리말 사전』을 편찬 중에 있던 조선어학회 학자들을 투옥하는 단말마적인 사태에

---

64) 1937년 7월 일본은 중국에 대해 전쟁을 도발, 중 · 일 전쟁이 시작되었다. 중국은 장기적으로 일본침략에 대응하고 중 · 일 전쟁은 장기화되었으며, 일본은 침략전쟁에 필요한 물자 수급을 한국으로부터 조달하려 하였다. 더욱이 1938년부터는 지원병이라는 이름 아래 한국 청년들은 중국의 침략 전선으로 내몰리고 쌀과 금속 등 전쟁에 필요한 물자도 약탈당하였다. 이러한 가혹한 시련은 '내선일체'라는 미명하에 우리 민족 말살정책으로 더욱 혹독하게 내몰리고 창씨개명이라 하여 성(姓)까지도 일본식으로 고치도록 강요되었다.

이러한 핍박은 일본이 1941년 12월 8일 미국 하와이의 진주만을 기습하여 태평양전쟁을 일으킨 후 더욱 심해졌고, 무모한 침략 전선의 확대는 우리 민족에게 더 큰 희생을 주었다. 징병과 징용, 전쟁물자의 약탈이 극에 달하였고 제국주의의 단말마 같은 발악이 절정에 달했다. 이러한 전쟁은 1943년 6월 일본 동맹국의 하나인 이탈리아가 연합국에 항복한 것을 고비로 제2차 세계대전의 전세가 판가름 나기 시작하여 45년 8월 15일 포츠담선언을 수락하고 일본이 무조건 항복을 할 때까지 우리 민족의 수난은 지속되었다.(하현강,『한국의 역사』, 서울:신구문화사, 1991, pp. 300~301)

까지 이르렀다. 그 결과 우리말로 된 문학 작품은 거의 사라지고 작가에 대한 제약과 압박도 날로 심하여져 붓을 꺾고 자취를 감춘 문인도 많았으며, 징용으로 끌려가거나 구금 상태에 놓인 문인도 적지 않았으므로, 문학 작품의 자유로운 창작 활동은 불가능한 상황에 놓여 있었다.[65]

청년기 지식인으로서 그는 나라를 빼앗긴 치욕과 암울한 현실, 부당한 민족 위기 현실에 당면하여 자연히 이를 구원하고 상처를 위로해 줄 메시아의 도래를 기원하게 된다. 폭넓은 세계에서 깊이 깨달은 사람을 만나 고민의 해답을 구하겠다고 결심한 박두진은 18세 되던 해 서울로 올라 왔고, 개인 측량 사무실에 취직하고 하숙생활을 하였다. 이 시기에 가졌던 갈등과 고독을 달래 주었던 것은 누님 만순의 편지[66]였다. 고향을 떠나 외롭게 살던 개인적 고독과 식민지 청년으로서의 고뇌는 이 시기 박두진을 문학에 더욱 심취하게 하였다. 또한 이즈음에 박두진은 기독교에 입문하였다. 이로써 그의 시세계는 기독교 신앙을 바탕으로 일관되고 독특하게 통일된 새 경지를 개척하게 되는 전환점을 마련하였다.

그는 인간의 영혼을 움직이고 정화시키는 것은 종교와 더불어 문학이라고 여기며, 특히 시야말로 신이 인간에게 내려 준 가장 큰 은총이라고 생각하였다. 그러므로 "시는 인간의 혼을 정화시키고 행복하게 하는 참다운 길이며 시로써 신에게 영광을 돌려야 한다"[67]라고 썼다. 여기에서 주목해야 할 점은

---

65) 박두진은 이러한 상황을 "일제에 굴종하는 글 이외에는 한글 시는 어디에도 발표할 지면이 없었던 암흑 동면기"로 표현했다. 그는 1939년부터 1945년 8월 해방직전까지 28편의 작품을 썼다. 이중≪문장≫지(1939년 등단~1941년 4월 폐간호)에 발표한 8편을 제외하면, 언제 빛을 보게 될지 모를 20편(<산과 산들을 일으키며>, <배암>, <푸른 하늘 아래> 등)의 시를 민족 암흑기에 쓴 것이다.(박두진,『박두진 문학정신』⑦, 서울:신원문화사, 1996, pp. 54~55)

66) 박두진보다 세 살 위였던 만순 누님은 혼자 있는 동생에게 열 장이 넘는 편지를 사흘 간격으로 보냈다. 남매의 우애와 서정이 교환됨은 물론, 이러한 편지 교환의 계기로 박두진은 문학적 자각과 아울러 기독교와 만나게 된다.

신에게 영광을 돌리기 위해 시를 쓰는 것이 아니라 시로써 신에게 영광을 돌려야 한다는 점이다. 즉, 종교적 이데아에 이르고자 하는 종교적 목적의식에 앞서 시의 세계로써 영광을 돌리고자 하는 그의 시작 태도가 혜산의 시를 종교시로 규정할 수 없게 하는 중요한 단서가 된다.

20세를 전후, 습작을 시작하여 한때 민요조 서정시나 동시 등을 발표했던 그는 7, 80 편의 습작을 거친 후 1939년 ≪아≫(芽)라는 동인지에 북만주로 이민 가는 동포의 정경을 담은 자유시 <북으로 가는 열차>를 발표했다.[68] 이 시기 그는 혼자 문장 수업을 하며 당시 시단의 감상적 퇴폐주의, 경박한 외래 취향의 모더니즘 시에 거부감을 느끼고 시대적 주의나 조류를 초월하는 영원성 있는 문학을 지향하고 있었다. 그가 자연에서 인간 생명의 근원과 영원성을 찾은 것은 이러한 결과이다. 이러할 즈음에 만났던 ≪문장≫과의 대면은 그의 문학과 인생 전반에 걸쳐 획기적인 사건이었다. 박두진은 당시 정지용이 주간으로 있었던 ≪문장≫에 1939년 6월 <향현>, <묘지송>이 1회 추천되고, 같은 해에 <낙엽송>이 두 번째로 추천, 다음 해 1월 <의>, <들국화>가 정지용에 의해 추천 완료됨으로써 등단하였다.

> 당신의 시를 시우(詩友) 소운한테 자랑삼어 보이었더니, 소운이 경륜(經綸)하는 중에 있던 산(山)의 시를 포기하노라고 합디다. 시를 무서워 할 줄 아는 시인을 다시 무서워할 것입니다. 유유히 펴고 앉은 당신의 시의 자세는 매우 편하여 보입니다.[69]

---

67) 박두진,『시와 사랑』(서울:신흥출판사, 1960), p. 163.

68) 박두진은 그의 처녀작에 관한 언급에서 활자화 된 첫 작품으로는 ≪아이생활≫지에 발표된 동요 <무지개>를 들고, 시로서의 첫작품으로는≪아≫지의 <북으로 가는 열차>를 들고 있다. 이 작품이 활자화 된 것을 보자 문학에의 열정과 신념이 더욱 강해졌다 (박두진,『박두진문학정신』①, 서울:신원문화사, 1996, p. 320 참조).

69) 정지용,≪문장≫, 1939. 6월호.

박두진을 추천한 정지용이 그의 첫 추천작인 <묘지송>과 <향현>의 뒤에 붙인 추천사에서 밝힌 말이다.

이처럼 박두진은 문단 첫 추천작에서부터 산의 시인, 자연에 대한 친화와 사랑을 바탕으로 하여 독특한 시세계를 펼친 시인이라는 평가를 받아 왔다. 그러나 그가 시단에 등단하던 시기는 앞에서 살펴본 바와 같이 일제 질곡의 참혹한 시기였고 의기에 찬 청년 시인에게는 더욱 모진 형벌의 시기였다.

청록파가 등단을 한 1939년 전후의 문단은 1930년대 말기의 혼미한 상황이 노정된 시기였다. 시문학파가 이루어 놓은 든든한 시의 터전에서 우리의 시문학은 만개의 순간을 맞이하였으나, 30년대의 시대적 상황은 그리 용이한 편은 아니었다. 이러한 시기에 유치환, 서정주 등의 시인이 등장하여 인간 생명의 존엄성을 노래하였는데, 생명파란 유파로 우리 시사에 뚜렷한 선을 그은 이들은 모더니즘이 추구했던 도시적인 것, 현대의 기계문명에서 어떠한 생명적인 것도 참을 수 없다는 모더니즘에 반동 대립으로부터 시작하였다.

이러한 시기에 나란히 등장한 유파가 청록파였다. 청록파는 시사적으로 모더니즘에 반발하여 도시적인 것과 기계문명에서 파생된 일체의 어둡고 부정적인 면을 '자연적'인 것에서 찾으려 하였다. 청록파의 공통된 고향은 자연이었으며 이들은 방법에 있어 차이는 있어도 지향점은 같은 자연적인 것에 있었다. 시문학파가 이루어 놓은 토대 위에서 그 기반을 공고히 다진 청록파였지만 이들의 표현 방법 치중 현상을 극복하고 한국시가 지향할 점을 모색하였다. 그러므로 청록파는 시문학파로부터 영향을 받고, 모더니즘의 도시 문명에 대립되는 영원한 생명의 고향을 자연에서 찾으려 한 특징을 갖는다.

일제의 잔혹함이 극에 달했던 시기에 문단에 등단한 청록파는 전대의 시문학파에서 계승할 것은 계승하고, 거부할 것은 거부하면서 시사적 위치를 공고히 하는데, 특히 8·15 해방 이후와 6·25 전쟁의 혼란 속에서도 신념을 가진 순수한 시정신으로 시단을 지켜왔다는 데 큰 의미가 있다. 한국 문단에 있어 자칫 공백의 위기에 처했던 해방 공간과 전쟁의 혼란 속에서 청록파는 시류에 흔들리지 않고 시단을 지켜왔으며, 지금까지 그 맥을 이어주고 있다.

박두진의 초기시는 진취적 현실과의 근본적인 화해가 불가능했던 일제 말기의 식민지 상황에서 그 현실의 모순을 타개하기 위해 자연과 만남으로써 민족위기 현실의 좌절과 고뇌를 극복하려 했다.70)

현실적인 이유에서 택한 '자연'에서 혜산은 거룩한 힘과 아름다움을 발견하고, 지고한 이데아를 지향하며 밝은 소망을 가지고 자연에서 새로운 생명을 추구하였다. 그는 자연 속에서 개인적 정서에 충실하기보다 다수 인간에 보편되는 감동에 중점을 두었으며 종교적 신념을 시로 승화시켰다. 일제의 질곡에서도 밝고 희망찬 어조를 견지할 수 있었던 힘은 자연에서 비롯되었고 이러한 자연 속에서 종교적 신념은 더욱 뚜렷해졌던 것이다. 그러므로 그의 시 <향현>에서 "확확 치밀어 오를 화염을" 기다리듯 민족의 밝은 전망을 기대할 수 있었다.

청록파의 공통된 세계가 자연이라면 박두진은 여러 가지로 다른 두 시인과는 또 다른 차원에서 자연의 존재를 감각한다. 그의 자연은 정적이기보다 동적이며, 자연에 파묻혀 은둔하는 동양적 자연이기보다는 정복하고 다스리고자 하는 서양적 자연의 경향이 강하다. 그래서 그의 시는 역동적이며 거센 바다처럼 파고가 높고 어조가 강하다.

---

70) "민족적인 참담한 현실에 대한 정치적 의분과 반항의식, 어쩔 수 없는 강압에 대한 억울한 인욕(忍辱) 내지는 어디 두고 보자고 벼르는 대기태세가 이 당시의 내 시들의 주요한 창작계기였고, 그러기 위하여는 그들의 강압검열의 문을 통과해야 하기 때문에 모든 직접적인 제약을 받지 않을 수 없었으니 이러한 정세에서 타개된 시의 길이 정치나 사회세계보다는 그 유일한 혈로를 자연에다 구할 수밖에 없었던 것입니다. (중략) 우리가 가질 하나의 영원한 갈망과 염원과 동경의 정서를 확립하는 바탕으로써 자연을 택하지 않을 수 없습니다." (박두진,『시인의 고향』, 서울:범조사, 1959, pp. 183~184).

박목월 · 조지훈에게 있어서 자연이 실재의 한 외형이라고 하면, 박두진의 경우 그것은 또 하나의 탈세속의 장이었다. 자연은 그에게 있어 경외와 감탄의 대상이며, 인간이 염원하는 이상향의 현존일 수도 있고, 또한 삶을 바꾸어 놓을 수 있는 내적 이데아의 표상일 수도 있었다.

그는 일제 암흑기, 참담한 현실과 대치되는 정신적 세계로서의 밝고 희망찬 새로운 세계를 자연 속에서 찾았고, 나아가서 순진과 청신한 세계의 의미를 천착하기도 한다. 이러한 정신과 결합된 감각적 발상은 순전히 내발적이면서도 자설적(自說的)이며, 이런 점에서 그는 같은 청록파 동인이었던 박목월이나 조지훈과 구별된다.71)

특히 ≪문장≫지 추천시를 포함하여 초기시에 해당되는 작품을 살펴볼 때 이러한 특징은 뚜렷이 밝혀진다. 이 시기 혜산의 자연 배경은 주로 '산'이었음이 확인되는데, 포근한 무덤과 "무수한 짐승을 지니인" '산'은 혜산이 추구한 자연이 가장 생명력있게 형상화되었다. <향현>, <도봉>, <청산도>, <산아>, <설악부> 등에서 혜산이 전개하는 산은 놓여진 그대로의 관조적인 산이 아니라 산 속에 존재하는 모든 동 · 식물과 무덤까지 들춰내어 역동성을 부여한다. 그의 이러한 자연의식은 청록파의 두 시인과 구별되는 점이며, "자연에 대한 긍정적 찬가에서 출발하여 힘찬 의지와 서정의 여율로 목청을 돋우어"72) 노래한 시인이라는 평가를 받기도 하였다.

박두진의 초기시는 부정적, 비관적 현실인식을 바탕으로 하면서도 좌절하거나 절망하지 않고, 미래지향적인 낙원 회복의 꿈과 기다림을 간직하고 있는 것이 특징이다. 이러한 미래지향적인 믿음과 낙원 회복의 의지는 누님의 권유로 기독교에 입문한 것에서 비롯된다.

그의 기독교적 시의식은 그가 추구한 문학사상의 바탕을 민족적이기보다

71) 박철희,「청록파연구Ⅱ」,『국문학논문선』⑨(서울:민중서관, 1977), pp. 447~448.
72) 정한모,『현대시론』(서울:보성문화사, 1994), p. 320.

는 인류적이었으며, 투쟁적이기보다는 평화적이며, 미움보다는 사랑, 현재보다는 미래의 영원한 동경, 궁극적인 완성의 세계, 우주의 대조화에 두는 계기로 삼게 하였다. 이 점은 박두진 시의 원죄의식과도 깊은 관련이 있으며, 당대의 고통받는 이웃을 외면했다는 비판을 받는 부분이기도 하다. 그러나 한편 그가 끝내 힘의 논리에 굴복하지 않을 수 있었던 자세는 바로 여기에 있는 것이다. 그는 당대의 억압받는 현실 가운데에서 현실로부터 도피한 것이 아니라 좀더 궁극적인 것으로 초월하려 한 것이었고, 이것은 그의 미래 지향 의지를 설명해 준다.

혜산의 초기시는 독특한 자연관을 시적 구도로 하여 민족의 시련에 대한 신앙적 원죄의식을 시로 형상화하였다. <묘지송>, <도봉>, <향현>, <푸른 하늘 아래> 등의 시들은 비판적인 현실 인식을 바탕으로 하면서도 그에 좌절하지 않는 미래 지향적인 의지를 표명하고 있어 그의 자연관에 신앙의 힘이 합일되어 있음을 살펴볼 수 있다. 특히 <향현>에서 보여준 강력한 미래 지향의 확신은 초기시에 나타난 혜산의 민족 정신을 단적으로 보여주고 있다. 약육강식에서 나온 악의 논리를 부정하고 "여우, 이리, 사슴, 토끼가 함께 즐거이" 지낼 수 있는 인류의 화해로운 공존을 희구하는 정신 바탕에는 그의 민족관과 아울러 내면에 신앙이 자리하고 있었음을 알 수 있다.

불의스런 명분으로 죽고 죽이는 것과 비극과 죄악을 대자연의 이치와 도덕률, 신의 섭리와 같은 것을 빌려 그들의 멸망을 예고하는 시 <푸른 하늘 아래>는 박두진의 정신적 기저를 잘 알게 한다. 이러한 세계주의적 이념 속에는 민족의식과 민족적 감정이 깔려 있음을 다시 확인할 수 있다.

그의 초기시에 드러난 '해'의 심상은 일제의 억눌림으로부터 치솟아오르려는 치열한 정신을 아름답게 표출하고 있다. 억눌림으로부터의 치솟음의 의미는 이 시기 시인의식을 대표하는 한 특질임은 말할 것도 없으며, 시인이 살았던 일제 말기 사회적 환경의 짜임과 깊은 상관관계에서 그 형성적 여러 요인들을 이해할 수 있을 것이다.[73]

소년시절 부모님을 통하여 갑오경장과 경술국치, 한일 강제 합병과 3·1 운동 등에 대하여 들으며 자랐고, 이러한 일련의 이야기들은 그의 의식 속에 민족과 역사를 깨닫게 하는 단초가 되었다. 그는 자라면서 나라를 빼앗긴 국민으로서의 비참함이 어떠한가를 목도·체험하였고, 이러한 경험은 그로 하여금 배일감정을 다지게 하였다. 배일감정은 혜산 민족의식의 기저를 형성하여 불의에 대해 준열히 항거하는 시세계의 배경을 이루게 된다. 이러한 민족의식은 그가 택한 신앙과 조우하여 민족과 국가를 넘어 온 인류의 화해로운 공존을 희구하는 영원한 이상향을 추구하게 하였다.

민족의 암흑기에 택한 혜산 시의 소재는 자연이었으며, 자연의 시적 구도 밑에 흐르는 주제는 본연지성의 자연에 대한 친화와 아울러 민족의식, 또는 신앙적 부활의지로 집약된다. 혜산이 자연을 소재로 했을 때 음풍농월이나 감상주의, 도피주의에 머물지 않고 현실회복의 밝은 미래 전망이 나타난 것은 그의 뚜렷한 현실인식과 아울러 신앙적 의지와 밀접한 관련이 있다.

자연은 혜산 시의 소재이면서 건강한 시의식의 뿌리였으므로 그는 패배와 감상, 무기력과 도피적인 시정신을 극복하고 민족정신의 당위성을 견지한 저항적인 시정신을 지니려 하였다. 또한 치열한 지사정신으로 현실회복의 밝고 힘찬 생명력 넘치는 시를 썼다.

3. 민족 분열과 시인의 고뇌

식민지 시대 말기부터 1950년대 초반에 걸쳐 보여주었던 혜산의 시의식이 자연을 시적 매재로 하여 부조리에 대한 항거의 몸짓을 보여주었다면, 박두

---

73) 신동욱,「해와 삶의 원리」,『박두진전집』②(서울:범조사, 1982), p. 304.

진의 시에서 그의 인생관과 역사관, 현실관이 가장 잘 드러나 있는 시기는 1950년 6・25 전쟁 이후부터 1960년 4・19 혁명과 1961년 5・16 이후 독재 정권에 이르는 기간으로 중기시에 해당된다.

6・25라는 민족상잔의 씻을 수 없는 상처와 고통, 부패한 정권을 타도하고 민주주의를 이 땅에 실현하려는 4・19 학생혁명의 의지 속에서 그는 <기>, <꽃과 항구>, <산맥을 간다>, <우리들의 기빨을 내린 것이 아니다>, <바다의 영가>, <봄에의 격> 등을 발표, 이 시기에 그의 시가 추구하는 적극적 저항의지를 단적으로 보여주고 있다.

> 어떻게 하면 이 처절한 민족적 시련을 나 자신의 고도한 정신적 체험으로 삼아, 더 큰 인류악, 원죄의식으로 심화시켜 그것을 초극하고, 그것에서 벗어나는 계기를 삼을까 하는 것이 그 주요 명제들이었다. 이 시기의 특성은 이때까지의 초월적인 나 너무도 타당한 천상적인 희원이나 그 이념으로는 목전의 현실인 피비린내나는 현상과 그 비극을 합리화시키고, 그것에 대응하여 처리할 근거가 너무 우원한 것이 아닐 수 없음을 더 절실하게 느낀 것이다. 더 지상적인 현실과 긴박성을 필요로 하는 민족적인 속죄의식과 그 시대고와 민족의 참극을 이겨내는 중심과제가 곧 시의 과제였었다.[74]

시집 『오도』는 6・25 전쟁과 1・4 후퇴 때의 대구 피난지에서 직접 간접으로 겪은 전란과 그 전란을 통한 시적 대응으로 얻어진 작품들이다. 삶과 죽음이 한 공간에서 처절한 각축전을 벌일 때, 살아 있는 생명체가 갈구하는 것은 삶이라는 뚜렷한 명제 앞에서 그가 시인으로서 유일하게 노래할 수 있었던 것은 속세의 '삶' 속에서 고통받고 있는 민족 구성원이 진정한 삶을 영위하는 것에 대한 기원이었다.

---

74) 박두진,『한국현대시론』(서울:일조각, 1992), p. 153.

시집『거미와 성좌』는 1·4 후퇴 직전에서 4·19 혁명이라는 두 가지 민족적인 귀중한 시련과 역사적인 변혁을 체험한 생생한 시의 역정이 각인되어 있다. 6·25 전쟁, 1·4 후퇴와 환도를 계기로 한 정신적 고투가 이 시집에 보여지고 있다. 그는 세기의 비극과 인간, 인류의 비극에 대한 규명을 통해서 그 본질을 밝히고 그 근원을 탐색해서 극복하는 것을 절실히 필요로 했으며 이에 대한 물음과 화답이『거미와 성좌』에 타나나 있다.

<젊은 죽음들에게>, <거미와 성좌>, <꽃과 항구>, <우리들의 기빨을 내린 것이 아니다>, <봄에의 격> 등이 수록되어 있는『거미와 성좌』는 박두진 시정신이 그 상상력의 뿌리를 지상의 영토에 깊숙히 들이밀었던 시대에 발표되었으며, 이것은 박두진 시의 출발로부터 설계되어 있는 '자연'과 '인간'과 '신'의 3단계에서 보면, 그 제2단계인 인간의 세계를 대상으로 하는 범주에 든다.

이러한 현실에 대한 시는 곧 인간이 처한 사회현실을 직시한다는 의미이며, 민족에 대한 관심의 현현이며, 이 시기에 그는 특히 민족이 겪고 있는 역사적 고통을 극복과 구원의 신앙적 대상으로 삼아 절대가치에 대한 탐구와 모색을 시도하였다.

<우리는 보았다>에서 보여지는 '이리떼', '피', '악'에서처럼 그는 현대의 성격을 근본적으로 죄악시함으로써 인간과 사회적인 관심조차도 긍정적인 현실이 아니라 풍자나 아이러니, 패러독스보다는 직접적인 비평, 고발형식을 시의 표현 효과로 생각했다.[75]

우회의 방법이 아닌 돌파의 시정신, 천상적 평화에의 간구가 지상적 불의에로 향하기까지 그가 정면으로 마주해야 했던 타락하고 부정한 삶의 현실은 그만큼 강팍스럽고, 그것에 대한 시적 응답은 역사적 전기와 함께 '자유와 죽음의 대위법'[76]으로 나타나게 된 것이다. 삶과 죽음이라는 양분되어 있으

---

75) 이운용, 앞의 논문, p. 68.

면서도 결코 이분될 수 없는 절대절명의 과제 앞에서 파생되는 갖가지 악에 대해 그는 죽음을 각오하고 대응한다. 진정한 삶을 위해 택하는 죽음은 혜산 시의 아이러니이다.

그는 부정과 부조리에 대해 비타협적인 시어 구사의 시인이다. 절제된 호흡과 격렬한 내면이 표출된 시어는 현실에 철저히 동참하는 시인에게서만 나올 수 있는 것이다. 그가 기독교인이기 이전에 시인이며, 참된 의미의 혁명가에 가까운 시인이라는 평가를 받는 것은 현실 참여의 강한 시편들이 있기 때문이다. 시종여일하게 불의에 타협하지 않는 그의 시정신은 시대를 초월하여 지속되었다. 일제 강점기에 보여주었던 화염이 솟아오르기를 고대한 시정신과 미래지향적 의지, 전쟁과 혁명의 소용돌이 속에서 보여준 폭발적이며 충일한 의지, 이러한 그의 시의식은 후기시에 이르러서도 꿋꿋하게 지속되고 있다. 그리고 그 기저에는 살아 있는 모든 생명체가 구원을 호소할 수 있는 깊은 구도적 신앙이 자리하고 있다. 그렇지만 타락하고 부정한 삶의 현실을 극복하려는 그의 시적 에너지는 처음부터 신에 의지하는 것이 아니었다. 오히려 현실에 더욱 철저히 동참하고 그 안에서 파생되는 선과 악을 체험, 인간적으로 극복하기 위해 노력한 후에야 비로소 신에 갈구하는 자세를 견지했다.

4. 수석과의 교감

박두진의 자연은 신과 인간과의 관계에서 비로소 그 존재가 확실해진다. 그는 자연 속에서 인간 구원을 추구[77]하는데 완전하고 이상화된 인간 교훈

---

76) 김윤식 · 김 현,『한국문학사』(서울: 민음사, 1982), p. 269.

이 남긴 자연의 질서 속에서 하느님의 얼굴을 해석해내며 인생의 진리를 깨닫고 있는 것이다. 이러한 자연에는 혜산의 인생관은 물론 민족과 현실이 응축되어 있어 내면화된 자연이며, 그 속에 신의 섭리가 강하게 작용하고 있음을 알 수 있다. 그는 마음에 있는 자연, 사랑과 생명의 원리에서 있는 자연, 살아 있고, 아름답고, 생명과 질서가 있고, 온 우주에 있고, 사랑의 본질과 또한 그 주재자의 의지가 있는 '실재'로서의 자연[78]을 주장하는 것이다.

그러므로 그의 자연은 놓여진 그대로, 보여지는 그대로의 자연이 아니다. 박두진의 자연은 자기화되고, 생명화된, 때로는 관념화된 자연으로 새롭게 나타난다. 자연의 모습이 박두진의 시에서 비로소 갖가지 양상으로 재창조되는데 자연의 관념화, 관념의 구체화가 잘 나타나 있는 작품으로서『수석열전』,『속 · 수석열전』,『수석연가』에 수록된 '수석'에 대한 시를 들 수 있다.

만년에 박두진은 수석(水石)에 심취하였다. 수석(壽石)은 긴 세월 동안 조형화된 자연의 산물이다. 혜산은 이러한 수석을 굳이 수석(水石)이라 명명하였다. 그는 물 속에서 혹은 물가에서 찾은 돌을 고집한다. 물살에 깎이고 물결에 다듬어지면서 언제 적부터 있어 왔는지 모르지만 태고의 신비가 돌 속에 숨쉬고 있음을 발견하다. 그렇다면 혜산에게 있어 물과 돌의 관계는 어떤 의미를 지니는가. 혜산 시에 등장하는 물은 원형으로서의 '씻김'의 의미와 아울러 영속성의 의미를 가진다. 하나의 돌은 물 속에서 수없이 씻김의 과정을 반복하며 새롭게 반복하여 태어난다. 이것은 원죄의 씻김이며 재생의 이미지로 확대된다. 반복된 과정 속에서 다듬어진 하나의 돌은 물의 속성을 닮아 영원한 생명, 지속적인 생명을 가지고 있다. 그러므로 혜산은 물 속에서 또는 물가에서 수석(水石)을 발견한다. 물과 함께 한 수석(水石)은

---

77) 김동리,『문학과 인간』(서울: 백민문화사, 1948), p. 76.
78) 김해성,『한국시론』(서울:진명문화사, 1975), p. 323.

선택된 순간 영원한 생명을 부여받은 수석(壽石)이 된다.

선택되어진 하나의 돌은 그 안에 모든 것을 응축하고 있다. 비바람과 물살에 깎여진 돌은 살아 있는 모든 생명체가 온전한 생명체로 태어나기 위해서 거치는 시련과 극복의 과정과 닮아 있다. 그것은 신이 인간에게 내린 시험일 수 있으며, 인간이 스스로 저질러 놓은 죄악에 대한 고통일 수도 있고, 저대로의 자연 안에서 자연의 이치대로 둥글리고 다듬어진 모양 그대로의 돌의 형상일 수도 있다. 혜산은 돌(수석)에서 그 모두를 찾아내었다. 자연과 인생의 다난한 모습과 신의 섭리가 그것이다.

그의 일련의 수석시는 일종의 자연 사물인 수석, 즉 구체적인 소재인 수석을 통해, 자연을 앞에 놓고 창조주의 위대한 능력을 파악해 내고 있다.[79] 수석과의 만남은 곧 자연과의 만남이고 인간사와의 대면이며, 이는 또한 창조주와의 만남이기도 한 것이다.

> 시를 쓰기 위해 수석을 채집한 것은 아니었지만, 수석의 세계에 몰입하면서 시의 세계와의 깊은 만남을 알았고 그것이 하나의 경이로까지 느껴지게 되었다.
>
> 자연의 정수이자 핵심, 자연이 가진, 자연이 보여주는 어떤 구심적이며 초월적인 본체의 한 현현을 보게 될 때, 그것은 곧 내가 지녀온 시의 정신, 그 지향과 이상, 꿈과 바램의 가장 순수하고 탄력적인 대응을 체험하게 된 것이다.[80]

수석시에서 파악되는 자연은 단순하고 소박한 자연이 아니며, 시적 실재와 우주 존재론적 실재가 합일되거나 통일된 근원을 갖는다. 인간 역사의 위기와 갈등, 화해와 평화가 수석의 세계에서 조우한다. 현실과 미래에 무관

---

79) 이운용, 앞의 논문, p. 61.

80) 박두진,『박두진전집』④(서울:범조사, 1982), p. 30.

심할 수 없는 시적 고뇌와 그 대응의 의지가 수석시로 집약된 것이다. 그리하여 자연과 사회역사, 그리고 신의 세계인 종교의 시세계가 후기시의 중추를 이루는 수석시이고, 지금까지 겪어 온 시 세계, 시 정신, 시 기법이 포괄 종합적이고 일원화[81]되었다. 박두진의 시작업 분량에 있어서도 수석시가 차지하고 있는 비중은 매우 크다.[82] 물론 수석시가 거의 연재시라는 점을 간과할 수는 없지만, 그가 쏟았던 수석시에의 열정은 남다르다고 할 수 있다.

박두진의 수석시는 하나의 기독교인이 되기 위해 끝없이 자기를 선택하여 얻은 수확이다. 그에게 있어 수석 하나의 선택은 그의 삶의 선택이고 정신의 선택이며 인간의 선택이기도 하다.[83] 그러므로 <자화상>에서처럼 '돌'과 '나'는 간격이 없이 서로 동화되어 있다.

수석을 소재로 한 수석시에는 자연에 대한 무한한 동경과 아름다움과 희망이, <가을절벽>과 같은 시편에는 인간 역사의 고뇌와 번민, 그리고 고통이 고스란히 담겨져 있으며, 신의 영광과 찬란함이 모두 들어 있다. 자연과 인간과 신의 합일이라고 할까. 어느 것이 앞이고 어느 것이 더 중요하다고 할 수 없는 진리의 영원한 표상들이 들어 있는 것이다.

그러나 우리 인간이 신을 닮았지만, 신이 아니고 인간일 수밖에 없는 것에 대한 갈등과 이 세상에 시 쓰는 일이 가장 값지고 소중하지만, 인간의 언어로 시를 쓰는 한 영혼의 말을 대신해 주지 못하기 때문에 궁극적으로 시가 자신을 구원할 수 없다고 그는 자책한다. 언어 없이 영혼으로 씌어진 시만이 자신을 구원할 수 있는 바, 그가 언어 없이 쓰여진 신의 시를 구체적으로 발견한 것은 바로 수석이었다.[84]

---

81) 박두진,『박두진문학정신』⑦(서울:신원문화사, 1996), p. 100.

82) 수석시는『수석열전』에 100편, 『속 · 수석열전』에 100편,『수석연가』에 100편이 수록되어 있다.

83) 신대철,「인간과 무한한계」,『박두진전집』④(서울:범조사, 1982), p. 258.

84) 위의 책, p. 262.

그렇기 때문에 그의 시세계에 있어『수석열전』,『속·수석열전』,『수석연가』등의 시편이 그의 수석에 대한 애정에서 탄생되었고, "수석시를 다른 어떤 시보다도 전력을 기울여"[85] 쓸 수 있었던 것이다.

> 돌에서 찾는 시, 시에서 찾는 돌, 무릇 인간이 미칠 수 있는 온갖 사상, 감정, 정서, 감각의 무궁무진한 표상과 상징이 돌에서는 가능하기 때문이다.[86] 자연과 인간, 역사·사회, 그리고 종교 이 모두를 포괄 용해하여 추구한 것이 수석시 계열이었으며, 가장 궁극적인 '사랑', 가장 인간적이며 신적인 '사랑'을 만나 아울러 자연과 인간과 신과의 합일로 도달된 것이 바로 수석시였던 것이다.

위에서 언급한대로 세 권의 시집에 수록된 수석에 관한 300편의 시들은 그의 후기시에 시종일관 흐르는 생명력을 수석에서 탐색한 것들이다. 수석의 세계에서 그는 인간이 가진 한계와 그것을 극복하고 초월하려고 하는 인간의 바람 사이에 존재하는 갈등을 조절하기 위하여 지칠 줄 모르는 노력을 하고 있다. 수석을 보면서 수석이 현현하는 미묘하고 경이로운 모습에 경배를 드리며 엎드리고 또한 경건하고 성스러운 시원의 부름에 귀 기울이는 가운데 그의 수석시 편은 노래되었다. 이는 수석을 통한 근원의 탐색이며, 초월적 세계와의 교감이다.[87] 그의 수석시편이 인간과 자연과 신의 합일이라고 논의될 수 있는 것이 바로 이 때문이다.

---

85) 박두진,『박두진문학정신』②(서울: 신원문화사, 1996), p. 85.

86) 위의 책, p. 87.

87) 박철희,「자연과 인간, 그리고 신」,≪문학사상≫, 1998. 2, p. 137.

제3장

자연에 대한 시적 지향

1. 자연에의 외경

"박두진은 신자연이라는 새로운 세계를 가지고 산림에서 풍기는 식물성 향기와 같은 신선한 시적 체취를 풍기면서 나타났다. 청록파의 공통된 세계가 자연이라면 박두진이 그 중심적 존재"[88]라고 논의되는 것처럼 혜산의 시 공간은 자연과 밀접한 연관을 맺고 있다.

그의 시 전체를 일관하고 있는 것은 한 마디로 자연을 삶에 대한 긍정의 객관적 등가물로 파악하는 데 있다. 그는 자연에 대한 순수한 감각의 기쁨에서 출발하여 자연과 인간, 그리고 신을 동일시하는 것으로 귀착한다. 그만큼 그의 시에서는 자연 친화적인 세계와 예언자적인 호소가 처음부터 하나로 나타나고 있는 것이다.[89]

초기 시집인『청록집』과『해』에 수록된 시는 대개가 동·식물의 이미지가 자주 등장할 정도로 자연과 친화된 모습을 보이고 있다. 이런 이미지가 나타나게 된 근거를 시대와 사회적 배경에서 찾는 이들은 "일제의 수탈과 탄압은 많은 애국지사, 식자들의 독립항쟁 의식을 촉발시켰으며 한국의 많은 지사, 식자들의 저항운동도 여러 가지 형태"[90]로 나타난 결과라고 보고 있다. 이는 위 시집들이 1939년 ≪문장≫지 추천 시기로부터 6·25 전쟁 발발 직전까지의 제작된 연대를 감안해 볼 때 당연한 견해라 할 수 있다. 그를 억압했던 시대적 상황과 그것에 대한 시적 대응이 자연과의 친화된 모습으로 시로

---

88) 정한모, 앞의 책, p. 192

89) 박철희,「서정적 자아와 신앙적 자아」, 박철희 편,『박두진』(서울:서강대학교 출판부, 1996), p. 8.

90) 신상철,『현대시와 님의 연구』(서울:시문학사, 1983), p. 120.

승화되었다고 볼 수 있기 때문이다.

혜산과 자연과의 특별한 관계는 그의 유년시절과 깊은 관련을 갖는다. 그가 태어나고 자란 경기도 안성의 가터, 양협, 고장치기는 그가 유년에 만난 '경이'였다.[91] 사갑들과 청룡산은 혜산에게 자연의 무한성과 꿈을 주었고, 유년에 그가 겪었던 가난도 자연과 대면하게 한 매체였다. 배가 고플 때는 하늘을 보았고, 너른 벌판을 달려보기도 했다. 그가 가난하지 않고 모든 게 풍족했다면 오히려 하늘과 바람과 산을 볼 여유가 없었을 것이다.[92]

하나의 자연인 인간이 다시 새로운 자연의 질서로 합일되어 가는 것, 그것이 박두진의 진정한 자연과의 친화된 모습이다. 자연을 소재로 하고 있지만 거기에는 억눌린 현실에 대한 미래지향적인 의식이 담기고, 그것이 종교적 절대공간의 차원으로까지 연결되어 승화되고 있으니, 그의 자연은 무한한 힘과 지향점을 갖고 있는 것이다.

인간은 자연과 더불어 살아간다. 자연은 인간의 의식 속에 정체성을 새겨 넣는다. 또 인간은 자연과 알게 모르게 접하면서 그 조화의 미를 인식해 왔다. 대자연의 미는 예술의 미를 낳게 하는 모태가 되기도 한다. 인간의 생 본래의 터전이 곧 자연이요, 그래서 인간의 생은 이의 영향을 받지 않을 수가 없는 것으로서, 인간의 미의식 내지 예술 활동도 이 주어진 자연 환경 속에서 그 영향을 받지 않을 수 없다.[93] 그러므로 문학에 있어 자연의 수용은 자연스러울 뿐만 아니라, 오랜 전통을 갖고 있다. 문학은 전반적으로 자연을

---

91) "자연의 아름다움과의 첫 대면이 내가 자연에서 그 뒤에 얻을 수 있는 행복의 길에 대한 첫 문을 열어 주었는가 하면, 이 소박한 자연의 아름다움에 대한 첫 개안 그 첫 눈뜸이야말로 거의가 다 부여받을 수 있는 천부의 은총이며, 사실상 우리 인간들은 누구나가 그것을 고루고루 받아가지고 있는 것이 아닌가도 생각된다." (박두진, 『시와 사랑』, 서울:신흥출판사, 1960, p. 96)

92) 박두진의 1994년 3월 23일 강의 노트에서.

93) 백기수,『미학』(서울:서울대학교 출판부, 1979), pp. 1~8 참조.

배경으로 하고, 그 형식을 통하여 작가의 인생관, 사상 등이 작품의 내용으로 나타나고 있다.

> 해야 솟아라. 해야 솟아라. 맑앟게 씻은 얼굴 고운 해야 솟아라. 산 넘어 산 넘어서 어둠을 살라먹고, 산 넘어서 밤새도록 어둠을 살라먹고, 이글 이글 애뙨 얼굴 고은 해야 솟아라.
>
> 달밤이 싫여, 달밤이 싫여, 눈물같은 골짜기에 달밤이 싫여, 아무도 없는 뜰에 달밤이 나는 싫여…….
>
> 해야, 고운 해야. 늬가 오면 늬가사 오면, 나는 나는 청산이 좋아라. 훨훨훨 깃을 치는 청산이 좋아라. 청산이 있으면 홀로래도 좋아라.
>
> 사슴을 따라, 사슴을 따라, 양지로 양지로 사슴을 따라 사슴을 만나면 사슴과 놀고,
>
> 칡범을 따라 칡범을 따라 칡범을 만나면 칡범과 놀고,……
>
> 해야, 고운 해야. 해야 솟아라. 꿈이 아니래도 너를 만나면, 꽃도 새도 짐승도 한자리 앉아, 워어이 워어이 모두 불러 한자리 앉아 애뙤고 고은 날을 누려 보리라.
>
> <해>[94]

1949년에 발표된 작품집 『해』에 수록[95]된 혜산의 대표작이라고 할 만한

---

94) 『박두진전집』①(서울:범조사, 1982), p. 26. 이 논문에 인용되는 작품 중 1984년까지 발표 · 간행된 작품은 『박두진전집』(전10권)에서 인용하였다.

95) <해>는 1946년 5월≪상아탑≫잡지에 처음 발표되었으나 이후 1949년 그의 처녀시집 『해』의 표제가 된 시이다. 이 시의 발표로 혜산은 시인으로서의 입지를 더욱 공고히 하였다.

<해>의 전문이다. 이 시는 혜산의 시의식이 지향하고 있는 궁극적인 공간의 절정에까지 도달하고 있다. "해야 솟아라"라는 가락의 반복으로 "이글이글" 솟아난 해는 그 명령의 당찬 어조, 강한 의태어와 달리 "애띈 얼굴"의 말갛게 씻은 곱고 맑은 모습이다. "씻은"이라는 정화의 상징은 어둠과 오욕을 극복하고 떠오르는 세례의 이미지를 갖고 있다. 이렇게 솟아난 고운 해는 어둠과 악을 몰아내는 정의의 표상이면서 동시에 지상의 모든 생물들에게 에너지를 불어넣는 근원적인 생명력의 상징이다. 대자연의 법칙 안에서 존재하는 해의 상징은 민족 해방의 광명과 일체의 악을 몰아내는 밝음, 우주 만물에 생명을 불어넣는 상징체로 심화 확산되는 의미를 가진다.

이 시가 펼쳐 보이는 세계는 물론 당대 현실의 세계는 아니다. 이것은 현실로 실현되어야 할 세계이며, 박두진이 이 작품에서 추구하려 한 것은 포괄적인 이상의 세계이다.[96] 즉 그가 노래한 해와 고운 해가 솟아오르는 청산은 현실적 불화의 관계가 해소되는 곳으로서, <해>는 민족과 인류의 현재와 영원을 일관하면서도 포괄할 수 있는 전망을 집중적으로 완벽하게 형상화하려 한 작품이다. 그리고, 이 이상이 구현되는 장소가 모든 생명체들이 삶을 풍요롭게 구가하는 상징적 공간으로서의 청산인 것이다. 이곳은 힘차게 솟아오르는 순수한 이념의 상징인 해를 염원하는 곳이고, 나와 사슴이, 나와 칡범이 어울릴 수 있는 완벽한 조화의 장소이다. 따라서 시인의 지향 역시 자연을 통해 자아의 확대・심화를 기하고 있으며 상승적인 것을 도모하고 있음을 본다. 이러한 점에서 이 시는 두 가지의 해석이 가능해진다. 하나는 기독교적 원리가 충만한 원초적 생명의 세계라고 보는 방식인데, 혜산의 이력에서 기독교 지향성을 읽어냄으로써 충분히 가능한 이해 방식이다. 두 번째의 해석 방식은 당대 현실에 대한 대안의 의미로 이 시의 세계가 제시되었다고 보는 방법이다. 그러므로 암담한 식민지의 비관적 현실인식도

96) 박두진,「시의 운명」,≪문학사상≫, 1972. 10, pp. 276~277.

해의 이미지를 통해 미래에 대한 밝은 전망으로 바뀌어진다. 이와 같은 인간과 자연의 낙관적 전망은 그의 기독교적 낙원의식[97]과 무관하지 않다.

그러나 무엇보다 이 시에는 순수한 광명과 자연에 대한 충만한 자연관을 제시하고 있다. '사랑'과 '평화'와 '질서'와 '미'와 '진실'과 '진선'의 영원한 성취를 이상하였고, 무한의 희원을 고창한 <해>야말로 가장 위대하고 가장 적절·정확하고 훌륭하고 유일한 이미지의 시적 실체요 활력이다. <해>는 영원하고 절대적인 시의 힘이며, 시의 생명력 자체였던 것이다.[98]

'해'의 솟아남으로 "꽃도 새도 짐승도 한자리 앉아" 사슴과 칡범과 내가 한자리에 앉아 "애뙤고 고운 날을 누려" 볼 수 있다. 보편적 약육강식의 법칙을 부정하고, 더 높고 영원한 사랑의 원리를 찾고 있다. 일체의 존재가 모순 없이 영원한 섭리 안에서 조화되는 환희와 절대의 세계, 그 세계를 구현하고자 시인은 "해야 솟아라" 하고 노래하는 것이다.

타자의 지배와 종속의 원리에 묶여 있는 인간의 고루한 사고와 더럽혀진 인습으로 인한 삶의 어둠을 한꺼번에 씻어 줄 수 있는 "고운 해"가 오면 비로소 "나는 청산이 좋아"질 수 있는 것이다. 그리고 "청산이 있으면 홀로래도" 좋은 것이다. 해의 순수한 활력을 반복적인 어구로 제시함으로써 그 표현이 활기찬 이 시는 혜산의 대표적 자연물인 '해'를 더욱 성공적으로 형상화하고 있으며, 강하고 독특한 운율미로 우리말의 예술성을 살리고 있는 작품이다.

다음의 시 <들려오는 노래 있어>는 밝고 긍정적인 세계를 지향하고 있다. 그리고, '빛과의 합일을 통해 의미화된 자연'이 제시되어 있다. 빛은 생명의 원천이고, 무량한 강복을 베푸는 대상이다. 박두진이 노래하려 하는 것이

97) 이러한 시상은 『구약성서』의 「이사야서」와 깊은 관련을 갖는다.
「이사야서」11장 6절: "늑대가 새끼양과 어울리고 표범이 염소와 함께 뒹굴며 새끼사자와 송아지가 함께 풀을 뜯으리니 어린아이가 그들을 몰고 다니리라."

98) 박두진,『한국현대시론』(서울:일조각, 1992), p. 385.

'빛을 향한 자연의 싱싱한 의욕'이라면, 이것은 또 그가 추구하는 인간의 이상을 의미하는 것이기도 할 것이다.

> 빛 있으라. 빛이 있으라. 빛 새로 밝아오면 온 산이 너훌에라. 푸른잎 나무들온 산이 너훌에라.
>
> 빛 밝은 골짜기에 나는 있어라. 별 쪼이며 별 쪼이며 빛 방석 깔고 앉아 나는 있어라.
>
> 홀로 내 앉은자리 풀 새로 돋아나고, 따사한 어깨 위엔 금빛 새 떼 내려 앉고, 온 골, 별 밝은 골마다. 피빛 장미 피어나면! 나는 울어도 좋아라. 새로 푸른 하늘 아래, 내사 홀로 앉아 울어도 좋아라.
>
> 줄줄줄 단 샘물에 가슴이 축고, 빛 고은 산열매사 익어가는데, 아, 여기 작고 짐승의 떼 운다기로, 가시풀 난다기로, 내 어찌, 별밝은 골을 두고 그늘로야 헤매랴.
>
> 난 있어라. 나는 있어라. 별 밝은 골짜기에 홀로 있어라. 너훌대는 청산 속에 나는 있어라. 귀 깊이 기우리면, 머언 가녀린 들려오는 노랫소리……. 아득한 하늘 넘어, 아득히 열려오는 아른 대는 빛의 줄기…….빛 보여, 빛 보여, 나는 있어라.
>
> <들려 오는 노래 있어>

혜산이 그의 시에서 빛의 이미지를 추구한 것은 지용에게 추천을 받은 <묘지송>에서부터 시작되어 민족 해방 이후에 씌어진 <해>와 그 이후의 작품에 지속적으로 나타난다. 시인은 어둠의 이미지로 점철된 식민지 상황에서 억눌릴 수밖에 없는 우리 민족의 정체성을 '해'라는 상징물을 통해 새로운 삶의 차원으로 유도하고 있는 것이다. 그래서 인간 삶의 왜곡된 부조리를 자행하는 인위적인 모든 제도적 '어둠'을 살라먹고 새로운 삶의 원리를 창조하는 원동력으로서의 '빛', 즉 '해'의 떠오름을 적극적인 감동의 자세로 바라보고 있는 시의 화자는 신자연과 하나가 된 순수한 기쁨을 구가한다. 빛의 이미지로 인해 타자의 생명을 억압하고 착취하는 약육강식의 타락한 세계로부터 강자와 약자가 화해와 생명의 자유를 동등하게 누릴 수 있는 이상적인 삶의 질서가 창조되었다.

빛은 전통적으로 정신과 동일시되며 도덕성과 지성을 상징한다. 여기서 빛은 '금빛' 이미지로 부연된다. 이 이미지는 '새떼'로, '피빛 장미'로 확산되어 "새로 푸른 하늘 아래" "열려오는 아른대는 빛의 줄기"로 변주된다. 이러한 빛이 상징하는 역사의 아침은 시인이 고대하고 있는 유토피아적인 공간으로 집약된다. 빛은 또한 이 지상에 존재하는 모든 자연과 생명체에게 에너지를 불어넣는 근원적인 생명력의 상징이기도 한 것이다.

> 박두진은 태양의 시인이다. 자연 그대로의 태양이 아니라 '새로 다른 태양'을 기다리고 갈망하는 의지의 시인이다. 그 '태양'은 어둠과의 처절한 싸움 끝에 승리한 우리 민족의 광명이다. 이것은 압제 없는 자유와 평화의 실체이며 정의와 생명으로서, 이상적인 환희의 세계이다.
>
> '해'는 지상적인 생명과 천상적인 빛과의 관계 속에 신천지가 열리는 천지창조의 실재의미이며, 기독교 신앙과 기독교 사상의 핵심을 이루는 부활의 딴 모습이다. 태양의 본질과 속성은 세계의 광명성에 있다. 광명의 참가치는 어둠을 경험하고, 어둠의 고통을 극복함으로써만 얻어진다. 그의 초기시는 산을 배경으로 하고, 우주의 한 중심체인 '태양'을 대상으로 한 자연사상이 주조를 이루고 있다.[99]

'해'와 '산'은 자연의 등가물인 동시에 시인에게 존재하는 우주의 근원이며, 그 우주의 근원 중심에 그의 신앙의식으로서 신이 함께 하는 것이다.

---

99) 이운용, 앞의 논문, p. 61.

혜산에게 있어 자연은 훼손되지 않은 우주의 원초적인 생명감과 그가 추구하는 근원적인 이상으로서의 신과 인간의 순수성이 삼위일체가 되는 객관적 상관물로 존재하기 때문이다.

<해>에서 보여지는 어둠을 경험하고 어둠의 고통을 극복함으로써 도달하는 시인의 내면 의식에 떠오르는 '해'의 이미지는 '어둠'으로 상징되는 모든 부정과 억압, 그로 인한 비애를 떨쳐버리는 영원한 생명의 에너지 그 자체이다. 이러한 빛의 화해로운 공간으로 존재하는 하늘은 생명의 풍요로움으로 충만한 포옹무한의 영적인 세계로 인식된다.

> 피붓듯 나뭇잎을 햇볕이 쬐어 주고, 쬐이는 햇볕살을 잎새들이 빨아 예고, 가지를 잡으면 — 너 같은 손목만한 나뭇가질 잡으면, 수루루룩 느껴질 듯 스며오는 물줄 소리. 땅에서 빨아대는 나무 속 물줄 소리……. 산에 사는 나무는, 햇볕 먹고, 물 먹고, 오뉴월 한나절을 싱싱히도 자라누.……
>
> 오라. 너는 산으로…… 나무 품으로…… 푸른 산 산도 좋고 물도 좋기로, 푸른 잎 붉은 꽃, 우는 새가 좋기로, 내사 어딜 가나 그리웁긴 너의 모습, 내 가슴 깊은 곳에, 그리웁긴 너의 모습. 너 아님 어찌 내가 청산인들 찾으랴.
>
> (중략)
>
> 오라. 여기, 너는, 나뭇잎 푸를때에……. 오라. 다만, 피는 꽃 고을 때에……. 산넘어, 산을 넘어, 뻐꾹새 목이 잣 듯 너도 나를 부르며, 햇볕살 따실 때에 나를 와서 안어라.
>
> <햇볕살 따실 때에>에서

위의 시에서는 나무가지 속에 흐르는 '물소리'를 통해 싱싱한 생명 현상과 그것의 섭리가 노래된다. 땅 속의 물을 뿌리로 빨아올리고 잎으로는 빛을 받아 싱싱한 삶을 영위한다. 이 싱싱한 삶이 구현되는 곳이 '자연'이다.

이 시에는 빛을 향한 구도자의 모습이 투영된다. 이 구도자로서의 화자는 성장의 은총을 받고자 한다. 나무는 땅에 뿌리를 내리고 있지만 '빛' 의 은총으로 성장하고 열매를 맺는다. '빛의 은총'을 갈구하는 시인의 지향이 짧은 센텐스와 그것의 반복을 통해 간절함을 더하고 있다.

일생을 두고 추구해도 모자라고 안타까운 것이 '빛'의 세계이다. 태초에 말씀이 있었으니 말씀은 곧 빛이고, 그 빛은 생명이며 진리이다. 혜산은 밝고 힘찬 생명으로 충만해 있는 상징적이며 감각적인 '빛'에 언제나 무한한 벅참을 느끼고, 시적 영감을 얻었다.[100] 이것은 '빛'의 세계가 있음으로 해서 그가 아끼며 즐겨 노래한 '산'이 "너 아님 어찌 내가 청산인들 찾으랴"로 나타난다.

하늘이 내게로 온다.
여릿 여릿
머얼리서 온다.

하늘은, 머얼리서 오는 하늘은,
호수처럼 푸르다.

호수처럼 푸른 하늘에,
내가 안긴다. 온 몸이 안긴다.

가슴으로, 가슴으로,
스미어드는 하늘,
향기로운 하늘의 호흡,

---

100) 박두진, 앞의 책, p. 389.

따가운 볕,
초가을 햇볕으론
목을 씻고,

나는 하늘을 마신다.
작고 목 말러 마신다.

마시는 하늘에
내가 익는다.
능금처럼 내 마음이 익는다.

<하늘>

"어둠을 살라먹고, 산넘어서 밤새도록 어둠을 살라먹고" 솟아오른 극복의 '해'는 비로소 하늘을 "내게로" 오게 한다. 그 하늘은 "호수처럼 푸르"고, 그 "호수처럼 푸른 하늘에 내가 안"기는 것이다. "온몸"이 안겨 "가슴으로" 그 향기를 호흡하게 하고 "햇볕"으로 "목을 씻"은 "나는 하늘을 마시게" 된다. "목말러" 자꾸 마시는 무한한 푸르름, 충전되어야 할 영혼의 근원에 대한 갈원, 그리하여 나는 '능금'처럼 익는다.

이 작품에서 자아와 세계 즉, '나와 하늘' 사이에는 간격이 없다. 자아와 세계는 서로 구별할 수 없는 지점에 놓여 하나의 새로운 동일성의 차원으로 승화되어 있다. "푸른 하늘에 내가 안긴다"와 "나는 하늘을 마신다"의 표현처럼 나와 세계가 구분되지 않을 만큼 동화되어 있다. 그러나 이러한 일체감을 이루는 과정에는 "목을 씻"는 행위가 제시되었다. 시인은 도달하고 싶은 하늘과 일체가 되기 위하여 하나의 통과의례를 치러야만 하는 것이다. 이상향의 제시가 아닌, 이상향에의 도달 욕구, 그리하여 "마시는 하늘에 내가 익"을 수 있다. 나와 하늘이 하나가 될 때 나는 자연이 되고, 자연의 창조주는 내 안에 들어와 그대로 혼연일체가 되는 것이다.

박두진의 자연에 대한 자세는 단순히 자연과의 교감이거나 융합하는 경지가 아니다. 왜냐하면, 교감이니 융합이니 하는 것은 자연과의 대립이나 거리에서 나온 관념이지만 그는 오히려 자연과 자기를 구별할 수 없는 경지에 도달해 있었기 때문이다.[101)]

이러한 그의 자연에 대한 인식은 떨어지는 이파리, 이슬까지도 가식 없이 포용하는 면모를 보여주고 있다.

가지마다 파아란 하늘을
바뜰었다.
파릇한 새순이 꽃보다 고웁다.

청송이래도 가을 되면
홀 홀 낙엽 진다 하느니,

봄 마다 새로 젊은
자랑이 사랑웁다.

낮에 햇볕 입고
밤에 별이 소올솔 내리는
이슬 마시고,

파릇한 새 순이
여름으로 자란다.

<낙엽송>

자연이 지니고 있는 생명력은 '피어남' 또는 '태어남' 등의 이미지로 떠오르기도 하지만, 혜산의 자연을 노래하는 마음은 "가을 되면/ 홀 홀 낙엽"지는

101) 조연현,「박두진」, 박철희 편,『박두진』(서울:서강대학교 출판부, 1996), p. 25.

생명의 조락도 자연의 생명력임을 역설하고 있다. “파아란 하늘”, “파릇한 새순”, “청송”, “가을”, “낙엽”, “봄”, “햇볕”, “별”, “이슬”로 이어지는 자연 예찬은 그가 품었던 본연지성의 자연에 대한 친화사상이다. 그의 시의식에 나타난 내재적 자연으로서의 자연 이전에 혜산의 시선이 본래의 자연에 닿은 것은 자연스러운 일일 것이다.

박두진의 자연은 ‘산’의 이미지로 형상화되기도 한다.

> 산아. 우뚝 솟은 푸른 산아. 철철철 흐르듯 짙푸른 산아. 숫한 나무들, 무성히 무성히 우거진 산마루에, 금빛 기름진 햇살은 내려 오고, 둥 둥 산을 넘어, 흰 구름 건넌 자리 씻기는 하늘. 사슴도 안 오고 바람도 안불고, 넘엇 골 골짜기서 울어 오는 뻐꾸기…….
>
> 산아. 푸른 산아. 네 가슴 향기로운 풀밭에 엎드리면, 나는 가슴이 울어라. 흐르는 골짜기 스며드는 물소리에, 내사 줄줄줄 가슴이 울어라. 아득히 가버린 것 잊어버린 하늘과, 아른 아른 오지 않는 보고싶은 하늘에, 어찌면 만나도질 볼이 고운 사람이, 난 혼자 그리워라. 가슴으로 그리워라.
>
> 띠끌 부는 세상에도 버레 같은 세상에도 눈 맑은, 가슴 맑은, 보고지운 나의 사람. 달밤이나 새벽 녘, 홀로 서서 눈물 어릴 볼이 고운 나의 사람. 달가고, 밤가고, 눈물도 가고, 티어 올 밝은 하늘 빛난 아침 이르면, 향기로운 이슬밭 푸른 언덕을, 총총총 달려도 와줄 볼이 고운 나의 사람.
>
> 푸른 산 한 나절 구름은 가고, 골넘어, 골넘어, 뻐꾸기는 우는데, 눈에 어려 흘러 가는 물결같은 사람 속, 아우성 쳐 흘러가는 물결같은 사람 속에, 난 그리노라. 너만 그리노라. 혼자서 철도 없이 난 너만 그리노라.
>
> <청산도>

제1연에 나타난 '산아', 이것은 산을 부르는 소리이며 동시에 시인 박두진의 호 '혜산'에서 보여지듯 스스로를 부르는 소리이다. 제2연에서도 그 부르는 소리는 여전하다. 우뚝 솟은 산마루에서부터 시인의 시선은 시작이 되어 금빛 햇살과 함께 내려오는 것으로 시는 전개된다.

'산'에는 시인의 내적 의식이 표상하는 자연의 생명력이 잘 나타나 있다. 따라서 산은 정태적인 신비를 간직한 채 가만히 있는 존재가 아니다. 그것은 시인의 동적 생명력이 뚜렷한 조형성으로 외화된 "우뚝 솟은 산"이며 "철철철 흐르듯 짙푸른 산"이다. "띠끌 부는 세상에도 버레 같은 세상에"서도 "눈 맑은, 가슴 맑은" 사람을 그리워하는 것처럼 시인의 의식은 있어야 할 바람직한 세계를 추구하고 있다. 그러므로 우뚝 솟은 산은 다름 아닌 '청산'이며 청산이 우리에게 주는 이미지는 삶 그 자체가 미적 가치로 인식되는 이상향의 세계이다. 그 청산 속에는 "금빛 기름진 햇살이 내려" 온다. 자연의 풍요로움과 생명력을 아름답게 간직하고 있는 것이다.

또 '오고/감'으로서의 자연사가 '밤/아침'으로서의 진보적이고 유토피아적인 역사 내지 인간사의 원리로 침투해 간다는 점에서 <청산도>의 생동감과 설득력이 드러난다. <청산도>는 소멸과 생성으로서의 자연의 원리를 표층으로, 이상적 현실과 회복으로서의 역사 원리를 심층구조[102]로 하고 있다.

"해야 솟아라"라고 구가한 <해>가 당시의 민족적 세계적인 환경과 풍조에 반응한 진취적이고 희망적인 염원이었다면, <청산도>는 시의 주체가 오히려 동요하는 속된 삶의 혼돈을 차버리고 한 걸음 더 깊고 고요한 본래적인 세계로 들어앉으려는 자세다. <해>가 시적 자아의 확장과 초월을 위한 세계적, 인류적, 보편적이고도 영원한 것의 희원이라면 <청산도>는 시적 주체의 내적 성찰을 위한 동양적이고, 자연스런 호흡의 안정된 세계로 들어가는 훨씬 전통적인 바탕에 자리 잡았다.

---

102) 김재홍, 앞의 책, p. 400.

박두진처럼 자연을 독특한 시의식으로 형상화한 시인은 드물다. 그리고 그것은 집착이라기보다 하나의 신념이라고 말할 수 있는데, 이처럼 박두진이 특별히 자연에 대하여 몰두할 수 있었던 것은 자연에 대한 근원적인 애정과 시인의 또 다른 내면적 의지지향으로서의 자연이라는 두 가지 의미[103]를 갖고 있기 때문이다.

산이여! 장차 너희 솟아난 봉우리에, 엎드린 마루에, 확 확 치밀어 오를 화염을 내 기다려도 좋으랴?

핏내를 잊은 여우 이리 등속이, 사슴 토끼와 더불어 싸릿순 칡순을 찾아 함께 즐거이 뛰는 날을, 믿고 길이 기다려도 좋으랴?

<향현>에서

이와 같이 자연에 의존하여 어둠에서 밝음, 기다림의 기대는 그의 초기시 대부분을 일관하는 시적 긴장이다. 그것은 그의 종교적 신앙과 무관하지 않아 그의 시의 내력을 이해하는 데 중요한 계기를 마련하고 있다. 또, 박두진의 자연과의 만남은 심상이나 감정의 이입상태로서가 아니라 시의식의 내적인 힘에서 발생된 의도적인 만남이라는 점을 강조할 수 있는 것이다.

나아가 박두진의 자연에 대한 몰입은 원칙적으로 자연 그 자체에 있지

---

103) 박두진의 또 다른 자의로서의 자연은 예술화된 자연을 말한다. 그는 자연을 세 단계로 나눈다. 일차적인 자연은 자연 그대로의 자연이다. 두 번째 단계의 자연은 예술화된, 재창조된 자연(시인의 또 다른 자의로서의 자연)이다. 가장 높은 단계의 자연은 앞의 두 자연을 포함하는 자연이면서 박두진의 이야기에 의하면 "인간이 자연을 가지고 창조한 그 의도와 솜씨보다도 더 미묘하고 경이로운 존재물."이다 (박두진,『하늘의 사랑, 땅의 사랑』, 서울:문음사, 1979, p. 337).

않고, 자연을 만들어낸 창조주와의 조화나 능력에 대한 외경의 차원으로 볼 수 있다. 그의 경우에는 자연은 실체이기보다 그가 추구하는 이상적 세계의 구체적 형상화이기 때문에 관념적이며 도덕적이다. 자연은 그에게 민족과 인류, 현실과 영원, 현세적 정치적 이상과 종교적 궁극적 생존양식이 아무런 모순 없이 일원화된 세계다.[104] 그의 자연에 대한 신뢰나 자연에 대한 시적 견해는 공소한 의미가 아니라, 반드시 보상받을 수 있다는 확신이 전제되어 있다. 이러한 확신은 어둠에서 밝음을 추구하는 시정신으로 나타나고, 오월의 신록과 그 위에 퍼붓는 싱싱한 햇살과 나뭇잎과 풀잎과 꽃과 새소리와 물소리, 나와 내 생명과 식물, 생명과의 완전한 동화로 전개된다. 이러한 일체 자연과의 교감은 혜산이 추구한 '빛' 또는 '해'의 세계와도 맥을 같이 한다.

> 해를 보아라. 이글대며 솟아 오는 해를 보아라. 새로 해가 산 넘어 솟아 오르면, 싱싱한 향기로운 풀 밭을 가자. 눈 부신 아침 길을 해에게로 가자.
>
> (중략)
>
> 보라. 쏘는 듯 향기로히 피는 저 산꽃들을, 춤 추듯 너훌대는 푸른 저 나뭇 잎을. 영롱히 구슬 빛듯 우짖는 새소리를. 줄줄줄 내려 닫는 골 푸른 물소리를.… 아, 온 산 모두 다 새로 일어나, 일제히 수런수런 빛을 받는 소리들.……
>
> 푸른 잎 풀잎에선 풀이 치는 풀잎소리, 너훌대는 나무에선 잎이 치는 잎의 소리, 맑은 물 시내 속엔 은어새끼 떼소리……. 던져 있는 돌에선 돌이 치는 돌 소리.……자벌레는 가지에서, 돌찐아빈 밑둥에

---

104) 박철희 편,『박두진』(서울:서강대학교 출판부, 1996), p. 9.

서, 여어어 잇! 별 함빡 받아 입고 질러보는 만셋소리……, 온 산 푸른 것, 온 산 생명들의, 은은히, 또, 아, 일제히 울려 오는 압도하는 노랫소리…….

산이여! 너훌대는 나뭇잎 푸른 산이여! 햇볕살 새로 퍼져 뛰는 아침은, 너희 새로 치는 소리들에 귀가 열린다, 너희 새로 받는 햇살들에 눈이 밝는다, 피가 새로 돈다, 울울울 올라갈듯 온 몸이 울린다. 새처럼 가볍는다, ……나는 푸른 아침 길을 가면서……. 새로 솟는 해의 품 해를 향해 가면서…….

<해의 품으로>

위 시에서의 자연은 생명의 근원으로서 빛과 물이 융합되는 곳이다. 이 융합은 '산 꽃'과 '나뭇잎', '우짖는 새' 들이 모두 다 새로 일어나 '일제히 수런수런 빛을 받는' 건강함을 보여준다. 이 시에서 '빛'의 이미지는 "햇볕살 새로 퍼져 뛰는 아침"으로 '빛의 방사'라는 상징적 의미를 거느린다. 즉, 창조력과 빛남이라는 빛의 이미지는 "새처럼 가볍"고 투명한 움직임으로 표상된다. 특히 '물'은 가장 원초적 모성, 즉 잉태하고 재생의 의미를 환기하는 우주의 근원으로서의 물질이다. 빛과 "푸른 물"의 만남은 우주 만물을 존재하게 하는 근원적 생명력을 상징한다. 박두진은 '자벌레, 돌찐아비, 은어새끼, 돌, 온 생명'의 우주 만물을 건강한 '빛'과 '물'의 세계에 동참시킨다. 그가 모색한 자연과의 교감은 이러한 건강성이 있어 그의 자연을 더욱 독특하게 인식하게 한다.

박두진의 자연은 현실적 좌절을 대립명제로 하고 있다. 혜산은 기독교적 신념에 의해 이데아의 세계를 구체화하였다. 따라서, 그가 노래한 자연 표상으로서의 산은 현실의 모든 불화와 갈등이 해소되는 화해와 조화로움의 장소로 의미를 확대·심화한다. 그리고, 밝고 건강한 생명을 노래한다. 박두진의 자연은 구체적 삶의 현장이기보다 그의 시적 상상력이 창조해 놓은 형이상적 공간으로 제시되어 있다. 특히 그곳은 그의 기독교적 신앙이 토대가 된 정신적 공간인 것이다. 그러므로 그의 시에 대한 연구 방향은 '자연'의 의미와 '해'로 상징되는 이상세계의 성격에 집중되었다. <해>에서는 이상향 혹은 새로운 시대와 역사의 '기다림'에 평자들은 주목하였고, 대부분의 논의가 여기에 집중되어 온 것이 사실이다.

박두진은 정지용, 김현승과 함께 그 시적 발상의 상당부분을 기독교에서 얻고 있는 시인이다. 그러나 그의 신앙은 정지용의 천주교나 김현승의 개인적 초월의 종교가 아니라, 서정주의 지적대로 구약시대의 메시아주의에 가깝다. 개인적인 자기 초월이나 구원 대신에 그의 시적 상상력을 사로잡고 있는 것은 불의와 타락한 현실에 대한 예언자적인 분노와 메시아를 기다리는 자의 환희이다. 혜산의 시에 나타나는 자연의 역동적인 힘도 이러한 그의 내재적인 의식과 깊이 관련된다.

박두진의 초기시는 현실의 고통을 참고 메시아의 도래를 기다리는 자의 환희를 힘있게 표현한다.

> 눈 같이 흰 옷을 입고 오십시요. 눈 위에 활작 햇살이 부시듯 그렇게 희고 빛나는 옷을 입고 오십시요.
>
> 달 밝은 밤 있는것 다아 잠들어 괴괴 — 한 보름밤에 오십시요. …… 빛을 거느리고 당신이 오시면, 밤은 밤은 영원히 물러간다 하였으니, 어쩐지 그 마지막 밤을 나는, 푸른 달밤으로 보고 싶습니다. 푸른 월광이 금시에 활닥 화안한 다른 광명으로 바뀌어지는, 그런, 장엄하고 이상한 밤이 보고 싶습니다.
>
> 속히 오십시요. 정녕 다시 오시마 하시었기에, 나는, 피와 눈물의 여러 서른 사연을 지니고 기다립니다.
>
> 흰 장미와 백합꽃을 흔들며 맞으오리니, 반가워, 눈물 먹음고 맞으

오리니, 당신은, 눈같이 흰 옷을 입고 오십시요. 눈 위에 활작 햇살이
부시듯, 그렇게, 희고 빛나는 옷을 입고 오십시오.

<흰 장미와 백합꽃을 흔들며>

그가 추구하는 이상향의 의지는 압제 없는 건강한 사회의 도래를 염원하는 마음과 연결되며, "당신이 오시면" "밤은 영원히 물러간다"는 확신으로 대체된다. 당신은 "눈같이 흰 옷을 입고 오"셔야 하며, "빛을 거느리고" 올 때 비로소 "밤은 영원히 물러"가는 것이다.

여기에 순수의 표상으로서의 원형적 이미지로 흰장미와 백합이라는 자연물이 등장한다. 아울러 혜산에게 지속적으로 작용하는 '빛'의 이미지는 "햇살이 부시듯 그렇게 희고 빛나는 옷을 입고" 재림하는 메시아의 왕림을 고대하게 한다. 반드시 "빛을 거느리고" "빛나는 옷을 입고" "햇살이 부시듯" 오실 때, "흰장미와 백합꽃을 흔들며" 순결한 이의 모습으로 반갑게 맞는 것이다. 혜산의 시의식 속에 존재하는 '빛'은 구원의 빛이며 동시에 그의 내면 깊이 자리하는 내재적 자연으로서의 빛이기도 하다.

따라서 박두진 시의 특성은 무엇보다도 그의 자연의식의 독특함에 있다. 특히 그가 인식하는 자연은 그 속에 신의 의지까지 강하게 작용하고 있어서, 진선미와 성(聖)의 근원으로서의 존재 그 자체인 자연이다. 즉, 자연을 있는 그대로 수용하는 것이 아니라, 자기만의 현실인식, 세계관, 주체의식, 신앙심 등을 표현하기 위해 나름대로 해석하고 상징화된 자연이다. 다시 말해 '재창조된 자연'인 것이다. 시적 자원으로서의 '자연'이 혜산을 통해 다시 시로 형상화될 때는 그 가치가 시대마다 또는 독자마다 새롭고 다양하게 해석할 근거를 마련한다.

이러한 시적 매재로써 초기시에서는 특히 산과 태양을 소재로 한 시들을 많이 쓰고 있다. 특히 산은 산을 구성하는 요소들, 곧 높이, 수직성, 질량,

형태 등이 환기하는 다양한 암시성[105]을 적절하게 배치함으로써 동양적인 인자요산(仁者樂山)의 정태적 산으로서가 아닌 역동적인 산을 창출하고 있다. 또한 우주의 중심체인 태양을 대상으로 한 작품을 다수 발표했는데, 이는 태양의 신성성과 용기, 창조적 힘의 상징적 의미를 시로 형상화한 것이다. 이것은 이 시기 많은 시들이 여성적 화자를 배치한 것과 뚜렷하게 구별된다. 그의 시가 남성적 화자를 등장시켜 애상과 비탄의 민족정서를 웅장하고 힘찬 어조로 고무한 것은 우리 시사에서 높이 평가할 만하다.

혜산은 자신의 작품에 많이 나오는 태양 이미지에 대해 "사랑과 평화와 조화와 질서와 미와 진실과 진선의 영원한 성취를 이상하였고, 완전하고 그지없이 치열하고, 무한대한 희원을 더할 수 없는 유일절대한 시적 형상의 실체를 잡아 고창해본 것"[106]으로 설명한다.

이와 같이 산과 해가 어울어지는 그의 시작은 약육강식이나 폭력이 존재하지 않는 지상낙원을 갈구하거나 메시아의 구원을 열망하는 것이며, 이러한 그의 시적 공간은 성스러운 공간으로서의 의미를 갖게 된다. 다시 말해 박두진에 있어서의 자연 체험은 그의 시적 상상력에 의해서 신의 의지와 섭리가 내재되어 있는 신성의 공간으로 재탄생하게 된다. 특히 부활과 연결되는 태양의 이미지는 천상적인 것을 표상하는 빛의 상관물로서 신성의 시공을 열망하는 시인의 태도를 잘 드러내고 있다.

---

105) 산의 높이를 강조할 때는 내적인 고양을, 수직성 강조는 세계와 축과의 관련이, 질량을 강조할 때는 위대성과 관용, 형태를 전제로 할 때는 거꾸로 선 나무의 형태와 비슷하여 우주 창조의 뿌리라는 상징적 의미를 나타낸다(이승훈 편저,『문학상징사전』, 서울:고려원, 1995, pp. 270~271).

106) 박두진,『한국현대시론』(서울:일조각, 1992), p. 385.

2. 식민지 현실과 부활의 심상

박두진의 시세계에서 삶과 신앙의 긴장이 전혀 대립적인 것으로 나타나지는 않는다. 윤동주와 김현승이 양자의 긴장관계를 보여주는 시들을 보여주었다면 박두진의 경우, 삶과 신앙은 완전히 일치하게 된다.107) 그것은 일제 말기의 절망적 상황을 노래하는 <묘지송>의 경우에도 마찬가지다. 윤동주가 고통으로 인식했던 일제 말기의 역사를 그는 오히려 죽음의 현실 속에서 부활이라는 종교적 구원의 희망을 노래하고 있는 것이다.

북망 이래도 금잔디 기름진데 동그만 무덤들 외롭지 않어이.

무덤 속 어둠에 하이얀 촉루가 빛나리. 향기로운 주검읫내도 풍기리.

살아서 설던 주검 죽었으매 이내 안 서럽고, 언제 무덤 속 화안히 비춰줄 그런 태양만이 그리우리.

금잔디 사이 할미꽃도 피었고, 삐이 삐이 배, 뱃종! 뱃종! 멧새들도 우는데, 봄볕 포근한 무덤에 주검들이 누었네.

<묘지송>

일제의 포악한 탄압이 자행되어 이른바 '암흑기'로 명명되는 식민지 상황에서 당시 젊은 청년이었던 박두진은 빛이 소외된 '북망'의 공간에 자리한

107) 박두진은 "종교적인 갈망과 원망은 곧 인간적인 갈망과 원망이라야 하며, 부활이 인간 이상의 한 절정과 완성을 의미한다면, 그 완성의 형태는 인간이 지상에서 할 수 있는 최절정의 희구여야 하고, 인간이 지상에서 겪는 모든 불완전한 결합으로부터 오는 비극을 완전히 극복하는 것이라야 할 것"이라고 주장한다 (위의 책, p. 416).

묘지에 대해 "동그만 무덤들 외롭지 않어이"라는 낙관적인 태도를 견지한다. 무덤의 어둡고 우울한 그림자는 부각되어 있지 않다. 그 시대의 대부분 시가 너무 어둡고 무기력한 즉자적 대응을 보였다면 혜산은 오히려 그러한 어둠을 역설적인 시적 에너지로 전복시키면서 새로운 의지와 비젼을 제시하는 시를 쓰고자 했다.[108] <향현>과 <묘지송>은 식민지 현실에 대한 민족적인 감정이 곁들여진 시임에 틀림없다. 신대철의 지적대로 <묘지송>은 그 시의 식의 이면에서 설움을 은밀히 나타내고[109] 있는 지도 모른다. 또 일제말기의 고압적이고도 비인간적이며 잔혹한 억누름을 꿰뚫고 새로운 삶에 지향하려는 숨은 뜻이 담겨[110] 있기도 하다. 그러나 묘지는 죽은 자가 묻혀 있다는 사실만으로 반드시 서럽게 누워 있는 곳이 아니라, '봄볕'이라는 시적 장치를 통해 생명의 부활을 예언하는 신앙적 의지를 보여주고 있다. 또한 원형으로서의 '무덤'은 재생의 공간인데, 여기에 '금잔디'와 '봄볕'의 이미지가 강조되어 재생의 가능성이 더욱 확실시되고 있다. 죽은 자가 홀로 외롭게 누워 있을 묘지는 "금잔디 기름진 데" 모나지 않은 "동그만 무덤"으로 외롭지 않게 있는 것이다. 단지 무덤 속을 화안히 비춰 줄 '태양'만이 그리울 뿐, 무덤에는 금잔디와 할미꽃과 멧새가 있고 따스한 봄볕이 같이 하는 것이다.

> 편하고 포근하게 자리잡고 있는 묘지의 무덤들을 바라보며 이 시를 썼다. 인간의, 인생의 혹은 민족의, 혹은 인류의 열렬한 비원, 열렬한 염원, 끊을 수 없이 강렬한 동경이면서도 이루어질 수 없는 영원한 소망, 죽음에서 생명, 죽음에서 부활을 갖는 그러한 염원을 오히려 정돈되고 가라앉힌 감정으로 불멸의 종교적인 믿음으로 가져 보고 노래해 보고 신원하였다.[111]

108) 박두진의 1993년 5월 26일 강의 노트에서.

109) 신대철,「박두진 연구Ⅲ」,『어문학』제3집 (서울:국민대학교 출판부, 1984), p. 139.

110) 신동욱,「해와 삶의 원리」,『박두진전집』②(서울:범조사, 1982), p. 304.

"그 시대가 가져다 주는 심각한 암흑성과 나 자신의 일신적인 환경이 그렇게 해주는 맵고 눈물겨운 쓰라림에 짓눌리며 암담하고 뼈저린 시련을 겪으면서 있었다. 그러한 시대고와 정신적 내적 일신적인 고초와 시련을 나는 전혀 나 자신의 힘과 정신적인 인내와 항거로써 극복하려고 하였고, 또 그렇게 할 수밖에 다른 도리가 없었다."[112]고 회상되고 있는 그런 절박한 상황 속에서조차 그는 새로운 부활의 가능성을 그리고 있다. 주검에서 생명을, 무덤에서 태양을 바라보는 그의 "불멸의 종교적인 믿음"은 기독교적 세계관에 명확히 서 있는 예언자적 낙관주의에서 가능했던 것으로 봐야 할 것이다.

"살아서 설던 주검"은 "죽었으매 이내 안 서럽고"라는 시행에서는 역설적인 힘을 느낄 수 있다. 너무도 혹독하고 서러운 삶이었기에 살아있는 생명체를 '주검'이라 명명하였고 차라리 죽었음에 서럽지 않다는 현실이 역설적으로 나타나 있다. 따라서 살아서 서럽던 삶이 오히려 죽음으로 해소되어 구원을 받는다. 그러나 '무덤' 속의 구원은 영원성이 없다. 거기에 밝은 '태양'이 비침으로써 어둠은 사라지고 완전한 구원을 얻는다. 여기에 그의 역사의식과 신앙적 이념이 병존한다. 말하자면 긍정적인 미래는 현상적 '밝음' 속에서보다는 오히려 현상적 시련과 인내를 상징하는 '어둠'을 견디어내려는 의지를 통해서 구원의 희망에 넘칠 수 있다.[113]

이러한 박두진의 예언자적 낙관주의는 어디서 유래하는 것인가. 인간은 기본적으로 실존적 제약성을 극복하고 삶의 정신적 완성을 추구하는 근원적 열망을 갖고 있다. 이 근원적 이상과 꿈을 표현하는 유형을 종교적 신념의 유형이라 할 수 있다.

---

111) 박두진, 앞의 책, pp. 374~375.

112) 위의 책, p. 416.

113) 조창환,「박두진의 묘지송」, 김용직 외 편,『한국현대시작품론』(서울:도서출판 문장, 1994), p. 315.

예언자는 곧 선지자다. 다른 사람들이 모르는 것을 미리 아는 자가 취하는 혹은 취해야 할 인식과 행동의 방향은 단순히 신의 존재와 의미에 대한 믿음에서 머물지 않는다. 예언자는 세인들이 모르는 것, 혹은 확신하지 못하는 진실을 아는 데에 머물지 않고 그 앎을 선포한다. 하나님의 말씀을 전달하고, '공표하는' 역할은 성직자의 역할이자 애초에 시인의 역할이기도 했다. 그 공표나 선포는 표현하고 말하는 기능과 관련된 것으로, 곧 시의 기능이자 윤리이기도 하다. 우리는 이러한 예언자적 윤리를 박두진의 시에서 발견하는 것이다.

이러한 예언자적 윤리의식에 입각해 있는 그의 현실인식의 특징은 현세를 부정하고 부조리한 것으로 인식하게 된다. 다시 말해, 시적 사유의 기반이 현실 부정의식에 놓여 있다는 것이다. 아울러 그 삶의 부조리와 지상적 현실의 모순 · 비참함을 인식하는 것도 시기에 따라 그 강렬함이 달라진다. 초기 시에 있어서의 부조리 인식은 식민지 상황이라는 민족현실에서 연유한다.

> 내게로 오너라. 어서 너는 내게로 오너라. 불이 났다. 그리운 집들이 타고, 푸른 동산, 난만한 꽃밭이 타고, 이웃들은, 이웃들은, 다 쫓기어 울며 울며 흩어졌다. 아무도 없다.
>
> 일히들이 으르댄다. 양떼가 무찔린다. 일히들이 으르대며, 일히가 일히가 더불어 싸운다. 살점들을 물어 뗀다. 피가 흘른다. 서로 죽이며 작고 서로 죽는다. 일히는 일히로 더불어 싸우다가, 일히는 일히는 더불어 멸하리라.
>
> 처참한 밤이다. 그러나 하늘엔 별 — 별들이 남아 있다. 날마다 아직은 해도 돋는다. 어서 오너라…… 황폐한 땅을 새로 파 이루고, 너는 나와 씨앗을 뿌리자. 다시 푸른 산을 이루자. 붉은 꽃밭을 이루자.
>
> <푸른 하늘 아래>

해방 직전에 씌어진 이 시는 일제 침략자를 '이리'로 설정하여 독립정신을 고취하고자 했으며,[114] 당대 현실이 급박한 어조로 제시되어 사실감이 고조되어 있다. "불이 났다. 그리운 집들이 타고…… 이웃들은 다 쫓기어…… 흩어졌다. 아무도 없다"처럼, 약육강식의 적자생존 원리가 적나라하게 묘사되어 비참함을 더해준다. '살점'과 '피'로 나타나는 "작고 서로 죽"이는 상황에서도 혜산은 "일히는 일히로 더불어 싸우다가, 일히는 일히로 멸하리라"는 경구로써 종교적 차원에서 삶의 부조리에 대한 분노를 밝히고 있다.

이러한 분노는 사랑하는 것들을 짓밟는 대상에 대한 증오심이며, 저주이다. 혈기있는 자는 불의에 대해 힘으로 대결하려 하고, 혈기가 보다 절제된 자는 증오심을 저주로 바꾸어 간다. 저주의 언어가 독립지사나 혁명가의 행동과 차이가 있다면, 시인은 언어구조로 그 행동을 보이고 있는 것이다.[115]

박두진의 시어는 항거의 몸짓과 다르지 않다. 특히 그의 경우에는 이 항거에의 의지가 지속성을 가진다. 일회성으로 그치는 목적 달성용의 혁명의지가 아닌, 상황에 따라 다른 감정이 유발되는 지속성을 가진 시인이면서 또한 언어구조 안에서의 혁명가였다.

그의 이러한 의지가 일제시대와 동족상잔의 전쟁, 4·19라는 일련의 사건을 거치면서 발전의 형태를 띠고 하나의 귀결점을 향해 다양한 접근을 하는 것은 당연한 결과라 할 수 있다. 또 그의 시의식이 지향하는 것은 '불의는 불의다'는 단정이 아니라, 불의를 의롭게 극복하려는 미래지향이다. <푸른 하늘 아래>에서 보이는 긴박한 상황이 "황폐한 땅을 새로 파 이루고, 너는 나와 씨앗을 뿌리자"라는 희망찬 어조로 대체되는 것도 이런 그의 시의식과 깊은 관련이 있다. 이러한 미래지향적 구원의지는 그의 시에 지속적으로 나타난다. 씨앗을 뿌리고, 일년초도 심고 과수와 장생목도 심어 미래를 가꾼

---

114) 박두진의 1994년 4월 6일 강의 노트에서.

115) 정현기, 앞의 책, p. 166.

다. 흩어졌던 이웃이 함께 모이고, 감격의 눈물을 흘리며 기뻐하는 내일의 삶은 혜산이 민족말살 상황에서도 불멸의 민족정신으로 노래했던 저항의 의지였다.

한 가지 주목할 것은 혜산은 현세의 참혹상을 사실적으로 표현하려 하지 않는다는 점이다. 그의 자연이 재창조된 자연인 것처럼 양떼, 이리 등의 상징물도 단순한 원관념만을 암시하지는 않으며, 현실의 상황에서부터 인간의 보편적 역사나 생명의 법칙에까지 두루 미칠 보편화된 상징이다. '양떼'를 괴롭히는 '이리'라는 악마적 이미지의 중심 주제는 일종의 패러디다. 이 패러디는 실제 인생을 소재로 모방하는 듯이 암시하지만, 사실은 그 인생을 풍자·과장의 기법으로 조종하는 방법이다.[116] 그렇기 때문에 그 상징은 어떤 구체적 사실에도 두루 적용되지만 상징의 일차적 의미에만 집착하게 되면 언제나 오류를 범하게 된다.

박두진이 시단에 등단한 직후 순수문예지인 ≪인문평론≫이 폐간되었고 ≪문장≫도 1941년 4월호를 마지막으로 폐간되었으며, <동아일보>, <조선일보> 등 신문, 그리고 모든 민족적·전통적인 것들은 철저히 말살되어 가고 있었다. 이러한 1930년대 말과 40년대의 참혹한 시대적 상황 속에서 박두진은 그 나름의 귀거래처를 마련하고 있다. 박두진의 귀거래처는 형이상적 공간에 마련된 것으로 밝고 건강한 전원이었으며, 이 공간 속에 희망적 이데아를 구체화하였다. 일체의 민족적인 것을 거부당한 현실에서 절필하지 않고 시를 썼던 힘은 언젠가 도래할 밝은 미래에의 전망이었다. 이러한 신념은 그의 신앙적 힘과 지사적 의지가 함께 작용한 결과물이다.

---

116) N.Frye, *The Anatomy of Criticism*, 임철규 역, 『비평의 해부』(서울:한길사, 1985), p. 302 참조.

산새도 날러와
우짖지 않고,

구름도 떠가곤
오지 않는다.

인적 끊인 곳
홀로 앉은

가을 산의 어스름.

호오이 호오이 소리 높여
나는 누구도 없이 불러 보나,

울림은 헛되이
뷘 골 골을 되도라 올뿐.

산그늘 길게 느리며
붉게 해는 넘어 가고,

황혼과 함께
이어 별과 밤은 오리니.

생은 오직 갈수록 쓸쓸하고,
사랑은 한갓 괴로울 뿐.

그대 위하여 나는, 이제도 이,
긴 밤과 슬픔을 갖거니와,

이밤을 그대는, 나도 모르는
어느 마을에서 쉬느뇨.

<도봉>

이 시는 혜산의 초기시 <해>, <청산도>, <해의 품으로> 등에서 행을 길게 늘여쓰고 그 확장된 행의 공간에 구체적인 사물들을 연속 배치함으로써 느낌을 한껏 불어 넣는 구성방식과 매우 이질적이다. 비교적 호흡이 짧은 시행을 2행씩 배치시키는 방식은 청록파의 다른 두 시인과 맥락이 닿아 있다고도 보여진다. 당대의 일반적인 시형이라고도 볼 수 있는 이러한 방식에 또한 그 당시의 일반적인 암울한 어조가 잘 드러나 있다. 1930년대 후반의 숨막힌 정적의 공간이 가을 도봉산의 분위기에 견주어 절묘하게 묘사되어 있다. 이 시를 쓰던 당시에 문학 청년 박두진은 서울 근교의 도봉산, 북한산, 수락산 등을 오르내리면서 일본은 패망할 것이라는 신념을 굳게 가지고 있었으며, 항상 변함없이 '거기 놓여 있는 영원한 산'을 보며 그의 정신적 고뇌와 민족적 울분을 노래했다. 특히 그의 산행은 그리움과 인생의 애환이 담겨 있고, 시대의 서러움을 토로할 수 있는 통로 가운데 하나였다. 도봉산은 백 번도 넘게 올랐으며 1942년 9월 적막한 시대의 서러움을 안고 가을 도봉산에 올라 쓴 시가 <도봉>이었다.[117]

이 시에서의 '그대'는 귀거래처를 사랑하는 사람이거나 민족이거나 여호와 또는 그 모두이거나 어느 것일 수도 있으며, 그는 이 시를 썼던 당시의 시대적 배경과 심경을 다음과 같이 토로하고 있다.

> 완전한 암흑기……. 일체의 민족적인 것, 전통적인 것은 말살되어 있었고, 민족의 문화와 그 생명의 일체는 그들의 강폭앞에 전혀 무방비상태로 노현되어 짓밟혔고, 착취와 압살에 시달리며 그 잔명을 겨우 이끌고 있을 때였다……. 나는 실망하지 않았었다. 언제고 우리말은 살아나고 우리의 작품들은 햇볕을 보고, 우리의 정신, 민족적인 생명은 다시 살아날 수 있으리라는 것을 거의 확고하고 먼 종교적인 신념과 그 종교적인 정서로까지 승화시켜 일심으로 믿고 기다렸던 것은

117) 박두진의 1994년 4월 6일 강의 노트에서.

사실이다.[118]

'가을 산의 어스름/ 빈 골/ 황혼/ 쓸쓸함/ 괴로움'의 전체적 분위기는 1930년대 말기의 절망적인 현실인식에 기인한다. '황혼과 밤'이 암흑기의 절망을 상징한다면 '별과 사랑'은 미래의 밝은 전망을 예시한다. 이 시에서 두드러지는 것은 절망에 휩싸인 분위기 속에서도 앞날에 대한 소망과 기대의지를 잊지 않고 있다는 점이다. "생은 오직 갈수록 쓸쓸하고/ 사랑은 한갓 괴로울 뿐"이라는 시행에서 암흑기 시인의 소극적 내적 갈등의 모습이 보인다는 몇몇 평자의 논의도 있었으나, 이 시기 많은 지식인과 작가들이 붓을 꺾거나 낙향하거나 심지어 변절한 예까지 있었던 상황을 기억한다면 혜산의 자연을 통한 — 별과 사랑으로 제시된 — 미래에 대한 밝은 전망의 확신은 그 나름대로 최선의 저항이었다.

화자는 비록 슬픔과 밤의 상황일지라도 그대를 위해 끝내 견뎌내겠다는 의지를 가지고 있다. 완전한 암흑기에도 우리의 정신과 생명이 다시 살아날 수 있으리라는 확고한 신념은 종교적인 힘에 연원하고 있으며 이는 맹신적인 신념이 아닌 종교적으로 승화되어 시의 모습으로 나타난 것이다. 그래서 "인적 끊인 곳/ 홀로 앉"아 "울림은 헛되이 빈 골 골을 되돌아 올 뿐"이지만, "그대 위하여" "긴 밤"과 "슬픔"까지도 지니는 포용성을 갖는다. 즉, '그대'는 박두진 자신의 범세계적 이데아를 함축한 포괄적 의미의 전원인 셈이다. 이 전원은 박철희의 지적대로 "일제의 암흑기, 참담한 현실과 대치되는 정신 세계로서의 밝고 희망찬 새로운 세계의 자연이며, 나아가서 비유, 정열, 예언 등을 통하여 도달한 화해의 세계"[119]이다. 이 화해의 세계는 박두진에 의해 형이상학적 공간 속에 구체화된다. 김동리가 지적한 "메시아적 이상의 세계 또는 메시아가

---

118) 박두진, 앞의 책, pp. 377~378.

119) 박철희, 「청록파연구Ⅱ」,『국문학논문집』⑨ (서울:민중서관, 1977), p. 448.

재림하기를 기다리는 시인"[120]이라는 말은 바로 그것일 것이다.

파행적 역사의 질곡에서 여성적이며 소극적인 세계에 머문 여타의 시인들과 달리 박두진의 시세계는 자연을 내면세계의 새로운 힘에 투사시켜 예술적으로 형상화시킴으로써 새로운 생명력이 흘러넘치는 조형적 공간을 창조하는 특징을 가지고 있다. 혜산의 마음에 비춰진 자연은 현실과 인생에서 물러나면 돌아가는 귀의대상이었던 동양의 자연 그대로는 아니었던 것이다.[121]

> 아랫도리 다박솔 깔린 산 넘어 큰산 그 넘엇 산 안 보이어, 내 마음 둥둥 구름을 타다.
>
> 우뚝 솟은 산, 묵중히 엎드린 산, 골 골이 장송 들어 섰고, 머루 다랫넝쿨 바위 엉서리에 얽혔고, 샅샅이 떡갈나무 윽새풀 우거진 데, 너구리, 여우, 사슴, 산토끼, 오소리, 도마뱀, 능구리 등 실로 무수한 짐승을 지니인,
>
> 산, 산, 산들! 누거만년 너희들 침묵이 흠뻑 지리함즉 하매,
> 산이여! 장차 너희 솟아난 봉우리에, 엎드린 마루에, 확 확 치밀어 오를 화염을 내 기다려도 좋으랴?
> 핏내를 잊은 여우 이리 등속이, 사슴 토끼와 더불어 싸릿순 칡순을 찾아 함께 즐거이 뛰는 날을, 믿고 길이 기다려도 좋으랴?
>
> <향현>[122]

---

120) 김동리, 박두진 시집 『해』(서울:청만사, 1949) 발문.

121) 정한모, 앞의 책, p. 193.

122) <향현>은 1939년 봄볕 따스하고 화창한 3월 하늘에 벌써 새로 돋는 풀싹이 양지쪽 바른 곳에서는 파릇파릇 돋아나는 때에, 고양군 신도면에 있는 상고개(향현)라는 고갯마루에서 씌어진 것이다. 이 고개에 앉아 오만분의 일 지도 뒤에다 푸른 연필

혜산이 추구하는 자연은 본연지성의 자연이기보다는 이기고, 참고 나가려는 바람이 깃든 시정신 그 자체였고, 때로는 기다림과 희망이 깃든 가상세계였던 것이다. 박두진은 <향현>을 쓰던 그 당시의 시대적, 심경적 상황을 스스로 술회[123]하고 있다. 혜산은 "목월과 지훈처럼 토속적이고 전통적인 미로 일제에 저항하지 않고, 이리와 사슴이 함께 사는 관념적 공화국을 생각했으므로 이러한 낙원은 종교적 이념일 수는 있어도 실현성은 거의 없다."[124]라는 평을 받기도 하였다. 그러나 당시 시대 상황을 고려할 때 직접적 표현의 제약 등 강압 검열로 인해 자연에서 그 소재를 택해 상징적 수법으로 민족의식을 노래한 것이야말로 혜산만이 가진 독특한 저항방식이었다. 특히 이 시기는 일제의 대륙침략이 만주사변으로 확대되어 우리 민족에게 가해지는 시련이 더욱 혹독해질 때였음에도 불구하고 국내의 정세는 이에 대응할 만한 아무런 일도 보이지 않았던 암울한 상황이었다. 이러한 상황에서 "확 확 치밀어오를 화염"을 제시한 것은 그의 적극적 지사의식의 발로였다.

"누거만년 침묵"하고 있는 산이 지리하지만 아무리 일제의 억압 아래 숨죽이고 있어도 언젠가 일어날 민족의 기상을 시인은 믿고 있다. 그래서 "산이여! 장차 너희 솟아난 봉우리에, 업드린 마루에, 확 확 치밀어오를 화염을

로 굵다랗게 초를 잡아 하숙으로 돌아와서 두어 번 퇴고한 다음에 ≪문장≫지에 투고한 작품으로 1939년 6월호에 정지용의 추천으로 발표되었다. (박두진,『박두진 문학정신』⑥, 서울:신원문화사, 1996, pp. 14~15) 이 시가 더욱 특별한 것은 문단 첫 데뷔작이라는 것과 동시에 시인 박두진으로 하여금 그의 생애 일심으로 시작에 정진하게 한 분기점이 된 시이기 때문이다.

123) "그 시대가 가져다주는 심각한 암흑성과 나 자신의 일신적인 환경이 그렇게 해주는 맵고 눈물겨운 쓰라림에 짓눌리며 암담하고 뼈저린 시련을 겪으면서 있었다. 그러한 시대고와 정신적 내적 일신적인 고초와 시련을 나는 전혀 나 자신의 힘과 정신적인 인내와 항거로써 극복하려고 하였고, 또 그렇게 할밖에 다른 도리가 없었다. 모든 것을 초월하여 오직 영원한 동경과 희망으로 스스로를 달래곤 하였다." (박두진,『한국현대시론』, 서울:일조각, 1992, p. 371).

124) 정태용,「박두진론」,≪현대문학≫, 1970, p. 299.

내 기다려도 좋으랴?" 하고 기대하고 있는 것이다.[125] 그 기다림을 산이라는 거대한 자연을 통해 조형화하고 있다는 점은 예사롭지 않다. 그것은 모든 삶의 한을 끌어안고 엎드려 침묵하는 산이 아니라, 오히려 "핏내를 잊은 여우 이리 등속이 사슴 토끼와 더불어 싸릿순 칡순을 찾아 함께 즐거이 뛰는 날"을 기약하는 영원히 살아 있는 생명과 평화를 환기시키는 이상적 공간으로서의 산이다.

이 시에서 보여진 물상 중에서 가장 큰 덩어리를 이루는 부분은 산이다. 산은 상승이미지와 동시에 하강이미지를 갖춘 물상이다. 상승과 하강의 두 이미지 사이에 정물화처럼 식물과 동물이 우주로 은유된 산 속에 배치되어 있고, 동시에 그것은 모든 인간형의 대치물이기도 하다. "여우 이리 등속이" "사슴 토끼와 더불어" 동등한 자격으로 존립할 수 없는 상황은 혜산이 처했던, 또는 이 시가 씌어질 수밖에 없었던 응축된 내면의식이며 동시에 현실적 배경으로 얼마든지 치환될 수 있다. 그러므로 "핏내를 잊은 여우"가 표상하는 것은 일제의 야욕일 수도 있으며 약육강식의 체험일 수도 있다. 화염으로 표상된 '불꽃'은 무엇을 의미하는가? 원형 이론의 관점에서 그것은 창조력(creative energy)을 의미한다. 불꽃은 폭발적인 상태로 터져 오를 때(상승) 비로소 존재가 분명해진다. 이러한 상승과 확산, 창조의 이미지군들로 인해 혜산의 시의식은 여러 갈래로 해석이 된다. "화염"으로 제시되는 시인의 응축된 혁명에의 갈망은 시대적·역사적 환경과 결부시킬 때 이 민족의 해방을 갈망하는 의지로도 풀이될 수 있다.[126]

<향현>에서는 현실을 절망하거나 지나간 역사를 부끄러워하지 않으며 회피하지 않는다. 오히려 그것을 극복하고 밝은 미래의 긍정적 공간을 마련하고 있는 것이다.

---

125) 박두진의 1993년 5월 26일 강의 노트에서.

126) 정현기, 앞의 책, pp. 160~162.

> 치솟는 저항적 정열을 보이면서 화염의 확확 치솟는 장엄한 남성적 기개와 의지와 의분을 표명하고 있다. 치솟음의 의지는 짓눌림의 반대 짝의 의미 개념이고 이것은 당대의 정치적인 주권을 암시적으로 표현한 예로서 적절한 의미의 짜임이라고 할 것이다.[127)]

위 인용에서처럼 박두진이 제시하는 자연은 단순한 자연만으로서가 아닌 민족적 자아가 품은 높은 이상과 나아갈 길을 내포한 정체성이기도 하다. 또한 이러한 정신은 민족주의에 그치는 것이 아니라 약육강식의 힘의 논리를 극복하여 인류가 평화롭게 공존하기를 갈망하는 그의 세계주의로 확대된다.

그러나 일제 치하는 혜산에게 견딜 수 없는 질곡으로 다가왔다. 그는 일제 말기의 고압적이면서도 비인간적이며 잔혹한 억누름을 꿰뚫고 새로운 삶을 지향하려는 숨은 뜻을 작품 속에 담았다.

> 복사꽃이 피었다고 일러라. 살구꽃도 피었다고 일러라. 너이 오 오래 정드리고 살다간 집, 함부로 함부로 짓밟힌 울타리에, 앵도꽃도 오얏꽃도 피었다고 일러라. 낮이면 벌떼와 나비가 날고, 밤이면 소쩍새가 울더라고 일러라.
>
> 다섯 뭍과 여섯 바다와, 철이야. 아득한 구름 밖, 아득한 하늘 가에, 나는 어디로 향을 해야 너와 마주 서는게냐.
>
> 달 밝으면 으레 뜰에 앉아 부는 내 피리의 서른 가락도 너는 못듣고, 골을 헤치며 산에 올라 아침마다, 푸른 봉우리에 올라 서면, 어어이 어어이 소리높여 불르는 나의 음성도 너는 못듣는다.
>
> 어서 너는 오너라. 별들 서로 구슬피 헤여지고, 별들 서로 정답게

---

127) 신동욱,『우리시의 짜임과 역사적 인식』(서울:서광학술사, 1993), p. 321.

모이는 날, 흩어졌던 너이 형 아우 총총히 돌아오고, 흩어졌던 네 순이도 누이도 돌아오고, 너와 나와 자라난, 막쇠도 돌이도 복술이도 왔다.

눈물과 피와 푸른 빛 기빨을 날리며 오너라…… 비둘기와 꽃다발과 푸른 빛 기빨을 날리며 너는 오너라……

복사꽃 피고, 살구꽃 피는 곳, 너와 나와 뛰놀며 자라난, 푸른 보리밭에 남풍은 불고, 젓빛 구름, 보오얀 구름 속에 종달새는 운다.

기름진 냉이꽃 향기로운 언덕, 여기 푸른 잔디밭에 누어서, 철이야, 너는 닐닐닐 가락 맞춰 풀피리나 불고, 나는, 나는, 두둥싯 두둥실 붕새춤 추며, 막쇠와, 돌이와, 복술이랑 함께, 우리, 우리, 옛날을, 옛날을, 딩굴어 보자.

<어서 너는 오너라>

이 시는 일제 암흑기에서 발표될 수 없으리 만큼, 항일의 태도가 뚜렷이 반영된 작품이다. 그 시대에는 발표될 수 없어, 발표의 가능성을 먼 미래에 던져 둔 작품이면서, 반민족적인 친일문학에 대한 비판의 기준으로 삼을 수 있다.[128] 일본이 연합군에게 항복하여 세계 제2차 대전이 끝나기 직전에 씌어진[129] 이 시는 일제의 속박과 착취로부터 자유를 얻어 흩어졌던 형제와 민족의 만남을 노래하고 있다.

고향 동구 밖에서부터 뒷동산에 이르기까지 어디서든 볼 수 있었던 온갖 꽃들과 정다운 사람들의 이름으로 이 시는 울림을 준다. 이 울림은 "오오래 정드리고 살다간 집" 울타리를 "함부로 짓밟힌" 것에 연유한다. 그리고 거기에 "앵도꽃 오얏꽃"이 피어 평화로웠던 시절을 추억하게 하는데 이유가 있

---

128) 김윤식,「심훈과 박두진」,≪시문학≫, 1983. 8, p. 100.

129) 박두진의 1994년 4월 6일 강의 노트에서.

다. 그리운 꽃들은 피어났는데 함께 보아야 할 "철이"는 현재 부재중이다. 그 부재는 어두운 현실에 기인한다. 그러나 혜산은 '부재'를 인식한 순간 "어서 오너라"고 "어어이 어어이 소리높여 불"러 보고 있다. 그 소리는 "흩어졌던 형 아우"를 돌아오게 하고 모든 사람을 한자리에 불러모으리라고 밝은 믿음을 갖는 것이다. "별들이 정답게 모이는 날"은 조국 광복의 날이며, "……복순이도 왔다"에서 "왔다"라는 완료형은 그러한 확신을 더욱 강하게 해준다. 비둘기와 푸른 빛 깃발은 자유를 상징하고 꽃다발은 평화와 축복을 의미하는 이미지 다발이다. 비둘기가 날고 깃발이 휘날리는 날은 조국에는 영광이, 인류에는 평화가 실현되는 날이며 혜산의 시정신이 잘 구현된 표현이다.

그러나 조국은 일제라는 이민족에게 철저히 압살되어가고 식민지 지식인의 고뇌는 처절하였으며, 인류평화의 도래 이전에 "눈물과 피"의 희생이 반드시 존재한다. 이것은 인류평화주의를 방해하는 민족간의 끝없는 갈등과 약육강식의 원형으로 인해 파생된 것으로 혜산은 이러한 악순환적 원리를 극복하고 인류의 화해로운 공존을 소망하고 있다. 이만큼 짓밟힌 겨레에 대한 아픔을 절실하게 표현한 시도 드물 것이다. 그런데 이런 비극성에도 불구하고 이 시는 황홀하게 읽힌다. 이 시의 끝 연에 제시된 현실 회복 이미지 때문이다.[130]

이러한 현실 회복의 의지를 지향할 때 다음과 같은 시가 가능해진다.

꽃바람 꽃바람
마을마다 훈훈히
불어 오라

복사꽃 살구꽃

130) 신대철, 앞의 책, pp. 140～141.

화안한 속에
구름처럼 꽃구름 꽃구름
화안한 속에

꽃가루 흩뿌리어
마을마다 진한
꽃 향기 풍기여라

치위와 주림에 시달리어
한겨우내— 움치고 떨며
살어 나온 사람들……

서러운 얘기
서러운 얘기
다아
까맣게 잊고

꽃향에 꽃향에
취하여
아득하니 꽃구름 속에
쓸어지게 하여라
나비처럼
쓸어지게 하여라

<꽃구름 속에>

잦은 쉼표와 마침표, 급박한 호흡과 격정적 어조를 시에서 구가했던 혜산의 다른 여러 작품과 대비되는 작품이다. 처음부터 작품 끝까지 단 한번도 문장 부호가 사용되지 않고 이어지는 대신 짧게 끊은 행을 구성하여 속도감을 높이고 있다. 우리에게 가곡으로 알려져 더욱 친근감 있는 <꽃구름 속에>는 1941년 4월 ≪문장≫ 폐간호에 수록됐던 작품이다. 본연지성의 자연은

자연의 순리대로 봄되면 "꽃바람" "마을마다 훈훈히 불어 오"게 한다. "복사꽃 살구꽃 화안한 속에" "마을마다 진한 꽃 향기 풍기"어 온다. 이 모든 꽃들이 더욱 의미 있는 것은 "치위와 주림에 시달리"는 일제말기의 잔혹성을 견뎌내고 피어났기 때문이다. "한 겨우내— 움치고 떨며/ 살어 나온 사람들……"을 닮아 있어 그 "꽃향"은 더욱 "아득하니" 멀리 퍼져 나간다. 견딤을 인식하고 극복의 의지를 신념으로 할 때, "서러운 얘기/ 다아 까맣게 잊고" "꽃구름 속에" "나비처럼" 날아오를 수 있을 것이다. 완전 암흑기의 현실 속에서 혜산의 시의식은 견딤과 날아오름, 극복과 피어남의 의지를 실천하고 있다.

식민지 현실에서 씌어진 그의 시 <향현>, <도봉>, <묘지송>, <설악부>, <꽃구름 속에>, <어서 너는 오너라> 등 일련의 작품을 살펴 볼 때, 그의 저항의식은 중기와는 다른 양상을 보여준다. 중기의 혜산의 현실인식은 강하고 격렬한 데 비해 초기시에서의 현실인식은 가장 향토적이고, 민족적인 정서를 바탕으로 하고 있다. 그것은 자연과의 친화를 통한 민족적 저항의식의 발로가 이 시기 혜산 시의식의 바탕에 자리하고 있었기 때문이다.

이러한 시인의 관심은 민족 문학의 특수성과도 연결되어, 민족의 고유한 문학을 창조하는 데에 더 역점을 두는 대신 외래적 요소에 대한 비판을 제기하고 있다. 민족의 전통적인 풍토에 뿌리를 내리는 시세계를 구축한다는 것은 일제치하의 정치적 상황하에서 매우 바람직한 생각이라고 할 수 있다. 또 그의 이러한 견해는 단순히 시창작에 있어서 표면적인 기교의 문제가 아니라, 확고한 민족의 현실을 객관적으로 이해하고 확고한 가치를 창조한다는 의지와 연결된다.[131]

이러한 혜산의 의지는 외세의 탄압에 대한 저항과 투쟁으로 나타난다.

---

131) 신동욱,「해와 삶의 원리」,『박두진전집』① (서울:범조사, 1982), pp. 275~276.

열리렴! 하늘…… 아득히 아른 아른 빛나 오는 것,

(중략)

솟으렴! 태양…… 또 하나 궁창에서, 훨훨훨 나래 떨며 솟아나는 것, 뭇 어둠 불살으며, 이글 이글 타는 얼굴 솟아 나는 것,

별들 다아 새로 씻겨 빛나고, 온 누리, 눈물 어린 누리 위에, 금빛 쏴아아 내려 쬐는 빛의 줄기……유량한 울림 속에 청산은 모두 귀를 열어, 소리 높여, 일제히 노래 부를 푸른 나무들!

꽃도 새도 짐승도 새로 태어나, 밤이란 다시는 오지 않는 아침에, 하늘대는 바람 맞아 핏줄들 새로 맑고, 우르러 호흡 갈아 쉬면, 너도 나도 다 한 가지, 허파며 심장이며 새로 붉어 뛰놀고, 우리 모두 번쩍! 눈 새로 밝아지는, 눈 새로 밝아지는, 아아, 진정 솟으렴! 태양……

<훨훨훨 나래 떨며>

여기에서 우리는 "열리렴!", "솟으렴!"의 느낌표로 시작하여 느낌표로 전개되고, 다시 느낌표로 맺는 독특한 구성법을 볼 수 있다. 이 시에서 느낌표는 감탄이나 영탄이 아닌 당찬 명령이다. '하늘'이 열리고 '태양'이 솟기를 반복해서 명령하는 것은 이 시기의 시대 상황이 그만큼 절박했었음을 보여준다.

해와 빛과 태양은 혜산의 초기시부터 후기시까지 일관되게 역동적 이미지로 작용하고 있다. 그의 해는 살아 있는 빛이며, 그의 빛 상징에는 정적인 면이 없다. 혜산의 역동적 이미지로서의 "해는 개인적, 시대적, 민족적 어둠을 함께 묶는 초월의 상징"[132]이다. 민족적 어둠과 대립되는 개념으로 태양

132) 김현자, 앞의 책, p. 513.

이 기능하고 있다. "또 하나 궁창"이 그 시대 민족이 처한 암흑이라면, "뭇 어둠 불살으며 솟아나는 것"은 태양이고 동시에 시대적인 부정정신이며, 부정을 극복하고 도달되는 구원의 상징이다.

이 시에 등장하는 "별들"은 태양의 등가물이다. "별들 다아 새로 씻겨 빛나"면 "누리 위에" 금빛 빛의 줄기가 쏟아진다. 태양과 별들의 금빛 줄기가 온 대지 위에 내리쬐면 "청산/ 꽃/ 새/ 짐승" 모두 새로 태어난다. "밤이란 다시는 오지 않는" 영원한 아침이 열리는 것이다. 이처럼 혜산의 저항의식은 새로운 세계의 열림을 전제로 한다. 그것은 그의 신앙적 의지에 기인한 것이며, 인간의 능력을 초월하는 자연의 신비한 세계로부터 영향 받은 것이다. 혜산이 추구하는 자연은 기독교의 절대적인 섭리가 함께 한다. 그러므로 그의 저항의지도 기독교의 진리를 바탕으로 하고 자연과의 친화사상이 주조를 이루고 있다.

> 불볕 짜랑짜랑 내리쬐는 산 기슭 황토에, 사흘 굶고 허리 졸라맨 벌레, 개미 떼가 산다.
>
> 일천 마리 한 겨레가 한 굴에 살아, 입아귀에 제각기 모래 알, 흙 알을 물고 연달아 굴을 드나든다. 드나들면 드나드는 대로 굴은 자꾸 깊어지고, 굴 밖 두던엔 덩그렇게 모래성이 점점 높아진다.
>
> (중략)
>
> 해돋이 이슬이 구슬 같이 빛날 때부터 밤 되어 다시 이슬 내리기까지 영영한 종일내, 그들은 삶을 쌓는다. 내일을 의혹 않는다.
>
> 굴 안엔 여왕, 날개 돋친 개미가 하얀 알을 오소소 낳아 놓고, 도글도글 굴리며 만지며, 어서 까서 새끼들이 나오기를 기다리고 앉았으리니라.
>
> <의>

1940년 1월 ≪문장≫ 추천시였던 위 시에서 혜산의 시선은 민족의 현실을 객관적으로 이해하려는 의지를 보이고 있다. <해>와 <훨훨훨 나래 떨며> 등의 작품에 드러나는 시인의 의지가 억눌림으로부터 세찬 치솟음으로서의 의지를 시로 형상화했다면, 작품 <의>는 지속된 압제 속에서도 꿋꿋이 버텨나가는 끈질긴 노력과 의지의 절실함이 시로 형상화되어 있다. 어떠한 고난과 역경에서도 민족의 주체성을 잃지 않으려는 노력은 "내일을 의혹않"고 "삶을 쌓는" 것으로 나타난다.

개미[蟻]를 뜻하는 한자를 풀이하면 의로운 벌레[蟲]라는 의미가 있다. 동양문화권에서는 개미가 인간보다 탁월한 삶, 애국심을 상징하고 있다. 문학작품 속에서의 개미는 때로 미미한 존재를 상징하기도 하지만, 혜산의 경우 개미는 동양문화권에서의 개미, 즉 인간보다(의롭지 않은 인간보다) 탁월한 삶, 애국심을 상징하고 있다. 또한 이러한 상징에는 하나의 '중심체(여왕 개미)'를 중심으로 "새끼들이 나오기를 기다리고" 있는 '미래지향'의 이미지도 포함하고 있어 그 의미의 폭은 확대된다.

혜산은 고난과 역경, 견딤과 극복, 기다림과 예언자적 의지, 구원과 초월이라는 일관된 시의식으로 작품을 써 왔다. 그의 시에는 대상 자체의 시적 형상화보다는 그의 관념이 대상에 투시되어 관념이 형상화된다. 그러므로 그의 정서표출은 눈물을 흘릴 때조차도 가라앉지 않는다. 분노가 격렬할 때에도 외침의 구호로만 그치지 않는다. 최선을 다한 자만이 기다릴 수 있기 때문이다. 미약하기 이를 데 없는 "사흘 굶고 허리 졸라맨 벌레, 개미 떼가" "해돋이 빛날 때부터" "밤되어 이슬 내릴 때까지" 지속적으로 삶을 구축하는 것은 "새끼들이 나오기를 기다리"는 기다림의 의지와 민족의 소망이 있기 때문이다.

한편, 혜산의 처녀작으로 알려져 있는 ≪아≫에 수록된 시 <북으로 가는 열차>의 내용이 일제의 착취와 포학에 견디다 못해 고국을 쫓겨나 북만주로 이민가는 동포의 정경을 어두운 색조로 그린 것으로 미루어, 시인은 시작 초기부터 민족의 시련을 시로 표현하고, 또 이를 극복하고자 노력했음에 틀림 없다.

혜산의 저항의지는 민족의 정체성이 상실되어가는 일제 암흑기에서는 민족 주체성의 확립을 위한 의식으로, 동족상잔이라는 있을 수 없는 아픔 앞에서는 준열한 꾸짖음으로, 사회가 혼란 속으로 좌충우돌할 때에는 불의에 맞서는 의기의 시의식으로 지속되었다.

제4장

민족의식과 자유 의지

1. 분단의 비극과 속죄의식

자연을 대상으로 한 작품을 주로 썼던 박두진의 초기시에서의 양상은 중기에 와서 인류애에 대한 기원의 자세로 타나났다. 6 · 25와 4 · 19, 또 그 이후에 전개되는 현실을 겪으면서 그의 시는 보다 직접적인 현실 참여의 시로 또 다른 변모를 거치는 것이다. 이러한 시적 변모는 시집 『오도』(1954)와 『거미와 성좌』(1962), 『인간밀림』(1963) 등 중기시에서 살펴볼 수 있다.

> 내 시는 초기에는 자연을 6 · 25를 기점으로는 인간의 불행 · 악 · 연민을 대구 피난시절의 어려움, 어두움 등을 후기, 최근에 와서는 신에 대한 시를 써 왔다.133)

수난의 역사를 빠짐없이 겪어야 했던 시인에게 있어 신앙의 힘이 내면 깊이 자리하고 있었어도 인간으로서 느껴야 했던 비애는 떨칠 수 없는 것이었다. 6 · 25라는 참담한 동족상잔의 비극을 겪으면서, 그의 시선은 인간 그 자체에 머물 수박에 없었다.

> 백 천만 만만 억겹
> 찬란한 빛살이 어깨에 내립니다.
>
> 작고 더 나의 위에
> 압도 하여 주십시요.

---

133) 박두진의 1993년 4월 14일 강의 노트에서.

일히도 새도 없고,
나무도 꽃도 없고,
쨍 쨍, 영겁을 별만 쬐는 나혼자의 광야에
온 몸을 벌거벗고
바위처럼 꿇어,

(중 략)

눈물이 더욱 더 맑게하여 주십시요.
땀방울이 더욱 더 진하게 해 주십시요.
핏방울이 더욱 더 곱게하여 주십시요.

타오르는 목을 추겨 물을 주시고,
피 흘린 상처마다 만져 주시고,
기진한 숨을 다시
불어 넣어 주시는,

당신은 나의 힘.
당신은 나의 주.
당신은 나의 생명.
당신은 나의 모두.……

스스로 버리랴는
버레같은 이,
나 하나 꿇은 것을 아셨읍니까.
또약별에 기진한
나홀로의 피덩이를 보셨읍니까.

<오도>

시의 대상이 자연에서 인간사로 전환되면서 시인의 시각은 고통과 세속적인 삶의 관심으로 집약된다. "나무도 꽃도 없고", "영겁을 별만 쬐는 나혼자

의 광야"에 "온 몸을 벌거벗고" 선 인간은 세속의 고통스런 인간의 전형이다.

<오도>는 6·25 당시 대구 피난 시절에 쓴 시들 중의 하나이다. 그는 이 작품을 쓸 무렵, 모든 민족적 죄와 벌을 그 혼자 져야 하며 그 자신의 피흘리는 속죄양 의식을 갖는데, 이러한 의식과 자각만이 시대고와 민족의 참극을 이겨내는 중심문제[134]라고 부심하게 된다. 이 시에서는 지상에서의 인간의 삶이 고통스럽기 이를 데 없는 "또약볕에 기진한" 모습으로 제시되어 있다. 그리하여 박두진은 다시 한번 인간의 무게에 고통을 느끼며 기도하는 것이다.

뙤약볕으로 제시된 공간은 현세의 이중적 고난의 세계이다. 민족적인 고난이 그 하나이며, 인간이 스스로 저지른 죄라는 신앙적인 죄의식이 두 번째이다. 그러므로 뙤약볕의 공간은 빛의 공간으로서가 아닌 시련을 주는 상징이며, 인간이 자행한 죄악, 즉 어둠의 상징이다. 이러한 공간에 기진한 채 쓰러진 벌레 같은 하찮은 미물로 인간이 극소화되어 제시되어 있다.

그러나 그는 인간의 고통과 비애를 단지 방관자적인 자세로 견지한 것은 아니었다. '아셨습니까' 또는 '보셨습니까'는 의문이 아니라 강렬한 긍정이다. 지상의 현실이 얼마나 참혹하며 피투성이인지를 구원의 중심주제인 신은 명백히 알고 있으므로 이제 구원의 손길을 주십사 간구하고 있다. "눈물이 더욱 더 맑게/ 땀방울이 더욱 더 진하게// 피흘린 상처마다 만져 주시고/ 기진한 숨을 다시/ 불어 넣어" 주기를 간절히 기도하고 있는 것이다. 이러한 태도는 오히려 육신의 고통을 벗어나서 삶의 상승에 대한 끊임 없는 갈망과 기도로 정신의 투명화와 이념화를 성취하려는 의지이다.[135] 혜산은 개인적인 죄인 의식을 통렬히 깨닫고 사회현실과 역사, 민족에 대한 관심을 표명함으로써 자유와 사랑을 실천하고 있으며, '피'와 '빛'과 '물'의 상징으로 이러

---

134) 박두진,『한국현대시론』(서울:일조각, 1992), p. 153.

135) 김재홍, 앞의 책, p. 412.

한 실천은 구체화 되었다.

앞에서 언급했듯 6·25라는 비극적인 민족사의 참극은 그로 하여금 자유의 이념을 더욱 강렬한 시의 분출구로 형상화하게 했다.

기! 그것은, —
찬란하게, 우리 앞에 나부끼어야 한다.
바람 결 띠끝마다 흐려져 온것, 미처 뛰는 물결마다 휩쓸려 온것, 아우성의 저자마다 찢겨져 온것,

그것은, —
어짜면 피빛, 어짜면 별빛, 어짜면 초록, 어짜면 눈물, 어짜면 꿈! 어짜면 활활 타는 불꽃 빛으로, 가슴 마다 살아 있어 나부끼는 것,

(중략)

기! 그것은,—
우리들 젊은, 우리들 뛰는, 가슴 마다 당신께서 주신 것이다.
기! 그것은,—
기적처럼 찬란하게, 당신께서 우리 앞에 날리셔야 한다.

<기>

'기'는 "우리 앞에 나부끼어야 한다"는 강한 전제가 시인의 자유에 대한 힘찬 의지를 드러내고 있다. 정결함과 희생의 상징인 피(피빛)와 정화의 상징인 불(불꽃)의 총체적 상징으로 기의 상징이 놓인다. 지상에서의 모순을 극복하고자 하는 그의 의지가 수직적인 상승 이미지로 나타나 "기적처럼 찬란하게" 나부끼기를 갈망하는 것이다. 때로 "찢겨져" 왔던 아픈 역사 속에서의 '기'는 현재 "가슴마다 살아 있어 나부끼는" 생명의 표상이며, 현재에도 미래에도 나부끼는 깃발은 인간의 굽히지 않는 이념 구현의 한 상징이다. "기폭은 찢겨지지 않는다." 오히려 '빛발'과 '꽃가루'가 흩날리며, 인간의 의지와

신념이 수난의 역사를 이겨내는 것이다. 이러한 지속적인 의지는 <우리들의 기빨을 내린 것이 아니다>로 그 맥을 이어갔다.

혜산의 저항의지는 '기'로 상징되어 3·1운동의 "아우성의 저자마다" 물결친 것으로부터 4·19에 이르기까지, 또는 삼엄한 독재 정권 아래에서도 지속적으로 나타났다. '기'는 인간에게 있어 자유와 구원을 상징하기 때문이다.

초기시에서 박두진은 식민지 현실의 모순과 부조리에 분노하면서도 기다림의 기쁨과 희망의 밝은 시세계를 추구하였는데, 그것이 중기에 들어서면 삶의 현실에 대한 갈등과 절규로 변한다. 중기시는 6·25의 동족상잔과 4·19 혁명을 시의 중심 모티프로 하고 있다. 식민지의 현실에서 비교적 명확했던 선악의 구조가 동족 내부의 문제로 치환될 때 시인의 어둠 속에서 빛을 재인식하려는 시의식이 구현된다.

그러나 이것은 그대로의 벌판, 어둠만이 덮여 있는 그러한 벌판이 아니다.

어디서부터 그것은 있은 것인가 여기는 벌이다.
어디서부터 그것은 와진 것인가 나는 벌판을 간다.
—밤이다.

(중략)

나를 아는 많은 얼굴들은 앞서서 갔는지도 모른다.
나를 아는 많은 얼굴들은 뒤에서 올른지도 모른다.
그러나 나는 지금 가슴에
타오르는 횃불 뭉치 같은 것 하나만을 지닌채 앞으로 앞으로만
향하여 내달아가고 있다

그런데 이것은 그대로의 벌판
어둠 만이 덮여 있는 그러한 벌판이 아니다.

비가 온다. 벌에는 비바람이 친다.
눈이 온다. 벌에는 진눈깨비가 친다.
그런데 이것은 또 그냥 오는 비바람 후려서 쳐내리며 있는 진눈깨비만은 아니다.
은빛 빛줄기, 저, 척척척 녹아져 내리는 별빛 빗발들을 보라.
온 꽃이 꽃물이 되어 녹아져 내리는
저 꽃빛 찬란한 꽃빗발들을 보라.
그 또 사이 사이, 피빛 후두겨내리는,
어디서인지 몰려와 내리는, 피빛 아우성대는 빗줄기들을 보라.
아, 이 고운, 이 진한, 척척척 어우러져 익여져 흐르는,
무지갯빛 찬란한 빗발 떼들을 보라.

<어느 벌판에서>에서

내 마음이 어느날 그 칠옷처럼 깜깜하던 어둠, 그 태초의 태초와 같은 어두운 혼돈에서 별안간에 활활한 태양을 토해 내듯, 바다도 저렇게 아침—

(중략)

푸르고 풍만한 너 바다가 없을 때, 너 열하고 예쁜 모습 바다가 떠났을 때, 바다가 암사슴처럼 바다가 죽었을 때, 가슴은 어둠이었고, 가슴은 절망이었고, 가슴은 막 미쳤었고, 가슴은 끝내, 스스로는 못돌이킬 죽음이었던 것이다.

그리하여 그 죽음은, 죽음으로 더불어 영원히 죽고, 이제는 그 생명이 또 하나 솟아오르는 새로운 생명을 위하여, 바다에서 솟는 해는 가슴에서 솟는 해, 바다에서 솟는 혼은 가슴에서 솟는 혼, 바다에서 솟는 사랑은 가슴에서 솟는 사랑, 바다에게 끓는 불은 가슴에서 끓는 불로, 이제야말로 바다는 가슴 속으로 되돌아와,

새로운 그 출렁임을 시작한 것이다. 새로운 그 용솟음을 시작한 것이다. 새로운 그 가득참을 시작한 것이다.

아 — 아 —아 — 아 —,
소리치고, 열광하고, 뿜어 오르고, 뿜기어 올라,
이제야말로 다시 와 만난 그 가슴과 바다는, 창조, 혁명, 피, 혼돈, 죽음, 절망, 몸부림, 절규, 노호, 통곡, 그러한 것들의 모두를 말갛게 씻어서 삼켜 삭혀 버리고, 빛과 어둠, 죽음과 생명, 사랑과 미움, 절규와 침묵, 저주와 기도, 반항과 체념, 살과 살, 피와 피, 피와 피! 불꽃과 꽃과 꽃과 혀의,
아, 혼과 생명과 사랑의 그 응어리의 꽃과 불로 된 그 하나로 된 응어리의 영원한 새 영원, 태초의 말씀의 그 새 말씀으로부터
— 할렐루야!
아, 너와 나는 이제야 다시, 하나로 되살아 일어 난 것이다.
푸르게 열해 오른 잔잔한 불길, 타오르는 태양의 응어리로 터진 것이다.
타오르는 사랑의 응어리로 터진 것이다.

<바다의 영가>

혜산은 6・25의 민족적 비극을 어둠으로 설정하고 그 비바람과 진눈깨비 내려치는 어두움과 혈투를 하며 전진한다. 벌판은 검정빛 어둠만이 겹겹이 둘러 있다. 원형적 상징으로서의 어둠은 혼돈과 악, 죽음을 상징한다. 특히 밤의 어둠과 바람의 두 이미지가 결합되어 죽음의 공포까지 내닫게 한다. 역사주의 관점에서 어둠은 동족끼리 살상해야 하는 전쟁의 현장으로 해석이 된다. 그러나 타오르는 횃불 뭉치 같은 것이 가슴에 있다. "횃불 뭉치 같은 것"이 어떤 것인가는 이 시가 그대로 말해준다. 그것은 무엇을 기다리게 하고 그리워하게 하는 것이 아니라 강렬한 영적 에너지를 향해 앞으로 내닫게 하는 것이다. 그것도 온 몸으로 온 정신으로 내닫게 하는 것이다. 물론 방향은 역사의 비극적인 상황을 뚫고 맞이하게 될 영원이다.[136] 그 영원은 "무지갯빛 찬란

136) 신대철, 앞의 책, p. 143.

한" 미래이다. 명백한 것은 횃불 뭉치 같은 영원이나 무지개빛 찬란한 미래이거나 이 모두는 인간적인 노력 없이는 불가능하다는 점이다.

그는 역사의 비극에 대한 저주와 증오의 감정을 격렬하게 노정시킴과 아울러 그것을 극복할 수 있는 대안으로 인간의 마음 속에 꺼지지 않고 타오르는 '횃불 뭉치'를 제시하고 있다. 이러한 횃불 뭉치 같은 저항정신이야말로 반복될지 모를 우매한 인류 역사의 비극을 방지할 수 있다는 믿음이다. 격렬한 분노와 처절한 감정의 소용돌이 속에서 그의 시가 결코 절망 속에 함몰하지 않는 이유가 바로 여기에 있다. <어느 벌판에서>와 같이 <바다의 영가>도 대구 피난 시절에 쓴 작품으로 동족상잔의 용서할 수 상황을 '노도의 바다' 또는 '혼돈과 피를 씻어버리는 씻김의 바다'를 시로 형상화 한 것이다. 원형적 이미지로서의 바다는 모든 생의 어머니이며 동시에 죽음과 재생을 의미한다. "죽음으로 더불어 영원히 죽"은 바다에서 "새로운 그 출렁거림을 시작한 것"은 "솟는 해"의 이미지와 결합하여 더 강렬한 삶의 시작으로 드러난다.

참혹한 세계, 온갖 악과 부정과 혼란이 난무하는 세계를 지나 한 줄기 빛이 내리기를 염원하는 시인에게 온갖 악은 어떤 의미를 갖는가? "일히는 일히로 더불어 싸우다가 일히는 일히로 더불어 멸하리라"는 구절, "산 넘어서 밤새도록 어둠을 살라 먹고,… 해야 솟아라."라는 구절로 미루어 보면 그는 일체의 악을 소멸시키고 새로운 세계가 시작되기를 바라는 개벽을 지향하는 시인인 것이다. 이처럼 그는 기독교적 윤리관을 통해 민족의 미래를 희망적으로 예언하고 있으며 타락한 인간 사회의 모순을 급박한 호흡의 시어 구사와 격정적 어조로 표현하여 그의 저항의지를 격렬하게 표출하고 있다.

그의 현실 고발의 참여성이 강한 시정신은 다음 <산맥을 간다>에도 잘 나타나 있다.

얼룽진 산맥들은 짐승들의 등빠디
피를 뿜듯 치달리어 산등성을 가자.

흐트러진 머리칼은 바람으로 다스리자.
푸른 빛 잇빨로는 아침 해를 물자.

포효는 절규. 포효로는 불을 뿜어,
죽어 잠든 골짝마다 불을 지르자.

가슴을 살이 와서 꽂힐지라도
독을 바른 살이 와서 꽂힐지라도,

가슴에는 자라나는 애기해가 하나
나긋나긋 새로 크는 애기해가 한 덩이.

미친듯 밀려 오는 먼 바다의
울부짖는 파도들에 귀를 씻으며,

떨어지는 해를 위해 한 번은 울자.
다시 솟을 해를 위해 한 번은 울자.

<산맥을 간다>

그가 외치는 "죽어 잠든 골짝"은 현실악에 오염된 현상이거나, 인간이 자행해 놓은 온갖 죄악의 무의식을 상징하는 것이다. 그의 말을 빌자면, "피 나는 일신상의 시련과 스스로의 상처의 출혈을 혀로 핥는 양지의 맹수처럼 때로는 거센 눈보라와 비바람을 헤쳐 가는 작은 새와 같은 모습"[137]으로 인간의 역사가 스스로 짊어진 어둠의 현실을 초극하고 있는 것이다. 이것이

137) 박두진,『박두진 전집』②(서울:범조사, 1982), p. 24.

박두진 시에 나타나는 지속적인 양축으로서 원형적인 동일성 회복을 지향하는 메시아 관념과 사회와 민족에 대한 영원한 자유와 평화의 실천적 의지[138]이다. 그래서 현실적 저항의 완곡된 표현에도 불구하고 "가슴에는 애기해"가 자랄 수 있는 것이고, "다시 솟을 해를 위해" 가슴으로 따스하게 "한번은 울자"라고 노래할 수 있다. 왜곡된 역사의 비극적 모순을 메시아의 재림을 기다리는 시정신과 민족을 사랑하는 마음으로 승화시키고자 한 것이다.

혜산의 장시 <아, 민족>은 우리 민족의 유장한 역사와 현재를 일깨워 시간의 무한성을 펼치고 있다. 부끄러운 역사마저 남김없이 '드러내 놓기'는 혜산 시가 가진 특징이기도 하다. 왜곡되고 감춰진 역사는 또다른 부끄러운 역사를 부를 뿐이다. 어두운 시대에 역동적 힘과 생명적 이미지를 시로 형상화시켜 극복의 의지를 지향했던 그는 발전적 사관을 가진 힘의 시인이었다. "어느때는 빼앗기고/ 어느때는 찾으며/ 백골로 산을 쌓고/ 피로는 강을 이뤄/ ……/ 당하면서 견디어내고/ 막으면서 시달려온/ 하나의 목적 민족 사명 무엇이어야 하나./ 빛내온 문화/ 그 영원한 지향/ 무엇이어야 하나//"[139]에서 보여지듯 이 시는 민족의 다난했던 과거와 현재의 우리가 지향해야 할 점을 동시에 제시해주고 있다. 혜산은 이 장시를 통해 처절하도록 절규하고 활화산처럼 통분하며 주관적 감정에 사로잡힌 인상을 주고 있음에도 올바른 소리로 자기의 피끓는 정서를 냉철한 지성으로 이끌고 있다. 또한 자칫하면 폐쇄적인 민족정신으로 함몰될 수 있을 법한 고립성을 민주적인 자유의 정신으로 확장하고 있다. "주관적 감동의 정신을 객관적인 인식의 세계로 확충시킴으로써 올바르게 시정을 통일하고 새로운 시풍으로 이루어 보려고 시도"[140]한 것이다.

---

138) 유시욱,「두 가지 성취욕의 궤적」, 박철희 편,『박두진』(서울 : 서강대학교 출판부, 1996), p. 124.

139) 박두진, <아, 민족>,『박두진전집』⑨, pp. 44~45.

이러한 확산의 의지는 때로 '날아오름'에의 수직적 초극을 지향하는 것으로 나타난다.

— 한 마리만 푸른 새가 날아오르라. 비.…… 한마디만 길다랗게 소릴 뽑으라.

천년 이천년을 삼천년을 조으는 것, 이끼마다 눈이 되어 꽃잎으로 피라. 이슬처럼 꽃잎마다 녹아 흐르면, 아득한 하늘 밖에 별이 내린다.

비. 오오, 돌.…… 무엇을 호흡하는가. 오래 숨이 겹쳐 지면 깃쭉지가 돋는가. 목을 뽑아 학처럼 구름 밖도 나는가. 비바람과 눈포래와 내려 쬐는 또약 볕. 미처 뛰는 세월들이 못을 박는다. 징을 박는다.

— 월광.…… 또는, 별이 글성 배어 내려, 거울처럼 맑아지면 다시 네게 오마. 넌즛 한 번 내어밀어 손을 쥐어 다오. 벌에 혼자 너를 두고 훌훌 내가 간다.

<비>

대구 피난시절 월배동의 비석거리를 지나다 시상을 얻어 씌어진 <비>는 비석이 가진 오랜 세월 동안의 인고의 흔적이 시로 형상화되어 있다. 비석은 실제적으로 생명이 없지만 시인의 의지에 의해 생명력을 얻고 '학'으로 비상한다. 존재하는 모든 만물 가운데 세월이 지나면서 가치가 더욱 빛이 나는 것이 있는가 하면, 퇴영의 잔흔만을 남기는 것이 있다. 혜산이 주의 깊게 들여다 본 것은 "이끼마다 눈이 되어 꽃잎으로 피"어나는 "삼천년"의 역사와 그 가치이다. 그러나 그에게 도래한 비극적인 현실의 상황은 "미처 뛰는 세월들"이다. 삶과 죽음의 선택마저 박탈당한 전쟁의 소용돌이는 시인으로

---

140) 최일수,「박두진의 '아, 민족'」,≪현대문학≫, 1971, 5, p. 353.

하여 "무엇을 호흡"하며 살아야 하는지의 의문을 제기한다. 이때 구원의 통로가 '날아오름'에의 초극이다.

시인은 하나의 돌덩어리였던 '비'를 날아 다니는 '새'로 형상화하여 생명을 부여하고 "한마리만 푸른 새가 날아오르라."고 노래한다. 삼천년 세월을 침묵하는 돌로 남아 있어도 그 오랜 숨이 겹쳐지면 깃쭉지가 돋아나듯, 삶의 근원적인 바람이 차단 당한 현실의 잔혹함 속에서도 견딤과 극복의 과정을 거친 후엔 새생명으로 날아오를 수 있다는 의지를 표명하고 있다. 혜산의 시에서 시사하는 견딤과 극복은 분단의 비극적 모순 속에서 '날아오름'의 초극을 제시해 주는 지향점이다. "비바람과 눈포래(보라)와 내리쬐는 또(뙤)약별"이 강할수록 깃쭉지가 더욱 강인해지듯 민족 비극의 모순이 심화될수록 비상에의 의지는 더욱 강하다. 비극적 상황을 극복할 수 있다는 그의 의지는 시대적 상황이 예기치 않게 변할 때에도 변함없이 지속되어 왔다.

날아오름의 초극의지는 때로 '황금빛 승화'로 나타난다.

> 팔월의 강이 손뼉친다. 팔월의 강이 몸부림친다.
> 팔월의 강이 고민한다.
> 팔월의 강이 침잠한다.
>
> 강은 어제의 한숨을, 눈물을, 피흘림을, 죽음들을 기억한다.
>
> 어제의 분노와, 비원과, 배반을 가슴지닌
> 배암과 이리의
> 갈라진 혓바닥과 피묻은 이빨들을 기억한다.
>
> 강은 저 은하계 찬란한 태양계의
> 아득한 이데아를
> 황금빛 승화를 기억한다.

그 승리를, 도달을, 모두의 성취를 위하여
어제를 오늘에게, 오늘을 내일에게 위탁한다.

강은 팔월의 강은 유유하고 왕성하다.
늠름하게 의지한다. 손뼉을 치며 깃발을 날리며, 오직
망망한 바다를 향해 전진한다.

<팔월의 강>

조국의 해방은 환희였고, 그것은 "찬란한 태양계의" 회복이었다. 그러나 조국광복의 기쁨을 밀도 있게 누려보지도 못한 채 혼란과 혼미한 불안이 지속되었고, 6・25라는 부끄러운 역사를 남기게 된다. <팔월의 강>이 "고민"하고 "몸부림치"며 "어제의 한숨을, 눈물을, 피흘림을, 죽음들을 기억"하는 것은 그 피흘림의 역사가 현재에도 지속되고 있기 때문이다. 동족상잔의 비극은 8월 15일의 뜨거운 함성을 "배반"한 것이며, "팔월의 강"은 그래서 "분노와 비원"을 "가슴 지"닐 수밖에 없다.

강은 영속성의 이미지를 지닌 주체다. 강물은 장애물을 만났을 때 비켜나서 가기도 하지만, 때로는 강물이 그 장애물을 넘어 가기도 하고 파괴하며 흐르기도 한다. 그 강물의 흐름은 인간 역사의 흐름과 유사성을 지닌다. 강물의 파괴는 영속적으로 흐르기 위한 파괴이며, 인간 역사에 있어 모순(장애물)은 발전을 위한 장치이다. 인간의 역사는 모순의 극복을 위해 때로 눈물과 피흘림을 요구하기도 한다. 그러나 그것은 파괴를 위한 피흘림이 아니라 영속적이고도 발전적인 역사의 흐름을 위한 것이다. 이러한 도도한 흐름에서 혜산은 역사의 영속성을 발견한다.[141] 그러한 영속성은 "어제를 오늘에

---

141) 1994년 4월 20일 강의에서 혜산은 <팔월의 강>에 대하여 다음과 같이 말한 바 있다.

"강은 갈 수 있는 곳까지만 가며, 때로 파괴하지만, 그것은 극복을 위한 파괴이므로 '지킴'의 미를 지니고 있다. 또한 역사는 단절되는 것이 아니라 강물처럼 영속성을

게, 오늘을 내일에게 위탁한다"라는 시어에서 발견된다.

온갖 역사의 부조리와 영광을 기억하며 흐르는 강물의 지향점은 바다이며, 바다는 세속의 절망적 상황이 극복된 동경의 대상이다. 박두진의 미래지향성은 강물을 설정하여 바다로 간다는 평범한 진리를 근간으로 하면서 모순된 현실을 흘러 보내는 역사적 당위까지 상징하고 있다. 그러므로 "망망한 바다를 향해" 가는 "전진" 이미지가 더욱 부각되고 있는 것이다.

역설적으로 말하면, 오늘의 <팔월의 강>이 분노와 비원으로 흐르고 있다면, 미래의 팔월의 강은 "손뼉을 치며 깃발을 날리며" 황금빛으로 "승화"할 것을 약속하는 강이다. 극단적인 분열과 상잔은 참된 미래를 회복하기 위한 장치이다. 혜산이 발전적 사관의 역사의식을 가지고 있으며, 모순에 찬 현실을 정면에서 직시할 수 있는 것도 이 때문이다. 그는 '보완'보다는 '혁명'을 요구한다. 그러므로 그의 시의식은 미래의 발전을 위해 현재의 부정을 인식하는 것으로부터 시작한다.

그러므로 이 시기 지속적으로 전개되는 역사의 비극적 모순은 그에게 비장한 의지의 시들을 전개하게 한다.

서리 서리 능구리가 감아 오르는데
잔허리를 능구리가 감아 오르는데
가슴과 모가지와 모가지와 코밑
혓바닥이 코밑으로 널름거려 오르는데
종소리는 아직도
울지 않는데
까투리야 까투리야
나는 그 새파란

가지는 것에서 시상을 얻어 8·15의 역사적인 기쁨과 한국전쟁이 발발한 이후 8·15는 같은 날이지만 그 의미에 있어 엄청난 차이를 갖고 있음을 새삼 깨닫고 이 시를 썼다. 그 의미의 차이는 인간이 만든 것이다."

비수라도 한 자루 있어야겠다.
손아금에 비수 하나
쥐어야겠다.

<전설>

이 시에서는 해결될 수 없는 긴박한 상황의 전개가 드러나 있다. 절대절명의 상태는 "모가지와 코밑"까지 감겨 오르는 능구리의 위협에서 비롯된다. 그러나 "능구리"로 상징되는 현실의 질곡은 "종소리와 새파란 비수"를 준비하는 내적 결단을 통해 극복될 수 있다.

혜산에게 있어 생명은 늘 타오름과 갈망을 가진 것으로 이를 위협하는 것에는 피흘림이라는 철저한 자기희생과 '비수'라는 복수와 죽음의 상징물을 동시에 마련하고 있다. 피흘림의 이미지와 연결되는 '비수'는 복수와 죽음의 상징을 넘어 '희생'도 상징하고 있어 비수의 끝이 타자가 아닌 자신의 내부로 향하기도 한다.

<전설>의 "종소리와 새파란 비수"는 작품 <비>에서 나타나는 "푸른 새"와 등가물이다. 그것들은 구원이며 동시에 초월을 상징한다. 지상적인 적대관계 속에서 초월을 모색하는 그의 시정신은 비극적 모순이 "혓바닥이 코밑으로 넘름거"리는 최악의 상태에서 더욱 새파랗게 날 선 비수를 거머쥐게 하는 의지를 갖게 한다. 이러한 비수는 때로 불의의 타인이나 대상으로 향하기도 하지만, 그의 내부로 돌려지기도 하는 데, 그것은 혜산 특유의 "내적인 혁명의 필요"[142]에 의한 것이다.

내가 죽으리라.
너희들이 내 몸둥일 터뜨렸구나.
내가 죽으리라.

142) 박두진,『한국현대시론』(서울:일조각, 1992), p. 428.

가죽이 필요하냐?
내가 죽으리라.

가죽이 필요하냐?
내가 죽으리라.
발바닥이 필요하냐?
내가 죽으리라.

두고 온 어린 새끼
못 만나 본 짝이어.
살다가 온 골짜기여.
못 밟아 본 산줄기여.

칙칙한 나무 숲
하늘 편히 트이더니,
돌아가누나. 내 살점 경련하며 황토 흙으로.
돌아가누나. 내 핏줄 구비치며 뜨건 강으로.

내가 죽으리라. 언제까지 이대로 두 눈 뜨리라.
내가 죽으리라. 언제까지 이대로
심장 뛰리라.

<웅>

혜산의 시에서 반드시 언급되어야 할 것은 역설의 미학이다. 구원은 고통을 통해 도달되고, 희생은 구원으로 보상받는다. 작품 <있어서는 안 될 날이>에서 "장렬한 희생/ 아름다운 불행한 날 있어야겠다./ 있어서는 안 될 날이 또 있어야겠다"고 역설한 것처럼 세속적인 죽음으로서 "내가 죽으리라 언제까지 이대로/ 심장뛰리라"는 죽어도 죽지 않으리라는 그의 의지를 말해 준다.

> 모든 민족적 죄벌을 나 자신이 져야 하며, 나 자신이 피흘리는 속죄의식과 그 자각과 자책자경만이 이 시대고와 민족의 참극을 이겨내는 중심문제여야 한다고 생각하였다. 나 자신의 피나는 기도, 피땀을 흘리는 개회만이 그대로 민족이 치뤄야 할 개회와 속죄와 피땀의 대행이 되고, 그 투영된 참 모습이 되리라고 생각하였다.[143]

피흘리는 속죄의식은 새로 태어남에의 간구이다. "내가 죽으리라"는 죽음으로써 영원한 생명을 구하려는 것이다. 민족의 참극을 이겨내는 방법으로 치러야 할 것이라면 비수가 그의 내부로 향하더라도 서슴지 않는다. 역사와의 정면대결에는 혜산의 정확한 현실인식과 기독교인으로서의 부활의식이 동시에 작용한다. 그래서 시인의 시선은 언제나 현실을 직시하기에 주저않는 것이다.

> 별이 별더러 죽으란다. 새가 새더러 죽으란다. 별이 새, 새가 별더러, 풀이 풀, 벌레가 벌레더러 죽으란다. 꽃은 꽃더러 죽으란다. 죽으란다. 피를 흘려. 피를 흘려. 뚝 뚝 뚝 피를 흘려……
>
> 눈이 멀으란다. 짐승들이 사람더러, 사람들이 짐승더러, 짐승들이 짐승, 사람들이 사람더러, 눈이 막 멀으란다. 귀가 막 멀으란다. 입이 막 멀으란다. 콧구멍이 멀으란다. 울지도 못하란다. 노하지도 격하지도 죽지도 못하란다.
>
> 미치란다. 날더러. 아, 파도가 불길, 불길이 파도더러, 제먼저들 미쳐서는 날더러 미치란다. 햇살 아래 천지가 새하얗게 밝은 데서 이렇게 쯤 날더러 홰능 홰능 미치란다. 이렇게 쯤 이렇게쯤…….
>
> <별이 별더러>

---

143) 위의 책, p. 405.

이 시에는 반복과 열거에 의해 비극적인 상황이 제시되어 있다. 죽음을 강요하는 대상은 공교롭게도 동족이다. “별이 별더러 죽으”라 하고, “새가 새더러 죽으”라 한다. 모든 대상이 자기 아닌 타자에게 또는 사물에게 죽음을 강요한다. 어떠한 구원의 제시가 없다. “제먼저들 미쳐서” 상대방에게 미치기를 요구하고 있다. 선과 악이 구별되지 않는 세상, 올바른 것과 그릇된 것이 구분되지 않는 현실이 그대로 노정되어 있다. 그 현실은 동족끼리의 무차별 살육일 수 있고, 의로움을 시기하는 일체의 불의일 수도 있으며, 인간이 자행할 수 있는 모든 악일 수도 있다. 이 시에서 특이한 것은 그의 시선이 일체의 것에 대해 ‘드러내 보이기’만 할 뿐, 구원에의 절실함이 내비치지 않고 삶에 대한 실존의식이 반영된 점이다. 피흘림이든, 자기희생이든, 견딤과 극복이든 초월의 방법을 모색하고 제시했던 다른 작품과는 구별되는 작품이다. 인간과 자유에 대한 관심이 동족간의 살육이라는 동족 내부의 문제로 치환될 때 “노하지도 격하지도” 못한 것일까. 인류의 비극은 그 양상이 너무도 다양해서 구원에의 방법 또한 다양해야 함을 강조했던 것이다.

그의 모색은 다음 시에서 어느 정도 실마리를 찾는다.

> 인간 밀림은
> 고독한 밀림
> 음모와 배반과 시기가 뒤엉킨
> 인간밀림은
> 처절한 밀림
> 탐욕과 저주와 살륙이 무성한,
>
> 인간 밀림 모두의 위에
> 억수 비가 내려라.
> 인간 밀림 골짝마다
> 불이나 활활 붙어라.

아,
그렇지만 인간 밀림은
그래도 우리와 나의 사랑
모두가 모두 무성하며
한 하늘 아래
수런대는,

인간 밀림 하늘에서
초록 비가 내려라.
인간 밀림 하나 가득
햇살이 펑펑 쬐어라.

<인간밀림>에서

그의 시에 나타난 부조리 인식은 시대적 배경을 고려할 수밖에 없다. 박두진의 초기시들이 식민지 현실의 참혹상에서 뿜어나온 것이라면 중기시에서 인식된 부조리는 6・25 전쟁이나 분단과 관련되는 민족 내부에서 파생된 것이기도 하다.

<별이 별더러>에서 나타난 일체의 음모와 악에 대한 부정정신은 <인간밀림>의 서두에서도 여실히 드러난다. 처절한 인간밀림에 "탐욕과 저주와 살육이 무성한" 인간밀림에 "억수비가 내"리고, "불이나 활활 붙어라"라고 살육의 현장을 오히려 방기하며 한편으로 생생하게 보여주고 있다. 그의 시적 의미군은 인간사의 사건들이며 자신이 겪고 보고 들으며 괴로웠던 경험들이다. 그 경험들 가운데 특히 괴로웠던 것은 "한 하늘 아래" 동족끼리 "저주와 살륙이 무성"했던 일이다. 악에는 악으로 대응하는 논리가 시인의 논지이다. 그러나, 그러한 악의 "인간밀림은/ 그래도 우리와 나의 사랑"이기에 구원이 되어야 한다. "초록비"와 "햇살"은 용서와 화해의 장치이다.

인간이 자행하는 온갖 죄악과 참극을 정면으로 직시하고 인식했던 혜산은 그러한 불행을 존재론적 차원에서 인식하는 데 그치지 않는다. 그것은 현실

의 삶을 제대로 인식하고, 인간의 삶을 사랑했던 혜산의 독특한 구원의 시의식에 기인한다.

위의 시에 나타난 시인의 태도는 생명에 대한 사랑과 신의 섭리를 깨닫지 않고는 불가능한 포용이다. "어떤 현실적 시사적 상황적인 것이 민족적인 것으로, 그리고 그것이 인간적 미적 윤리적인 것으로, 그리고 다시 그것이 내 인생으로, 그리고 또다시 그것이 범인간·범인생·범인류적인 것으로 승화·집약되었다가, 결국 나 인생, 나 인간으로 되돌아 오면서, 인간·인생과 인류·신의 문제로 귀착한다."[144] 그의 시세계에 있어서 삶과 민족과 종교의 세계는 고립되어 있는 것이 아니고 하나의 세계임을 극명하게 보여주는 것이라 하겠다. 그의 언어는 4·19라는 노도의 물결을 타고 깊은 내면으로부터 폭발, 충일하게 된다.

2. 현실의 모순과 저항정신

혜산의 다음과 같은 자전적 고백은 시인의 역정 속에서 정신적 고뇌와 현실적 어긋남의 고통을 드러내는 동시에 시로써 당시의 상황에 대결하고, 시대의 아픔을 시로써 초극하려 했던 시인의 의지를 시사해준다.

> 4·19로부터 5·16에 이르는 동안의 시는 우리가 겪은 시대적·민족적·사회적 변혁의 가열한 격동과 진통이 변전하는 심각한 세계상과 더불어 짙은 색깔과 그지없는 울림과 억센 골격으로 투영되고 주제화되어 있다. 이러한 격동과 맞서려는 의지의 자세와 몸부림은 그간의 내 피나는 일신상의 시련과 곁들여 때로는 스스로의 상처의 출혈을

144) 박두진,『현대시의 이해와 체험』(서울:일조각, 1995), pp. 208~209.

> 혀로 핥는 양지의 맹수처럼 때로는 거센 눈보라와 비바람을 헤쳐가는 작은 새와 같은 모습으로 그 정신적 기복의 임리(淋漓)한 자취가 생생하게 각인되어 있다.[145]

박두진은 그의 시력 중기에 들어 어두운 역사와 비극적인 현실의 압력에 더욱 적극적으로 저항하는 저항시인의 면모를 두드러지게 보여주었다. 특히 『거미와 성좌』(1962), 『인간밀림』(1963), 『하얀날개』(1967)에 수록된 많은 시는 4·19와 5·16, 유신정권에 대한 그의 역사의식이 시로 형상화 되어 있다. 그는 죄악과 불의의 인간사회 현실을 고발하는 동시에, 그 자리에 신앙과 정의의 투쟁사를 남기려는 신념을 가졌으며, 또한 기독교 정신에 의해 사회 현실을 개혁하려 하였다. 그의 시는 사회 모순에 대한 고뇌와 내적 갈등을 극복하기 위하여 역사의 비극을 알몸뚱이로 돌파하는 의(義)의 선봉에 선 자의 외침을 담고 있다. 그는 어둠을 악의 실체로 인식하였고, 현실은 이 어둠이 뒤덮고 있는 혼돈의 세계로 판단하였다.[146]

이 시기에는 특히 시인의 개인적인 생애에도 시련이 닥쳐왔는데, 그것은 시대와의 가치론의 대결에서 빚어진 것으로 술회하고 있다. 5·16 당시의 시인의 정신적 고뇌가 현실적인 처벌의 형태로 나타나기까지 했으며, 이로 인해 혜산은 스스로 맹수와 새로 비유된 고통과 초월의 의지를 기록하고 있다.

> 돌 이어라. 나는,
> 여기 절정.
> 바다가 바라뵈는 꼭대기에
> 앉아,

---

145) 박두진,『박두진전집』②(서울:범조사, 1982), p. 24.

146) 이운용, 앞의 논문, p. 68.

종일을 잠잠 하는
돌 이어라.

(중략)

오, 돌.
어느 때나 푸른 새로
날아 오르랴.
먼 위로 아득히 짙은 푸르름
온 몸에 속속들이
하늘이 와 스미면,
어느 때나 다시 뿜는 입김을 받아
푸른 새로 파닥어려
날아 오르랴.

(중략)

어느 땐들 맑은 날만
있었으랴만, 오,
여기 절정.

바다가 바라뵈는 꼭대기에 앉아
하늘 먹고, 햇별 먹고,
먼, 그, 언제,
푸른 새로 날고지고
기다려 산다.

<돌의 노래>

갇힌 존재로서의 고통을 돌로 형상화하였지만, 그러나 돌은 어떤 힘에도 깨지지 않는 견고함과 그 견고한 본질과 모습을 지키는 힘을 가지고 있다.

이런 뜻에서 청마 유치환의 '바위'와도 상통하지만, 청마의 '바위'에는 침묵과 본질을 고수함으로써 외부로 발전되어야 할 행동이 사색으로만 응축되어 모든 것을 포기하는 상태로 되어 있으나[147] 박두진의 돌에는 광활하고 자유로운 미래지향적인 적극성이 보이고 있다. 그래서 "종일을 잠잠하는 돌"이지만 "온 몸에 속속들이 하늘이 와 스미면" "푸른 새로 파닥"거리면서 날아오를 수 있는 가능성과 힘을 지는 '돌'인 것이다. 또한 그 '돌'은 "바다가 바라뵈는 꼭대기에" 그것도 '절정'에서 '바다'를 지향하는 광활하고 무한광대한 힘을 가지고 있다. 돌은 새의 이미지와 결합하여 정신의 지향성을 선명하게 보여주었다.

5·16 군사정권이 수립되었던 전후에 지식인은 일반적으로 좌절을 겪게 되지만, 특히 박두진은 이 시기에 4·19 정신을 기리는 지성인으로서의 신념 때문에 문초를 당하고 감금을 당하는 극심한 고통을 겪게 된다. 그러나 돌로 암시된 서정적 주체는 견고한 자유와 저항의식을 표방하고 스스로 새가 되어 날아오르는 강인한 의지를 보인다. '푸른새'로 날아오르는 비상에의 의지는 현실의 질곡으로부터의 저항을 시도하는 한편 이상적 경지에 도달코자 하는 지향을 나타낸 것[148]이라 하겠다.

혜산의 중기시 전반으로 분류될 수 있는 시집『오도』(1954)에 수록된 작품들은 대체로 기다림의 뜻을 중심으로 영원과 무한에의 지향을 보이며 다시 기다림의 서정이 보인다. 이러한 이면에는 일제를 견디고 이겨낸 다음에 얻은 조국의 광복이 진정한 민족적 대주체의 온전한 회복이 되지 못한데 기인한다. 6·25로 인한 극단적인 분열과 동족상잔이 야기되고 계속됨으로써 시인은 그 온전함의 회복과 참된 도래를 기다리는 자세에 전심을 기울이게 된 것이다.

---

147) 신동욱,『문학의 비평적 해석』(서울:연세대학교 출판부, 1980), p. 12.

148) 신동욱,「시에 있어서 저항과 그 지속의 의미」,≪조선문학≫, 1996. 7, p. 88.

민족적인 대주체의 온전한 확립을 성취하려는 노력과 그 실패의 아픔은 시인으로 하여금 엄정한 시선으로 세계를 이해하게 한다. 『오도』에서의 '기다림'은 민족전체의 소망이라고 해도 무방하다. 그러나 그에게 기다림은 정적인 기다림이 아니라 역동적인 기다림이고, 그의 기다림의 자세는 앉아 있는 형상이 아니라 일어나 준열히 절규하는 모습이었다.

『오도』시대에 이어 『인간밀림』과 『거미와 성좌』시대에 혜산의 시선이 응시하는 것은 불의에 대한 저항과 정치 사회적인 죄악과의 정면 대결 의식이었다.

우리는 보았다.
그날,
그 오래, 오천년, 오백년, 십이년을 썩어 온,
민족악, 정치악, 사회악, 인간악의
불순한 피,
그 혁명에의 불살음의 번개같은 돌진을.
죽음에의 전진을.

그리고 또 보았다. 마침내
그 불외침의 승리를.
피불길의 고가를.
부정은 바름에게, 거짓은 참에게, 악은 선,
불의는 정의에게 거꾸러짐을 거꾸러짐을.
그 순된 피가 맥박하는 새 세기의 원동을.
새 세대의 격류를.

<우리는 보았다>에서

급박한 호흡과 격정적 어조는 혜산 시에서 자주 보이는 특징이지만, "보았다", "격류를", "원동을", "거꾸러짐을", "승리를", 등의 격정적 어조는 4·19의 함성과 정의에 대한 확정적 가치를 배가시켜 주고 있다.

"불의와 악과 썩은 것을 보다 못해" 일어선 악에 대한 항거와 대결이 "불순한 피"의 걸러짐을 통해 정화되고 있다. "민족악, 정치악, 사회악, 인간악", 이 세상에 존재하는 모든 악이란 악이 "죽음에의 전진"을 통해 비로소 살아나고 있다. "불순한 피"는 "피불길의 고가"를 통해 "부정은 바름에게" 비로소 자리를 내어주고, "거짓은 참"에서 밀려나고 "악은 선"에게 궁극적으로 압도된다. 그리하여 마침내 "그 순된 피가 맥박하는 새 세기의 원동"과 "새 세대의 격류"가 시작되는 것이다.

이 반면에 찬란하고 이상적인 공간에서 다시 지상의 현실세계를 돌아 보는 것도 그는 잊지 않았다.

습습하고 어두운
지옥으로 부터의 너희들의 탈출은

(중략)

발톱을 들어 몸내를 풍겨 숫거미들을 고혹한다.
여덟 개의 발끝으로 하는 여덟 차례의 간음
맞달겨드는 숫거미들은
전율해 오는 결사의 정부.
여덟 번의 간음과 더불어 오는 여덟 마리의 정부를
황홀 해 하며 아찔 해 하며
교살 해 먹어버리는 쾌적!

(중략)

아, 거미도 이런 밤엔 오열을 한다.
디룽 디룽 매어달려
먼 그런 울음소리에 귀를 기우려
흔들리는 실줄을 잡고 눈물짓는다.

지르지르 지르르르…… 지질 지질 지르르르……

바로 발밑
시궁창 울밑에서 이제야 겨우 우는
지질히도 못생긴
지렁이의 측은함에 연민을 준다.

그는 — 눈을 든다.
다시 한번 바라보는 먼 항하사
성좌와 성좌들의 어찔어찔 한
대 우주—,
오오래인 이법들을 궁글려 보며
묵묵하니 눈을 감고 철학 하다가,
지주! 오, 지주!
문득 그는,
밤이 다한 아침, 어쩌면 다시 오는 해밝이 녘에
극채색 눈이 부신 네겹 날개의
남국종 크다란 범나비가 한 마리
추방되어 내려 오는 천사의 그것
찬란하게 펄럭이는 자유의 나라의 기폭처럼
훨훨훨 날아들어 펄럭일지도 모른다는
부풀어 오르는 바람에 싸여
황홀해 하는 것이었다.

<거미와 성좌>

이 시는 현실에서의 삶이 얼마나 고통스럽고 절망스러운가를 선명히 제시해 준다.

현재의 모순덩어리를 '거미'로 상징한 이 시에서 시인은 현대를 울어야 했고, 현대를 자아 고발했다.[149] 어두운 곳에서 탈출한 거미는 악의 존재며, "간음"을 하고 황홀해 하는 "정부"이기도 하다.

거미는 거미줄을 짠다는 측면에서는 창조력을 상징하며, 공격성을 상징하기도 한다. 거미줄을 치고 다시 없앤다는 점에서 공격성은 파괴력과도 관련되며, 긍정과 부정의 의미를 동시에 가진 존재다. 이 시에서의 거미는 "습습하고 어두운/ 지옥으로 부터 탈출"한 악마적 요소를 가진 상징적 존재다. 암거미가 숫거미를 잡아 먹는 동족 살인으로부터 닥치는 대로 '교살'해 버리는 거미는 온갖 악을 총체적으로 상징하고 있다. 그러나 이러한 비극은 극복을 상징하는 "극채색 눈이 부신 범나비"로 비극적 상황을 극복하고 있다.

다시 말해 <거미와 성좌>에서는 거미를 통하여 현대의 지상적인 악을, 별을 통하여 이상적인 가치를 암시해 보이고 있는데, 별의 빈번한 시적 형상화는 그에 이르는 도정으로서 시인에게는 반드시 날아오름을 요망하고 있다.[150] 무엇을 위한 날아오름인가. 천상적인 황홀하고 찬란한 동경에서 내려와 어둡고 죄악에 찬 모순 투성이의 현실 세계를 바라보며 연민 투성이의 인간세계를 직시한다. 그러다가 결국 초극에의 의지를 보이며 인간구원에의 길로 내닫게 되는 것이다.

그러나 현실에서의 삶의 모순과 질곡은 그의 시집『인간밀림』에 수록된 <꽃사슴>에서 더욱 극명하게 나타난다. 절망의 끝에 선 모습일 수도 있고 인간 절망의 단애를 보여주는 것이기도 하다.

> 꽃이김에 모가지가
> 난만해져 있었다.
>
> 피 뺌혀
> 서른 울음.
> (중략)

---

149) 박두진,『시와 사랑』(서울:신흥출판사, 1960), p. 146.

150) 신동욱,『우리시의 역사적 연구』(서울:새문사, 1984), p. 295.

푸른 물이 눈동자를
씻고 있었다.

입한번 다물으면
영원한 침묵.

(중략)

골골을 못잊어워
울어예는 사슴

한밤에,
한밤에,

모가지가 꽃에 척척
이겨지고 있었다.
—한밤중에 누군가에 목이 잘려 죽은

<꽃사슴>

지상에서의 삶의 추악상이 절망적인 모습으로 나타나 있다. 그가 초극하고자 했던 현실은 "입 한번 다물으면/ 영원한 침묵"으로도 변할 수 있는 무서운 현실이며, 진실이 영원히 묻혀버릴 수 있는 암울한 현실이었다. 그러나 그의 암울한 현실에 대한 인식은 그것을 극복해 나가려는 인식이었고, 왜곡된 현실을 외면하지 않으려는 강직한 현실 직시의 인식이었다. 이것은 구약시대 선지자 이사야의 사회악에 대한 신랄한 비판과도 같으며, "예수께서 성전에 들어가사 성전 안에서 매매하는 모든 자를 내어쫓으시며, 돈 바꾸는 자들의 상과 비둘기 파는 자들의 의자를 엎으시고"[151]와 같은 불의를

151) 『신약성서』,「마태복음」21장 12절.

용납할 수 없는 기독교 투쟁정신과도 맥을 같이 하는 정신이다.

혜산에게 '피'의 인식은 '죽음'과 '생명'의 이중적 의미를 지닌 것이며, "'꽃'의 조용함과 생명의 신비에 대한 숨죽임은 피흘림의 이미지와 연결되어 탄생의 의미를 지니게"152) 된다고 볼 때, 죽은 이의 '모가지'와 '꽃'과의 조응은 '재생'으로 또는 '부활'로 해석될 수 있다.

4 · 19는 지속되어야 할 우리의 혁명이었다. 그것은 과거형으로 그칠 것이 아니라 미래형으로 지속되어야 할 이념을 지닌 것이었다. 박두진은 이러한 당위성을 확신한 시인이었다. <우리들의 기빨을 내린 것이 아니다>에서 "우리는 아직/ 우리들의 피기빨을 내릴 수가 없다/ ……/ 우리들의 피불길/ 우리들의 전진을 멈출 수가 없다// 혁명이여!"라고 확신하였다.

인간은 눌리면 눌릴수록 타오르는 자유의 불꽃을 영혼 뿌리깊이 간직한다. 자유는 밑바닥에 죽지 않고 있으며, 죽음보다 더 강한 자유에의 비원이 인간의 기저에 있는 것이다. 자유를 위한 처절한 희생이 '소녀'와 '소년'들 젊음의 맥박 속에 뛰어 총칼 앞에서도 꺾일 줄 모른다. 자유를 위한 처절한 희생이 뒤따름에도 실현되지 않은 자유, 그러나 그것은 도저히 건드려질 수 없는 인간 영혼의 근원에 도도히 자리한 것이다.

또한 <산맥을 간다>에서는 시적 주체가 "죽어 잠든 골짝마다 불을 지르자"라고 주장한다. 눈감고, 억눌린 채로 엎드려 있는 민중에게 "푸른빛 잇빨로는 아침해를 몰자"고 천명한다. 민족의 자유와 민주, 인권과 평등, 정의 등을 그는 우리 모두가 나아갈 길로 제시한다. 박두진의 새 세대에 대한 소망은 절대의 사랑과 절대의 평화, 절대의 자유와 평등이 보장되는 것이었다.

> 왕성한 혈기의 표범들이 밀림을 뛰고 있다.
> 쫓기는 사슴을 덮쳐서 골짜기에 뉘어 놓고

---

152) 김현자, 앞의 책, p. 517.

뜨거운 선혈의 살점을 뜯고 있다.
영원을 무료히 내려 쬐는 한낮의 땡볕
한자락 바람도 숲에는 일지 않고
뻑뻑구욱 뻑뻑구욱
핏덩어리 토해 내며 뻐꾹새만 울고 있다.

<야생대>

혜산의 후기시에 속하는 시집『야생대』에 수록된 위 시에서 시인이 세상을 바라보는 기본적 시각은 '약육강식'으로서의 원형이다. 이 기본 명제 앞에서 인간사의 부조리가 여실히 드러나고 있고, 인간은 이러한 부조리로부터 벗어날 수 있을 것인가가 끊임없이 제기되고 있다.

이 시는 1970년대[153]를 함께 숨쉬었던 사람들의 현실이 객관적으로 보여지고 있다. 양육강식의 현실이 두렵다든지, 슬프다든지의 한마디 비명도 들려오지 않는다. 단지 '보여주기'만 할 뿐인 혜산의 '거리두기'가 또 한번 시도된다. "왕성한 혈기의 표범들"이 "쫓기는 사슴을 덮쳐서" "선혈의 살점을 뜯고" 있는 현장은 자유가 살육당한 70년대의 참혹했던 현장이다. 자연현상(동물계)으로서의 약육강식이 유신체제 아래서 자행되던 온갖 정치적 부조리로 이입되어 인간 사회(인간계)의 약육강식 현장으로 재현되고 있다.

"한자락 바람도" 일지 않는 이 시대의 정적에서 시인이 보여 주고자 한 것은 "핏덩어리 토해 내며 뻐꾹새만 울고" 있다는 가장 객관적인 '보여주기'이다. 그러나 간과할 수 없는 것은 그 뻐꾹새가 시인의 모습이며, 시인이 언어구조로써 혁명할 수 있는 방법으로도 보여질 수 있다. 토해내는 핏덩어리는 시인이 언어로써 항거하는 몸짓이다.

그러한 항거의 몸짓은 경우에 따라 뚜렷이 다른 모습으로 나타난다. 이민족에게 압박을 받던 초기시에서의 경우와, 동족간의 처절한 싸움이었던 6·

153) <야생대>는 1976년≪창작과 비평≫ 제41호에 발표되었다.

25 당시의 경우, 그리고 동족인 독재자로부터 압제를 받는 경우에 따라 시인의 감정은 분명 다르게 유발된다. 70년대 혜산의 시에서 보여지는 '약육강식'의 원형은 그래서 더 처절하다.

> 이리는 이리정신, 왜 이리로 태어났나 스스로는 모른다. 축축한 어스름 때 달이 걸린 새벽을 싸다니며, 왜 피의 냄새, 피의 맛, 살의 맛에 미치는지 스스로는 모른다. 심술로 약한 자를 덮치고, 성나서 물어뜯고, 턱주가리 달을 향해 꺼으꺼으 운다. 제 서슬에 피가 더우면 십리 백리 뛴다. 먼 먼 피의 향수, 달이 걸린 삘딩 숲을 벌름벌름 뛴다. 활활 눈에 불을 켜고 옛날 향수 취한다. 흰 이빨 달을 향해 꺼으꺼으 운다.
>
> <달과 이리>

<달과 이리>에서 보이는 약육강식의 구조는 섬뜩함 가운데 연민을 일으킨다. 인간이 지닌 악의 요소를 끊임없이 보여주면서도 그것에 대한 연민으로 "꺼으꺼으 운다" 이 눈물은 '이리(악인)'의 눈물이면서 동시에 '시인(선인)'의 눈물이다. 이것은 또한 악과 악의 결전장인 이 땅을 증오하면서도 사랑할 수밖에 없는 시인의 분노를 나타내는 눈물이기도 하다. 미워해야 할 대상을 궁극적으로 미워할 수 없는 것은 동족이기 때문일 것이다. 어쩔 수 없는 한 몸, 한 핏줄이기 때문이다. "약한 자를 덮치고, 성나서 물어 뜯고, 턱주가리 달을 향해 꺼으꺼으" 우는 이리는 시적 자아의 객관적 상관물인 '달'을 보고 울고 있다. 현실에 묶여 있는 자아와 달리 시적 공간을 통해서 자아의 욕구를 해소시켜 줄 수 있는 장치로서 달의 상징성이 있다. 또한 이리가 "달을 향해" 울고 있는 것은 달을 통해 투영되는 본연 지성의 회복을 위한 절규일 수도 있다. '이리'와 '달'은 적대관계에 놓인 정반대의 상징이면서 동시에 동일시의 대상이다. 달은 이리의 원형 회복의 이미지이다. 나아가 이러한 해석은 선과 악이 분리되지 않았던 인류 최초의 낙원 회복의 의미로

서, 또는 혜산이 혁명가로서 이룩하고자 했던 화해로운 세계로의 추구라고 볼 수 있다.

그러나 이러한 현실의 회복은 더디 오는 것이며, 인간이 보여주는 악의 요소와 부조리는 끊임 없이 자행되고 시인에게 이러한 고통의 현실은 더욱 증폭되어 갔다. 약육강식의 원형들이 구조화된 시편 <산에 사는 사슴>, <맹서>, <달의 숲>, <잔내비>, <밀림지대>는 때로 섬뜩한 증오와 잔인한 역설, 연민들로 가득 차 있어 시대를 "전라의 알몸뚱이"[154]로 돌파해 갔던 혜산 시정신의 편린들을 볼 수 있다.

그는 6・25와 4・19를 거치면서도 이에 대한 정진을 계속하였고, 그 이후에도 현실에 대한, 인간에 대한 구도에의 관심을 날카롭게 형상화 한다. 일제의 어둠 속에서는 '해'가 솟아나기를, 그리하여 어둠의 잔재까지도 말끔하게 가셔지기를, 4・19의 짧은 자유에 대한 안타까움과 열망을 지속적으로 노래했으며, 자유와 구원의 상징인 깃발이 높이 올라 나부끼기를 염원해 왔다.

뜨거운 침묵의 햇살이 쌓이고,
바람은 보고 온 아무것도 말하려 하지 않는다.
젊음이 달리던 함성의 파동
열기로 뿜었던 흔적의 피를
증발하며,
다만
파랗게 몰고 올 바다의 개벽
이념의 별들의 신선한 폭주를 기다리며,
증언의 푸른나무
정정한 수목들에 둘리워
하얗게 끓고 있다.

<광장>

154) 박두진, <하지절>,『박두진전집』⑧, p. 227.

그는 진정한 민주에로의 염원을 갈망하며 "파랗게 몰고 올 바다의 개벽"을 기구한다. 아직도 민주에의 길은 멀고, 험하기에 그는 "이념의 별들의 신선한 폭주"를 기다리고 있다.

이러한 사회 참여적이고 현실 직시적인 날카로운 시 옆에 사랑이라는 인간 본연에의 아름다움을 형상화하면서, "모두는 끝나고/ 바다와 하늘 뿐인/ 뙤약볕 사막벌의 하얀뼈의 너/ 희디 하얀 뼈로 나도 너의 곁에 누워/ 사랑해, 사랑해/ 서로 오래 하늘 두고 맹세해온 말"처럼 "만년 뒤에고 억년 뒤"에도 변치 않을 영겁의 사랑을 약속하는 것이다.

부정한 세계의 현상 앞에서도 그는 결코 상황에 압도되지 않는다. 시인은 언제나 그러한 상황을 초월해 있는데 그 초월성은 그 상황과 무관함을 말하는 것이 아니라 다만 도덕적 우월성을 의미한다. 이런 초월적 우월성은 말할 것도 없이 시인의 굳건한 신앙심에서 비롯된다. 박두진에게 세상의 폭력, 전쟁 등의 악은 단순한 비판의 대상이 아니다. 세계의 악은 단순한 비판의 대상이 아니라 모든 인간의 죄로 인한 것이므로 시인 자신의 철저한 속죄의식으로부터 부정의 세계를 극복하고자 하였다.[155)]

그는 신의 뜻과 의지 속에 살고 있으므로 조금도 위축됨이 없이 그 악에 대해 대항할 수 있었다. 부조리와 악에 대한 시인의 반응은 절규로 나타나거나, 혹은 분노의 외침으로, 혹은 저주로, 혹은 새시대가 열려야 한다는 당위성의 선언으로, 혹은 염원으로 다양하게 나타난다.

이 세상은 선과 악의 혼돈의 세계이다. 온갖 모순이 공존하고 그 모순 가운데 인간이 놓여져 있다. 그는 혼돈을 피하려 들지 않는다. 오히려 가능한 한 모든 혼돈을 온몸으로 체험하려 한다. 그 체험을 통한 혼돈이 다시 시인을

---

155) "나 자신의 피나는 기도 피땀 흘리는 개회(改悔)만이 그대로 민족이 치뤄야 할 개회와 속죄의 피땀의 대행이 되고 그 투영된 참 모습이 되리라고 생각하였다. 신 앞에 무릎 꿇고 절대자 앞에 빌고 더 근원되는 태초적인 원죄를 깨달아 씻고 벗어야 한다고 생각하였다." (박두진,『시와 사랑』, 서울:신흥출판사, 1960, p. 69).

거쳐 나올 때는 "순된 피"로 맥박하게 되고, "새 세대"가 약속되는 것이다. 그러나 그는 그렇게 되기까지의 험난한 과정을 잊지 않고, 그것은 때로 '자멸'을 통해서 가능할 수도 있음을, 그리하여 자멸은 마침내 새로운 '피'의 맥박으로 살아날 수 있음을 역설적으로 강조한다.

그의 격렬한 대결의 의지가 저력있게 지속되고 있음을 다음의 시에서도 살펴볼 수 있다.

> 나무는 철을 따라
> 가지마다 난만히 꽃을 피워 흩날리고,
>
> 인간은 영혼의 뿌리 깊이
> 눌리면 타오르는 자유의 불꽃을 간직한다.
>
> (중략)
>
> 자유여! 학살되어 바다 속에 버림 받은 자유여!
> 피안개에 그므는 아름다운 항구여!
>
> 그 소녀와 소년들과 젊음 속에 맥 뛰는
> 불의와 강압과 총칼 앞에 맞서는
>
> 살아서 누리려는 자유에의 비원이
> 죽음—. 생명을 짓누르는 공포보다 강하고나.
>
> 피는 꽃보다 값지고,
> 자유에의 불꽃은 죽음보다 강하고나.

<꽃과 항구>

살아가는 일보다 더 중요한 것은 사람답게 살아가려는 의지임을 불꽃으로 표상하고 있다. 사람답게 사는 의지는 인간 "영혼의 뿌리 깊이"에 내려진 '자유'에 대한 갈망이다. 그것은 눌리면 눌릴수록 "타오르는 자유의 불꽃"을 간직할 뿐 아니라 "불의와 강압과 총칼 앞에" 굴복하지 않고 정정당당하게 맞서는 의지를 실천하는 모습이기도 하다. 정의를 실천하는데 비록 '죽음'이 놓여 있을지라도, '살아서 누리려는 자유'가 죽음의 저편에 있다고 하더라도 그는 죽음 저편의 '자유'를 선택한다. "자유에의 불꽃"이 "죽음보다 강"하기 때문이다. 역사현실에 동참하고 역사의 발전적 흐름에서 가치 있는 편에 서고자 했던 그의 저항의식이 여실히 나타난 것이라 하겠다.

자유를 위한 처절한 희생이 '소녀'와 '소년'들 젊음의 맥박 속에 뛰어 총칼 앞에서도 꺾일 줄 모른다. '꽃'과 '피'가 병치되어 인간 생명의 원점인 '피'가 비극적인 상황에서 더욱 역설적으로 비극의 극치로 상징되었다. 자유를 위한 처절한 희생이 뒤따름에도 실현되지 않은 자유를 위한 항거, 그러나 그것은 도저히 건드려질 수 없는 인간 영혼의 근원에 도도히 자리한 것이다.

<봄에의 격>에는 그의 기백과 장쾌한 어감과 그의 의지가 잘 실천되어 나타나 있다.

> 일어나라.
>
> 나무여. 잠자는 산이여. 돌이여. 풀이여. 땅버러지여.
> 물이여. 웅뎅이여. 시내여. 바다여.
> 이러한 것들의,
> 죽음이여. 넋이여. 얼이여. 영이여.
> 이러한 것들 끼리의 사무침,
> 이러한 것들 끼리의,
> 눈물이여. 한숨이여. 피보래여. 반항이여.

(중략)

진실로, 독에는 독, 칼에는 칼, 피에는 피로,
눈물에는 눈물, 사랑에는 사랑, 포옹에는 포옹으로, 아, 그중에서도,
불이 붙는 사랑에는 불이 붙는 사랑으로,
있고 나고, 나고 죽고, 사랑하기 위하여,
있는 것 일체의,
생명이란 생명의,
산이며 숲, 물이며 바다, 하늘이며 흙 속의 바람결 속의, 정이며 넋,
얼이며 영들까지,
아, 일체의 있는 것은,
너희들, 스스로를 위하여,
이때에야 진실로,

일어나라.

<봄에의 격>

시인의 작품세계는 확신에 찬 의기로 앞서 가는 기세가 우뚝한 특질로 나타나 있다. 이와 같은 기세와 의기의 시학은 한용운에 있어서나 이육사에 있어서조차도 이만큼 늠렬함을 보이지는 못하였다.[156] 박두진 시의 율조가 자유분방하고 거침이 없는 호쾌함을 주는 이유도 그의 민족의 미래에 대한 확신 때문이다.

"일체의 있는 것"은 "스스로를 위하여" 일어나야 한다. 그러기 위해서 "독에는 독/ 칼에는 칼/ 피에는 피"로 응수해야 하지만, 그가 궁극적으로 추구하고자 하는 건 "사랑에는 사랑"으로이다. "그중에서도// 불이 붙는 사랑에는 불이 붙는 사랑으로" 이끌어져야 한다는 믿음이다.

그의 시가 거침이 없고, 때로 과격할 만큼 공격적이고 피흘림의 역사까지

---

156) 신동욱,「해와 삶의 원리」,『박두진전집』②(서울:범조사, 1982), p. 306.

도 긍정할 만큼 분노에 항거하는 치열함을 보여주지만, 그의 시에 깃들어 있는 소망과 희망을 읽을 수 있음은 바로 "나고 죽고, 사랑하기 위하여" 모두 일어나야 한다는 사랑의 의지 때문이기도 하다. 그것은 때로 하늘을 향해 열려 있고, 지상의 공간에도 확보되어 있으며, 인간들 속에 깊이 내재되어 있다. 그가 인식한 현실이 어두울 때나 아름다울 때 모두 그 사랑이 발휘될 수 있으며, 조국의 현실이 암담할 때 그것은 전망과 도약에의 의지로 살아나기도 한다.

우리는 아직도
우리들의 기빨을 내린 것이 아니다.
그 붉은 선혈로 나부끼는
우리들의 기빨을 내릴 수가 없다.

우리는 아직도
우리들의 절규를 멈춘 것이 아니다.
그렇다. 그 피불로 외쳐 뿜는
우리들의 피외침을 멈출 수가 없다.

불길이여! 우리들의 대열이여!
그 피에 젖은 주검을 밟고 넘는
불의 노도, 불의 태풍, 혁명에의 전진이여!
우리들 아직도
스스로는 못막는
우리들의 피대열을 흩을 수가 없다.
혁명에의 전진을 멈출 수가 없다.

(중략)

우리들의 목표는 조국의 승리

우리들의 목표는 지상에서의 승리
우리들의 목표는
정의, 인도, 자유, 평등, 인간애의 승리인
인민들의 승리인,
우리들의 혁명을 전취할 때까지,

우리는 아직
우리들의 피기빨을 내릴 수가 없다.
우리들의 피외침을 멈출 수가 없다.
우리들의 피불길,
우리들의 전진을 멈출 수가 없다.

혁명이여!

<우리들의 기빨을 내린 것이 아니다>

사회・현실과 역사와 민족에 대한 그의 적극적 참여의식은 그의 중기시에서 두드러지는 특색이지만 특히 4・19 이후에 지식인으로서의 저항의식이 더욱 강력하게 분출되어 있다.

이 시는 4・19혁명의 상황과 그 이념을 당대현장과 비교적 밀착된 거리에서 형상화한 대표작으로서 당시에 발표된 대다수 현장시들이 흥분과 감격을 평면적으로 영탄하는 경향을 보인 데 비해서 4・19의 성격과 이념을 분명하게 제시한 것으로 평가[157]받고 있다.

'아니다', '없다'는 부정으로 이 시는 시작된다. 이 부정어사의 반복은 부정적 대상과 투쟁을 멈출 수 없다는 강한 긍정을 얻기 위한 장치이다. 특히 이 시에서 박두진이 소리 높여 외쳤던 것은 4・19는 과거형이 아니라 현재진행형이며, 앞으로도 지속되어야 할 혁명임을 천명한 사실이다. "우리들의

157) 김재홍,「기독교적 세계관과 예술의식」, 박철희 편,『박두진』(서울 : 서강대학교 출판부, 1996), p. 99.

목표는 조국의 승리"이며 그것은 '정의'라는 이름으로 또는 '자유, 평등'으로 그리고 "인간애의 승리"로 이어지는 면면한 것이다. 그것은 4월 19일이 지나고 그 외침의 소리가 그치면 함께 중단되는 것이 아니다. 그러므로 4·19 혁명의 구체적 목표인 '무한혁명'이 "우리는 아직/ 우리들의 피기빨을 내릴 수가 없다." "피외침을 멈출 수가 없"고, 우리의 "전진을 멈출 수가 없"다라는 표현으로 상징되고 있다. 이 시는 지식인으로서의 저항의식과 역사를 보는 탁월한 안목이 잘 제시되어 있다고 하겠다. 그러므로 그는 현재 속에서도 미래를 지향하고 있으며, 과거 속에서 현재를 이끌어 낼 수 있는 것이다.

다음 <3월 1일의 하늘>은 과거에 진행되었던 지나간 역사가 단순한 과거가 아니라 영속성을 지니고 있다는 박두진의 역사적 신념을 드러내고 있다.

> 유관순 누나로 하여 처음 나는
> 3월 하늘에 뜨거운 피무늬가 어려 있음을 알았다.
> 우리들의 대지에 뜨거운 살과 피가 젖어 있음을 알았다.
> 우리들의 조국은 우리들의 조국
> 우리들의 겨레는 우리들의 겨레
> 우리들의 자유는 우리들의 자유이어야 함을 알았다.
>
> 아, 만세, 만세, 만세, 만세! 유관순 누나로 하여 처음 나는
> 우리들의 가슴 깊이 피터져 솟아나는
> 비로소 끓어 오르는 민족의 외침의 용솟음을 알았다.
> 우리들의 억눌림, 우리들의 비겁을
> 피로써 뚫고 일어서는
> 절규하는 깃발의 뜨거운 몸짓을 알았다.
>
> 유관순 누나는 저 오르레안, 짠다르끄의 살아서의 영예
> 죽어서의 신비도 곁드리지 않은
> 수수하고 다정한 우리들의 누나,
> 흰옷 입은 소녀의 불멸의 순수

아, 그 생명혼의 고갱이의 아름다운 불길의
영웅도 신도 공주도 아니었던
그대로의 우리 마음 그대로의 우리 핏줄
일체의 불의와 일체의 악을 치는
민족애의 순수절정 조국애의 꽃넋이다.

아, 유관순, 누나, 누나, 누나, 누나,
언제나 3월이면 언제나 만세 때면
잦아 있는 우리 피에 용솟음을 일으키는
유관순 우리 누난 보고 싶은 누나
그 뜨거운 불의 마음 내마음에 받고 싶고
내 뜨거운 맘 그 맘 속에 주고 싶은
유관순 누나로 하여 우리는 처음
저 아득한 3월의 고운 하늘
푸름 속에 펄럭이는 피깃발의 외침을 았았다.

<3월 1일의 하늘>

역사는 단절이 아니라 연속선상에 놓여 있으며, 4·19는 그날의 외침으로 끝나야 하는 함성이 아니었듯 3월 1일의 '외침' 또한 그에게 있어 일회성이 아닌 영속성을 지닌 것이었다. 그렇기 때문에 1960년대 어느 3월의 하늘에도[158] 1919년 3월 1일의 외침으로 하여 "3월 하늘에 뜨거운 피무늬가 어려 있음을" 알게 되는 것이다. 1919년 3월 1일은 이미 지나간 과거 속의 일이지만 그것은 마침표가 아니라 지속되어야 할 실천적 명제이며, 계승되어야 할 역사적 과제임을 그는 예언자적 안목으로 보고 있다. 그럴 때에 비로소 "일체의 불의"와 "일체의 악"이 사라지고 "민족애의 순수절정"이 이 땅에

158) <3월1일의 하늘>이 수록된 시집 『인간밀림』은 1961~1963년에 걸쳐 씌어진 작품집이다.

서게 될 것이기 때문이다. "3월의 고운 하늘/ 푸름 속에 펄럭이는 피깃발의 외침을" 알게 된 것은 "유관순 누나로 하여금"이지만, 그것을 인식한 이상 "잦아 있는 우리피"는 용솟음을 일으키며, "피깃발의 외침" 과 "깃발의 뜨거운 몸짓"의 역동적 이미지는 이념 구현을 상징하고 있다. 그가 지닌 지식인으로서의 저항의식과 민족애가 없이는 3월 1일의 하늘이 예삿일로 보였을 수도 있었을 것이다.

<아, 조국>은 강경하지만 따스한 조국애의 서정이 보인다.

한번쯤은 오늘 아침 조국을 불러보자.
한번쯤은 오늘 아침 스스로를 살피자.

바람과 햇별살과 강줄기와 산맥 사이
살아서 길리우다 죽어 안겨 품에 묻힐,

조국은 내가 자란 육신의 고향
조국은 나를 기른 슬픈 어머니

백두 먼 천지 위에 별이 내리고
남해 고운 한라 아래 파도 설레는

지금은 열에 띄어 진통하는 조국의
지금은 안에 끓어 신음하는 자유의

한번쯤은 눈을 들어 조국을 불러보자.
한번쯤은 오늘 아침 스스로를 살피자.

깃발은 불멸의 것 기리 휘날릴
이념이 녹쓸으랴 겨레 사람아.

가슴은 조국의 것 기리 뜨거울
사랑이 가라앉으랴 한 피 사람아.

<아, 조국>

그의 강력한 시적 의미군은 인간 세계에서 빚어지는 온갖 사건들이며, 그에 대한 애정이다. 그의 애정은 어려운 시기일수록 내면으로부터 폭발된다. 그의 의식에 잠재된 인류적인 관심은 조국이 힘들 때마다 시적 시선을 조국에 고정한다. 그것은 때로 격렬한 어조로 나타나지만 조국을 느끼는 그의 가슴은 사랑으로 점철되어 있다. "조국은 나를 기른 슬픈 어머니"이기 때문이다. 그래서 "한번쯤은" "조국을 불러" 보아야 한다. 그러나 조국은 "지금은 열에 띠어 진통하는" "슬픈 어머니"인 것이다. "지금은 안에 끓어 신음하는 자유의" 조국이지만 그것은 "내가 자란 육신의 고향"이기에 "눈을 들어 조국을 불러" 보아야 한다. '이념'이 두 동강낸 조국이지만 "한 피 사람"이 뜨겁게 사랑하며 살아야하기에 "불멸의" 깃발이 "기리 휘날릴" 것을 확신하기 때문이다. 그리하여 마침내 "뜨거울 사랑이" 조국에 충만할 것을 그는 인식한다.

불길이게 하소서. 차라리,
지직지직 타는 불길 밤을 불질러
저 덧쌓이는 악의 섶을 불사르게 하소서.
어둠이란 어둠을 다 불사르게 하소서.

파도이게 하소서. 차라리,
가라앉아 햇볕에 일렁이다가도
일어서서 허옇게 밀고가는 노도
일체 악을 말살하는 노도이게 하소서.

<나 여기에 있나이다 주여>에서

후기시에 속하는 이 작품에서 시인은 일체 악을 말살하고 불살라버리고 싶은 강렬한 욕망을 참지 못한다. 이 시에서의 '불'은 모든 사물을 무로 만드려는 욕망을 암시하는 것과 아울러, 악을 파괴하는 힘을 상징한다. 악을 파괴하는 '불'은 불의 원형적 이미지 즉, 진정한 생명력을 표상하기 위한 시적 장치이다. 또한 "파도이게 하소서"라고 갈구한다. 이럴 때의 '파도'는 영원한 생명의 순수를 상징하는 것이 아니라 죽음의 이미지, 말살의 이미지가 부각되는 '노도'이다. 그러나 악의 말살 욕구가 생명의 말살, 증오로 이어짐을 경계한다. 그래서 "인간 밀림 모두의 위에/ 억수비가 내려라./ 인간 밀림 골짝마다/ 불이나 활활 붙어라." 하며 악을 저주하는 인간적 소망을 피력하다가도 다시금 그 악을 짓는 인간과 생명 모두를 사랑으로 끌어안기도 한다.

앞에서도 언급했듯 그의 부정정신과 저항의식은 부정된 일체의 것을 극복하고자 하는 역설의 미학이며, 저항을 위한 저항이 아니라 일체의 것을 포용하고자 하는 포옹정신이 그 근간을 이룬다. 이것은 그의 시 근저에 자리하고 있는 그의 신앙과 무관하지 않다.

오, 너무도 엄청나게 높은 데 계신이여.
빌다가 흘리시는 당신의 눈물
그것 한방울만 내 앞에 주세요.
앉아서 쥐어 뜯는 검은 이 바위를
그것으로 뚫어 내려 샘이 되게 하세요.

오, 빌다가 흘리시는 당신의 핏방울
그것 한방울만 내게도 주세요.
빈 이 가슴에다 그것을 받아
천년을 나지 않는 불모의 이 들에
뿜는 듯 뿌려가면 그자리 마다
다복 다복 꽃밭들이 솟아 나게 하세요.

오, 한 조각 잎새만한, 손바닥 만 한
당신의 그늘을 내게 주세요.
활로도 쏠 수 없는 늙은 저 폭군의
태울 듯 쬐는 볕을 그것으로 가려
한 번만 눈을 들어 바로 뜨고서
당신의 앉은 자릴 우러르게 하세요.

오, 내가 앉은 이 자리에 풀이 나게 하세요.
빈 이 광주리에 꽃을 채워 주세요.
이 피 이 눈물을 새로 맑혀 주시고
팍팍한 이 한 줌 흙
이것으로 다시 빚어 나를 새로 주세요.
첫 능금 그 나무도 다시 보여 주세요.

<기원>

이는 먼
해와 달의 속삭임
비밀한 울음.

한번 만의 어느날의
아픈 피 흘림.
먼 별에서 별에로의
길섭 위에 떨궈진

다시는 못 돌이킬
엇갈림의 핏방울.

꺼질 듯
보드라운

황홀한 한 떨기의

아름다운
정적.

펼치면 일렁이는
사랑의
호심아.

너는
이제도 눈을 들어

여기
암담한
땅위

소란하나 오히려
뼈에 저려 사무치는
고독의 굽이 위에

처절한 벼랑 위에
입술을
열고
그
죽어도 못잊히울

언젠가는 한 번은
허릴 굽혀 맞 대 올

먼 너의
해와 달의 입술의

입맞춤을 기다려

떨고 있고나

<꽃>

"천년을 나지 않는 불모의 이 들에" "다복다복 꽃밭들이 솟아 나게" 해달라는 그의 간절한 기구는 그가 가진 구원에의 갈망이다. 그가 인식한 현실에의 부조리와 민족의 참담했던 일련의 상황들은 그것을 열거함으로써 해결되는 것이 아님을 그는 자각한다. 또한 그것들을 외면하고 태연자적하기에는 그의 정신은 너무도 명철하고 그의 가슴은 뜨거웠다. 때문에 그는 "당신의 눈물" "한방울만"이라도 "내 앞에" 주어 그 눈물과 자기 희생을 감수하고라도 "검은 바위"를 뚫어 내려 "샘"을, "불모의 이 들"을 "꽃밭으로" 만들고자 하는 것이다.

인간의 삶을 그 근원적인 데 있어 선악 혹은 정・부정이 한데 뒤엉켜서 싸우는 현존성으로 인식하는 그의 시에서의 위대함은 생이 모순과 갈등에 차 있을수록 보다 강렬한 생명의 의지를 느끼고 보다 충만한 삶의 의욕을 갖게 되는 데[159] 있다. 이러한 부정에서의 절대 긍정과 모순과 갈등을 정면에서 돌파하는 그의 시정신으로 인해 그에게 피어나는 '꽃'의 이미지도 예사롭지 않다. 그의 '꽃'은 "가야 할 때가 언제인가를 분명히 알고 가는 이의 뒷모습" 같은 이형기의 '낙화'의 모습도 아니고, "이름을 불러 주기 전에는 다만 하나의 몸짓에 지나지 않"은 "이름을 불러 주었을 때" 비로소 꽃이 되는 김춘수의 수동적인 '꽃'이 아니다. "해와 달의 속삭임"과 "비밀한 울음" 끝에 "아픈 피흘림"의 고통을 극복하고 비로소 꽃의 형상으로 피어나는 '꽃'이다.

하늘에서 떨어지는 별들의 희생이 '핏방울'로 응축되어 땅의 '꽃'으로 피어난다. 그 별들의 떨어짐은 바로 별들이 지니는 영원한 생명가치로 환원되

159) 오세영,「휴우머니즘의 옹호와 자연의 의미」,『박두진전집』⑧(서울:범조사, 1984), p. 285.

는데 이가 바로 황홀한 한 떨기 꽃이며, 꽃의 날개들의 날갯짓, 별의 날개들의 날갯짓, 그것은 불사조이다.160) 그러므로 별들이 하늘에서 떨어지는 것은 떨어지는 것이 아니라 새로운 별들의 탄생을 의미하며 그에게 있어 아픔과 모순을 겪지 않고 형성되는 것은 허락되지 않는다. "뼈에 저려 사무치는 고독"을 지탱하고, "처절한 벼랑 위에/ 입술을 열고" 나타나는 꽃이야말로 그가 인식한 현실에의 질곡이 그의 저항정신을 거쳐 절대 긍정의 진리와 사랑으로 도달한 결정체이다.

절대신앙의 모태에서 '위'만을 우러르지 않고 지상적인 삶에의 척도에도 철저했던 박두진의 면모는 그래서 기독교 시인으로만 국한시킬 수 없게 한다. 또한 어둠과 절망을 넘어 새로운 세계의 도래를 확신하는 가장 올곧게 시인으로서의 올바른 삶의 길을 걸어온161) 시인이라는 평가를 받기도 하는 것이다.

---

160) 박두진,「불사의 씨앗」,『박두진 문학정신』⑦(서울:신원문화사, 1996), p. 207.

161) 김완하,「밝은 내일의 신념과 희망을 노래한 시인」,≪문학사상≫, 1998. 2, p. 144.

제5장

자연과 인간, 그리고 신

1. 예술로 승화된 만남

박두진의 기독교 사상은 후기시에 이르러 더욱 완숙되어 나타난다. 1973년에 발간된 시집 『사도행전』을 보면, 박두진의 시편들은 자연예찬, 현실비판, 생활의 서정 등 다양한 시세계를 보여주면서 그 저변에 일률적으로 흐르는 지배적 요소는 기독교 사상의 현존이다.

시인의 시세계나 시정신을 해석하고 밝혀낸다는 것은 그것을 밝혀내는 사람의 정신세계와 불가분의 관계에 놓여 있어, 혜산의 시에 나타난 기독교 사상에 대해서는 다양한 평가가 있어 왔다.

김용직은 박두진의 작업과 시적 자세가 한 사람의 크리스천인 데서 빚어진 것 같다는 사실을 문제점으로 지적한다. 또 그는 혜산 시의 미학이 동양적인 것이기보다는 서구적이고, 혜산 시가 끝내 음풍영월의 자리에서 거리를 지키고 있었던 비밀은 혜산이 스스로 천명한 바와 같이 그가 시인이기에 앞서 크리스천인 까닭이라고 하면서 다만 다시 없는 격조의 많은 시가 도타운 신앙심에 의해 적혀졌다고 생각되지만, 시만의 진실을 생각할 때, 신앙에 의한 시였기보다 시로 하여 생긴 신앙이었다면 더 좋았을 것[162]이라고 논평하였다. 이러한 논의는 혜산시의 종교적 관념성을 이야기하면서, 다른 한편 시의 심저에 선험적인 기독교 이념이 굳게 뿌리내려 있음을 입증하는 것이다.

그러나 그의 시에서 기독교적 사상은 다분히 '십자가', '신', '야곱', '카인' 등의 시어를 등장시킴으로써 성립되는 것이 아니라 그가 체험한 사상이나

162) 김용직,『한국문학의 비평적 성찰』(서울:민음사, 1974), p.206.

신앙을 시의 본질적인 요소인 언어로써 어떻게 육화, 승화시키느냐가 한국의 기독교시 형성에 가장 긴요하며 기본적인 문제가 되는 것163)이라는 논의처럼 그는 종교적 체험을 곧 시적 체험으로 또한 사상적 현실적 고난을 시의 세계로 타개하는 매개체로 인식하였다. 그래서 그의 초기시인 자연 친화적인 시에서도 하나님의 사랑과 빛과 참과 선, 미의식 등이 창작방법의 근원에 작용하고 있는 것이다. 이것은 신이 창조한 자연에 감사드리기 위한 시라기보다 시를 통해 자연에 대한 경건한 신앙심을 보인 것이다.164) 이른바 신앙을 위한 시가 아닌 시정신을 통한 신앙의 추구였다. 중기시에서 그가 보인 것은 사회 현실의 부조리와 인간의 죄에 대한 거침없는 폭로였다. 또한 전통적인 기독교적 신의 추구라기보다 기독교적 정신으로 시의 저항을 보여주었다는 특징을 보인다. 자연과 신앙에 뿌리 내린 그의 시정신은 하나님의 추구보다는 인간과 사회문제에 애착을 표명하고, 그로부터 생의 문제와 일체의 불의에 기독교적 정신으로 저항을 보여주었다. 역사적 상황 속에서 보여준 저항의지는 그의 종교적 믿음과 무관하지 않다. 그러나 혜산의 시들은 신께 바치는 고해성사가 아니라 인간의 삶을 좀 더 고양시키기 위한 시인의 기도였으며 노래였다.

신앙과 시가 형상적으로 일체화되었을 경우 신앙의 측면이 강조되면 시적 재능이 도리어 가리워질 우려도 있다. 실제로 한용운의 시에 관한 여러 연구에서도 신의 형상적 우수성보다는 신앙적 견실성이나 심오성에 관한 과대한 해석들이 적지 않음을 볼 수 있다. 이렇게 볼 때 박두진의 작품에 관한 여러 이해에서 작자의 신앙 자체에 대한 평가보다는 시적 성취의 우수성에 적절한 논평을 가하고 있음은 시 자체의 가치를 온당하게 이해한다는 점에서 다행한 일이라고 말할 수 있다.

---

163) 박두진,『한국현대시론』(서울:일조각, 1970), p. 45.

164) 장백일,「고독 속에서 찾는 구도」,≪기독교 사상≫, 1976, 8, p. 41.

훌륭한 신앙인이라고 하여 반드시 훌륭한 시를 쓸 수 있는 것도 아니고, 반대로 훌륭한 시인이기 때문에 깊고 독실한 신앙심을 시화할 수 있다고 말할 수도 없다. 그런데 이 두 가지의 것이 결합되어 시대와 직결된 삶의식과 그 가치를 드높인 예를 박두진의 시세계에서는 확인할 수 있다. 세속인으로서의 정신적 고뇌와 갈등, 그리고 시대와 존재 일반의 갈등과 고민 역시 신앙인적 인내와 용기로써 혹은 불의에 대해서 의연한 저항적 정열로써 드러내 보이고, 그것을 초극하려는 높은 슬기로써 내어보인 점에 있어서도 우리 시사에서는 독특한 자리를 차지한다고 말할 수 있다.[165]

박두진의 시세계는 신앙에 바탕을 두고 있지만, 신앙을 위한 문학은 아니었다. 이른바 시정신을 통한 신앙의 추구였다. 후기시에 이르러 이러한 시와 신앙의 추구가 더욱 구체화 되었다.

기독교 정신의 근본은 사랑이다. 그러나 그의 시에 나타나는 사랑은 온유하거나 기쁨만은 결코 아니다. 그의 사랑은 속죄로 가늠되어지고, 죄악이 뒤따르며 선혈로 상징되기도 한다.

> 멀디먼,
> 당신이 홀로서 걸어가는 벌판에 노을이 젖어있다.
> 벌판이 끝없이 바다로 이어지는
> 홀로서 걸어가는 당신의 전신이 노을에 젖어있다.
>
> 노을은 주황빛, 보라빛,
> 그 속의 장미빛, 그 속의 진달래빛, 그 속의 황금빛,
> 혹은 그 속의 선혈빛 임리히.
>
> <어떤 노을>에서

---

165) 신동욱,「시에 있어서 저항과 그 지속의 의미」,≪조선문학≫, 1996. 7, p. 76.

이 시에서의 '당신'은 물론 신앙적 자아를 상징한다. 예수의 정체성을 추구하는 서정적 화자가 가는 삶의 현실은 영광의 길이 아니라, "노을에 젖은" 끝없는 벌판이다. 그리고 진리를 추구하는 자로서의 견고한 고독 때문에 그는 "홀로서" 걷고 있는 것이며, "선혈빛이 젖은" 노을진 벌판을 가고 있는 이미지 속에서 자기 희생을 통한 속죄의 자세가 빛과 꽃, 노을이 어울리는 장엄한 아름다움이라는 시적 공간을 창출한다. "떼지어 뒤를 쫓는 이리 울음 들릴 뿐"인 고행길을 묵묵히 걸어가는 수도자 혹은 순례자의 삶은 무엇을 위한 고행의 길인가. 무엇을 위한 피흘림인가. 이 물음에 대한 대답은 성경의 한 구절 "여호와께서는 피 흘리기를 즐기고 속이는 자를 싫어하시나이다"[166]에서 그가 찾은 화답이다.

혜산의 시에 나타나는 피흘림의 의미는 사랑과 죄악의 두 가지를 모두 포함하고 있다. 인간이 지은 원죄와 그 죄에 대한 속죄의 의미인 피를 흘림으로써 악의 피가 사랑의 피로 정화되고 있다.

> 눈물이 더욱더 맑게 하여 주십시오.
> 땀방울이 더욱더 진하게 해 주십시오.
> 핏방울이 더욱더 곱게 하여 주십시오.
>
> 타오르는 목을 축여 물을 주시고,
> 피 흘린 상처마다 만져 주시고,
>
> 기진한 숨을 다시
> 불어넣어 주시는,
>
> <오도>에서

'눈물', '땀방울', '핏방울'이 맑고 진하고 곱게 되기를 갈구한 시인은, "피

---

166) 신약성서』「시편」5장 6절.

흘린 상처마다" 당신의 손이 만져주기를, 그래서 기진한 숨을 다시 불어넣어주기를 기구한다. 물은 순수함의 상징인 눈물로 변하고, 눈물에서 시련의 상징인 땀방울로, 땀방울이 더 진해지면 절대맹세와 희생을 상징하는 핏방울로 변한다. 물은 생명을 유지시키는 존재며, 그것은 한정되지 않고 불멸이라는 점에서 지상의 모든 사물이 보여주는 시작과 종말일 수 있다. 물의 '핏방울'로의 변형은 생명을 유지시키는 기본적 존재라는 순환의 원리와 상통하며 이 경우 물은 절대긍정으로 인식, 정화와 재생을 상징한다. 그러므로 피흘림은 원죄에 대한 씻김의 의미이며, 다시 살아나가기 위한 소생의 이중적 의미를 함축한 것이다. "…아셨습니까. …보셨습니까."의 의문은 시인 자신이 먼저 확신하며 다시 확인하는 반어적 강조법으로 이로써 구원의 중심 주제는 곧 삶을 주관하는 주요, 생명이요, 모두인 '당신' 신임을 확신하고, 신 앞에서 속죄하는 구도자의 모습을 그리고 있다.

그의 신앙시는 신에 대한 찬양과 감사를 노래하면서도 인간적인 고통과 좌절을 담고 있는 것이 특징이다.[167)]

절벽에는 무망
절벽에는 고독
절벽에는 그 눈물,

절벽에는 욥
절벽에는 예레미야가 매달려 있다.
절벽에는
소크라테스
공자
싣달다
노자, 장자

---

167) 김재홍,『한국현대시인연구』(서울:일지사, 1990), p. 418.

맹자
절벽에는 꿈
코페르니쿠스
아인시타인이 매달려 있다.

절벽에는
예수 그리스도가 매달려 있다.

성모 마리아와
열 두 사도
바울 사도 울음소리 매달려 있다.

떨어지지 않게 힘껏
피 철철 손에 흘리며
기어오르며 기어오르며 매달려 있다.

<가을절벽>에서

수석 연작시 가운데 하나인 위의 작품은 진리를 추구하는 구도적 존재로서의 꿈과 좌절 속의 부단한 의지를 묘사하면서 인류가 처한 극한 상황을 상징적으로 표현하고 있기도 하다. 진리의 역사를 주도해 온 동서양의 성인들과 근대의 과학적 지성들과 복음의 진리를 실천 궁행하던 사도들이 매달려 있고 예수 또한 절벽에 매달려 있다. 신성불가침의 예수도 인류의 삶 자체와 연결되어졌음을 알 수 있다.

그의 시는 신의 위대함만을 찬양하는 것이 아니라 절벽이라는 절망적인 공간에 함께 절망하는 예수와 인간 군상들을 그림으로써 진리 추구에 대한 인간적 회의와 좌절의 과정을 구체적으로 보여준다. 이것은 혜산의 신앙시가 독자적으로 지니고 있는 유한한 인간으로서 존재론적 고뇌와 비판적인 자기 성찰의 성실한 자세라 할 수 있다.

기독교적 진리를 일관되게 추구하려는 혜산의 구도적 자세는 사도로서의 실천을 담보하는 <사도행전>이라는 연작시를 탄생시켰다. 사도는 기독교 성서에 등장하는 인물이기도 하며, 혜산 자신이 현실적 삶의 역경을 극복하는 모습이기도 하다.

별을 보면 별들 속에 내가 있었네.
그 속에서 언제나
당신 만났네.

꽃을 보면 꽃들 속에 내가 있었네.
그 속에서 언제나
당신 만났네.

바닷가 아침에 반짝이는 모래알
하나씩의 모래알에 내가 있었네.
바람이 불고 가면 바람 소리 그 속
산새가 울고 가면
산새소리 그 속에

아, 불려 가는 낙엽 속에 내가 있었네.
거기서도 언제나
당신 만났네.

서걱이는 갈대 속에 내가 있었네.
거기서도 언제나
당신 만났네.

<사도행전 · 9>에서

<사도행전> 연작시에서는 신앙적 갈등이나 원죄의식에 대한 참회뿐만 아니라 인간적 삶의 현실에 대한 자각, 인류의 구원의지를 갈망하고 있다.

그러므로 시에 등장하는 '사도'는 모든 신앙인일 수 있고, 모순된 현실을 살아가는 시인의 고뇌하는 형상일 수 있다. 그러므로 위 시에서처럼 원하면 언제든 '당신'을 만날 수 있는 반면에 <사도행전 · 2>에서의 사도는 돌아가면 '혼자'임을, '당신'은 없고 '벼랑'을 돌아도, "비탈길로 내리 닫던 군중"이 있을 뿐인 사도의 현실적인 수난을 보여주고 있다. 영광과 고난이 함께 하는 현실조건에서 사도적인 자세를 견지하는 자로서의 의지를 역설하고 있는 것이다.

우리가 원하면 "별 속"에서 "당신"을 만나고, "꽃들 속"에서 "당신"을 만날 수 있다. "서걱이는 갈대 속"에도 "당신"은 있다. 나와 우주, 자연과 세계, 그리고 그 속에서 만나는 '당신'은 사물과 공간을 통해 절대자와 새롭게 합일된 내적 각성의 고백이다. 세계 속에 '나'가 있고, 그 세계 안에서 '당신'을 만난다. 아주 먼 공간에서 또렷이 존재하는 별과 지상의 아름다운 존재인 꽃, 그리고 작은 존재성을 환기시키는 모래, 잠재된 의식을 각성시키는 바람소리, 산새소리, 갈대 부딪는 소리 속에서 신의 존재를 확인한다. 이러한 존재의 확인은 그가 내면적으로 성찰한 인간존재의 이해와 인간의 깊이에서 우리나와 자연과 사물을 재인식하면서, 드디어 하나로 혼연일체가 되고 있다. 자연과의 친화를 노래하고, 인간에의 구도를 식지 않는 이념으로 간직한 그의 시세계가 마침내 모든 사물과 자연현상 속에 내재하는 신과의 만남에 도달한 것이다.

> 쫓겨서 벼랑에 홀로일 때
> 뿌리던 눈물의 푸르름
> 떨리던 풀잎의 치위를 누가 알까
>
> 땅바닥 맨발로 넌즛 돌아
> 수줍게 불러보는 만남의 가슴떨림
> 해갈의 물동이

눈길의 그 출렁임을 누가 알까

천명 삼천명의 모여드는 시장끼
영혼의 그 기갈소리 전신에 와 흐르는
어떡헐까 어떡헐까
빈 하늘 우러르는
홀로 그때 쓸쓸함을 누가 알까

하고 싶은 말
너무 높은 하늘의 말 땅에서는 모르고
너무 낮춘 땅의 말도
땅의 사람 모르고
이만치에 홀로 앉아 땅에 쓰는 글씨
그 땅의 글씨 하늘의 말을 누가 알까

모닥불 저만치 제자는 배반하고
조롱의 독설,
닭울음 멀어가고
군중은 더 소리치고
다만 침묵
흔들리는 안의 깊이를 누가 알까

못으로 고정시켜
몸 하나 매달기에는 너무 튼튼하지만
비틀거리며
어깨에 메고 가기엔 너무 무거운

몸은 형틀에 끌려 가고
형틀은 몸에 끌려 가고
땅 모두 하늘 모두 친친 매달린

죄악 모두 죽음 모두
거기 매달린
나무 형틀 그 무게를 누가 알까

모두는 끝나고
패배의 마지막

태양 깨지고 산 웅웅 무너지고
강물들 역류하고
낮별의 우박오고
뒤뚱대는 지축
피 흐르는 암반

마리아
그리고 막달레나 울음

모두는 돌아가고
적막
그때
당신의 그 울음소리를 누가 알까

<성 고독>

시집 『포옹무한』[168]에 수록된 자전적인 신앙고백시 중의 한 편으로 정신적 내면의 편력과 그 방황을 기독교적 입지에서 주제화한 이 시는 그리스도가 십자가에 달리는 비극을 중심으로 그 생애의 고독과 인간적인 공감과

168) 이 시집에는 ≪현대시학≫의 1978년 4월호~1979년 11월호에 걸쳐 연재한 42편의 시가 수록되어 있으며, 수석시에서와 같이 각 작품에 번호가 있어 연작시의 형태를 띠고 있다.

감동을 표현하고 있다. 기다리며 바라는 기복신앙의 단계 또는 재림하는 예수가 빈번하게 등장하던 초기시에 비해 이제는 고난 받는 예수가 그의 시들을 일관하는 의미의 근원이 된다.[169] 자아의 내면적 성찰을 통해 스스로 참회하며 간구하는 수도자의 모습이 나타나는 것이다.

이 시는 기독교시 또는 신앙시가 시의 표상으로서 포괄적인 기능을 지닐 수 있는가에 대한 우리의 기독교시의 과제를 실험해 본 것[170]으로 혜산의 시에서 전반적으로 나타나는 특징은 희생과 고통없는 구원이 있을 수 없다는 믿음이다. 예수가 십자가에 달릴 때 그 극한 상황에서 제자들마저 도망하여 완전히 고독하게 된 상태를 상정하고, 생명이 있는 인간에게 그 고통의 마지막인 죽음의 순간을 설정하여 죽음의 고독한 심리적 공간을 형상화한 것이다.

성서의 구절에서 그 모티프를 얻고 있는[171] 이 시는 특히 제4연에서는 예수의 용서와 관용을 부각시키면서 그럼에도 불구하고 인간의 '배반'으로 인해 '나무형틀'에 매달릴 수밖에 없는 인간의 죄악과 신의 용서가 대칭적 세계로 나타났다. 그 극한 상황에서 고통을 함께 할 아무도 없음은 "빈 하늘 우러르는" "홀로 그때 쓸쓸함"이다. "제자는 배반하고" "군중은 더 소리치"는데 "다만 침묵"하는 "안의 깊이를 누가 알까" "태양 깨지고 산 웅웅 무너지고/ 강물들 역류하"는 그 고통을 겪은 후에 비로소 찾아드는 "적막", 그리고 "그때/ 당신의 그 울음소리"는 그리스도의 고독을 통한 승리였음을 역설적으로 나타낸다.

이 시는 고통과 고독이 없는 구원은 절대 부재한다는 믿음을 역설하고

---

169) 김일훈,「박두진시론」≪현대문학≫, 1972, 6, p. 325.

170) 박두진,『박두진문학정신』⑦(서울:신원문화사, 1996), p. 98.

171) "예수께서 몸을 굽히사 손가락으로 땅에 쓰시니 저희가 묻기를 마지 아니하는 지라, 이에 일어나 가라사대 너희 중에 죄 없는 자가 먼저 돌로 치라 하시고" (「요한복음」8장 6절~7절)

있다. 보이지 않지만 의심하지 않고, 현재 여기 없지만 '있음'으로 인식하는 것이 신에 대한 인간의 희구라면, 신은 정화의 통과제의적 과정을 통한 영원한 생명력을 뜻하는 '피'를 흘림으로써 모두를 구원하고 있다. 나아가 진정한 구원은 그렇게 배반과 시련과 고통과 울음을 거쳐 도달되는 값진 승리여야 함을 강도있게 보여주기도 한다.

그는 이 시를 가리켜 "시를 위한 시로서보다는 시를 통한, 시로서의 신앙고백, 그리고 시와 신앙고백의 내면적이며 형체적인 일체성을 얻도록 마음쓴 것"이라고 했는데, 이러한 마음씀은 다음의 시에도 잘 나타나 있다.

그때 처음 열으신 당신의 입술
처음 쳐드신 당신의 손으로
— 빛 있으라!
뿌리신
말씀의 빛 그 언저리
태고 —
있음도 아직 없고
없음도 아직 없던
그 말씀보다도 더 먼저인 우주
우주보다도 더 먼저인 하늘에 뻗치신
말씀은 곧 빛이었고,
말씀은 곧 소리였고,
말씀은 곧 뜻이었고,
말씀은 곧 힘이었고,
말씀은 곧 영이었던,

그때 아직은 아무도
사랑도 미움도 모르고 없을 때,
남도 죽음도 모르고 없을 때,

<그 때>에서

태초의 없음에서 있음으로 창조한 이가 신이며, 있음의 역사를 주관하는 이도 신이다. 이 시는 「창세기」 1장 3절[172]과 「요한복음」 1장 1절[173]의 내용을 소재로 한 작품이다. 박두진의 시, 특히 후기의 신앙시에 있어서 성서의 설화적 모티프가 구체적으로 나타나는데, 압축된 시어 속에 많은 사건과 혜산 자신의 신앙적 체험까지 담고 있어 풍부한 상상력을 일으킨다. "빛 있으라" 하여 빛이 있고, "있음도 아직 없고/ 없음도 아직 없던" 그 근원 모를 우주에 우주보다 더 먼저인 "말씀"이 있어 "빛", "소리", "뜻", "힘"은 나왔다. 그리고 그 역사 가운데 탄생된 인간은 "사랑도 미움도 모르고 없을 때", "남도 죽음도 모르고 없을 때"를 지금은 열망한다. 곧 구원이 필요한 시기를 살고 있는 것이다. 그 구원의 믿음이 혜산의 꿈이다.

말씀으로 우주를 창조하신 하나님은 시인의 지고한 꿈의 표상이며, 시인은 말로써 세상을 창조한다. 그러므로 시인이야말로 가장 하나님을 닮은 사람[174]이며, 혜산은 희생과 견딤의 '사도'정신으로 하나님과 가장 닮고 싶어한다.

> 사랑이어 당신 눈길 마음어질뜨림이어
> 사랑이어 당신 말씀 영혼 불일어남이어
>
> 벌에 홀로 버리워진 채 기진했었던
> 죽음의 그 이쪽 벌에 잠들었었던
>
> 해와 달 해와 달빛 전신 바래우던

---

172) 「창세기」1장 1절: "하나님이 가라사대 빛이 있으라 하시매 빛이 있었고…"

173) 「요한복음」1장 1절: "태초에 말씀이 계시니라. 이 말씀이 하나님과 함께 계셨으니 이 말씀은 곧 하나님이시니라. 그 안에 생명이 있었으니 이 생명은 사람들의 빛이라."

174) 이상섭,「포옹무한, 그 모순의 극복」,『박두진전집』⑥(서울:범조사, 1982), p. 254.

멀디먼 별과 별을 영혼 헤매이던
사랑이어 이제 나는 깨여일어나야하네
지금은 와서 닿는 당신의 그 뜨거움

새벽 깨는 바다처럼 등을 일으켜야하네
처음 날으는 새끼독수리처럼 날개푸득여야하네

<사도행전 · 8>에서

시집『사도행전』에 수록된 연작시 <사도행전>은 ≪현대시학≫ 1971년 1월부터 1973년 10월까지 20회에 걸쳐 발표된 작품으로 예수의 행적을 따라 연작의 형태를 띠고 있는 것이 그 특징이라 할 수 있다. 따라서 <사도행전 · 1~20>은 개별적으로 또는 연작을 하나의 작품으로 놓고 분석하는 일도 가능하다.

바람, 별, 나무, 바다, 침묵, 불, 사랑 등이 빈번하게 사용되고 있는 <사도행전> 시리즈는 예수라는 한 개인의 이야기를 통하여 어떤 보편적인 삶의 인식까지를 내포하고 있다. 그러므로 시집『사도행전』에서의 사도는 성서적 관점에서는 예수의 제자이며, 신 앞에 존재하는 모든 인간을 포함한다. 또한 "불"이라는 시어의 사용을 통해 긴장감과 아울러 "별"과 "죽음"을 극복하고 깨어 일어나는 "사랑"을 강조하고 있다.

혜산 시의 상징 미학은 그 핵심체가 '불'이다. 불은 대상을 사름으로써 정화시키며 동시에 붉은 색채로 피의 이미지에 접근한다. 아울러 혜산의 '불'은 종전의 작품 내용을 지배하다시피한 '피'와 뜻을 같이 한다. 이 둘은 원형 회귀의 차원에서는 생명 · 순결 · 순수 · 사랑이 되고, 자유 의지의 실천적 차원에서는 저항과 투쟁의 에너지원이 된다. 이 두 축의 역학 관계는 항상 균형을 유지하기 때문에 시적 분위기는 장엄하면서도 생동하는 탄력을 잃지 않고 있다.[175)]

이 시에 있어 우리가 더욱 눈여겨보아야 할 부분은 수난과 희생뿐 아니라 견딤과 극복의 의미가 전편에 흐르고 있다는 점이다. 수난과 견딤과 희생과 정신적인 승리라고 하는 한 삶의 과정은 어느 시대 어느 사회에 있어서도 그럴 만한 조건에 있어서는 일반적인 삶의 한 틀로 이해할 수 있는 폭을 지니는 것이다.[176] 박두진의 시에 등장하는 '사도'는 갈등하고 고뇌하는 인간적인 모습과 아울러 고난의 과정을 거쳐 다시 태어나는 신앙적인 모습으로까지 변이되어 나타나기 때문에 그의 사도의식을 기독교적 의미로만 국한할 수 없게 한다.

— 이대로는 우리들을 멸망케 말으소서.

— 우리들의 잘못을 이대로 사하소서.

— 당신의 형상대로 우리를 만드소서.

— 나라가 이땅에 임하게 하소서.

— 하늘의 당신뜻을 땅에속히 이루소서.

<사도행전 · 20>

<사도행전>의 마지막 작품인 위의 시는 인간의 삶을 지배하는 가장 근본에 항상 '신'의 섭리가 지배하고 있음을 여실히 보여준다. 그것은 인간의

175) 유시욱,「불의 생명 미학」, 박두진 시집 『빙벽을 깬다』 해설 (서울:신원문화사, 1990), p. 203.

176) 신동욱,「역사에 있어서 결핍과 충족의 변증법」,『박두진전집』⑦(서울:범조사, 1982), p. 274.

온갖 죄악과 모순은 끝내 '인류의 종말'로 이어질 수 있다는 종말사관으로 연결이 된다.

멸망을 앞둔 극한 상황이 사도가 처한 현실적 상황이며, 시적 자아가 처한 현실이고 동시에 온 인류가 대결하고 있는 절박한 상황이다. 혜산은 인간의 힘으로는 감당할 수 없는 지경에 이른 현실의 상황에 "우리들을 멸망케 말으소서"라는 간절한 기도로 대응을 시작한다. 그것은 이미 종말의 위기에 처하도록 인간이 자행해 놓은 온갖 죄악에 대한 인정이며, 그러나 "이대로는" 멸망할 수 없다는 의지의 실현이기도 하다. "우리들의 잘못은 이대로 사하소서", 그리고 우리를 원래의 당신이 창조해 놓은 "당신의 형상대로" 만들어 인류 최초의 낙원으로 회귀하기를 간구한다. 인간의 힘으로 극복할 수 없는 궁극에 이르면 그가 고대하는 것은 '메시아의 도래'를 희망에 찬 어조로 찬양하는 것이다. 성서에서 시구절을 인용하는 것은 이와 맥락을 같이 한다. "나라가 이 땅에 임하게 하"기를, "하늘의 당신 뜻을 땅에 속히 이루"기를 기도하는 것은 신앙적 예언으로 미래를 확신하는 것이다.

그러나 혜산의 이러한 신앙적 의지와 밝은 미래에의 신념은 반드시 신앙인이기 때문에 갖는 신념은 아니다. 이를 뒷받침할만한 예로써 연재시 <사도행전>에서의 '사도'는 기독교에서 말하는 '사도'에 연유한 제목이었고 주제였지만, 그러나 실제의 시적 동기와 그 의도는 보다 더 광범위한 의미로서의 사도이며 기독교에 국한하지는 않는다[177]는 말을 주목할 만하다.

혜산의 인간적인 삶에 대한 관심과 애정은 신성사와 연결이 될 때 더욱 두드러지게 나타나며, 이러한 시의식이 그를 종교시인으로만 규정할 수 없게 한다. 그는 시와 종교를 분리해서 생각하지 않으며, 종교와 인간사와의 일치를 기대한다.

그러므로 『사도행전』에 등장하는 '사도'의 출발은 성서의 사도이면서 수

---

177) 박두진,『사도행전』(서울:일지사, 1973) 자서.

난과 투쟁, 희생을 통해 모두가 사도가 되기를 희망하는 성서 밖의 사도로 해석할 수 있다. 즉 '사도의 자기화'를 도모하는 것이다. 이러한 사도는 각 시대마다 그 시대가 필요로 하는 사람으로 현현되어야 한다. 시인은 현실에서 필요로 하는 사도가 되기를 희망한다. 그것은 혜산의 시의식이며 이 점은 그의 기독교시가 객관성을 확보하는 데 주요한 장치가 된다.

청청한 나무의 수액과
뜨거운 혈맥의 피흐름이 다르지 않거니
궁륭의 반짝이는 별들과
씻겨진 강변의 돌들이 다르지 않거니
흙으로 빚어진 살과
살로써 더해진 흙
뼈와 재
한방울 뜨거운 눈물과
왕양한 바다의 바닷물이 다르지 않거니

아으
높은 곳
하늘이신 하느님
그때 그 아득한 때
어떻게 당신은 처음 나를 있게 하셨을까
비로소 처음
내가 나 이도록
어떻게 당신은 처음 나를 빚으셨을까

(중략)

말씀의 그 새 아침
칡넝쿨 댕댕이 넝쿨
혹은 버섯이나 이끼일 수도 있었을 것을

아니 그냥 모래알
조약돌
바위나 지층
은맥이나 금맥
샘물이나 풀뿌리
혹은 안개
혹은 구름
혹은 무지개나 신기루
혹은 소낙비와 우박
눈보라와 함박눈
마파람과 태풍
혹은 내리쬐는 그냥 햇살
혹은 달빛
혹은 우릉대는 우뢰소리
번개빛일 수도 있었을 것을.

<어떻게 나를 빚으셨을까>

작품 <그 때>에서는 말씀으로 "있으라" 하면 없음에서 있음으로 창조되는 원리를 새삼스러운 발견으로 놀라워 하고 있다면, <어떻게 나를 빚으셨을까>는 어떻게 나를 세상에 존재하는 그 많은 존재물 가운데서 나로 "있게 하셨을까"에 대한 지극한 감사를 시로 형상화하고 있다. 존재의 신비에 대한 어린이스런 놀람의 표현, 즉 프리미티비즘의 파생적 지류라 할 수 있는 동심회귀의 현상을 혜산의 시에서 종종 발견할 수 있다. "말씀의 그 새 아침"에 나를 "모래알"이나 "이끼"로 있게 했다면 나는 그저 미미한 존재일 수 있었을 것이다. 그러나 나는 놀랍게도 "내가 나이도록" 창조되었고, 이러한 당연한 결과에 "어떻게 나를 빚으셨을까"라고 놀라고 신비로워 한다.

이러한 '신비한 경험'은 역설적으로 생각해 보면 차라리 "내리쬐는 그냥 햇살"이나 "달빛" "우뢰소리" "번개빛"이었더라면 더 나았을 것이라는 추측도 가능하게 한다. 많은 사물 가운데 비로소 나를 나답게 '있음'으로 창조해 놓으셨다는 놀라운 감사의 이면에는 이미 내가 태어난 세상은 온갖 모순과 고통에 찬 세계이며, 그러한 세계 속에 내가 던져졌다는 자각이 내재해 있다. 이러한 깨달음은 창조주에 대한 무한한 외경과 함께 상실된 낙원에 대한 회복을 지속적으로 희구하는 혜산의 시의식으로 작용한다. 또한 혜산이 온 우주에 존재하는 모든 존재물에 의미있는 시선을 주는 실마리를 제공한다. 이러한 시선은 "처음 나를 있게 하"실 때 그 말씀 여하에 따라 나는 "칡넝쿨" 또는 "버섯"이나 "풀뿌리"로 존재했을 가능성도 있으며, '나'는 나이면서 동시에 이 세상에 존재하는 그 무엇일 수도 있다는 생명의 신비감으로 나타난다.

혜산의 시에 무수히 존재하는 동·식물이 약육강식의 원리에서도 마침내 행복한 화해를 이루는 것은 창조주의 말씀에 따라 무엇으로든 될 수 있었으리라는 가능성의 인식 때문이다. 이리는 양떼일 수 있었으며, 개호주는 노루였을 수도 있다. 다만 그것들이 현재의 형상으로 나타난 것은 하나님의 예정이기 때문이며, 기독교인은 이러한 예정을 믿으며 현재의 형상에 감사하고 충실하다.

"아으/ 높은 곳/ 하늘이신 하느님/ 그때 그 아득한 때" 모든 것에 의미를 주어 창조한 그 힘을 믿는 것이며, 혜산은 그 창조에 무한 감사와 신비로운 생명에의 외경을 갖는다. 따라서 그의 기독교 사상은 인간의 삶에 나타날 수 있는 온갖 죄악까지도 포용하는 사상이며, 인간의 힘으로 극복될 수 없는 한계에 이르면 태초에 낙원을 창조한 신에게 구원의 손길을 간구하게 된다.

작품 <고산식물>은 창조주에 의해 만들어진 원래의 온전성이 인간에 의해 훼손되어 있는 현실을 반영하고 있다.

아슬히 깎아질린 벼랑에 산다.

내 가슴 이 비수는 자라오르는 난
질은 안개 비에 서려 바람에 떤다.

찬 달빛 거울 비치면 맹금의 상한 죽지

언덕을 밀물 덮던 현란한 기폭

포효가 지금은 꽃으로 떨어져 말이 없는

그 침묵 심연 이쪽 벼랑에 산다.

언젠가는 다시 불을 하늘 아침 폭풍

땅에는 동남 서북 혁명 치달려

비수가 그 사슬을 그물을 그 밤을 찔러

마지막 빛의 개벽 꽃 흐트러뜨릴

난이여 안개 떠는 벼랑에 산다.

<고산식물>

"아슬히 깎아질린 벼랑"은 민족적 비애와 결핍된 사회 분위기를 의미하며, 또는 메시아의 부재에서 오는 단애를 의미한다. 아울러 시인이 지향하는 정신은 현실의 부정에서 오는 강렬한 극복의 의지이며, 고고하면서도 초연한 존재로서 반영된 동경의 세계를 향한 희구이기도 하다.

혜산에게 메시아는 '당신'이라는 호칭 외에 자연물 즉 바다, 달, 꽃을 상징적 매체로 하여 등장하기도 한다.[178] "난"은 깎아지른 벼랑에 뿌리를 내리고

178) 유시욱,「복잡성과 일관성에 얽힌 불사조의 이야기」, 박두진,『가을절벽』(서울:미래

있어 훼손되지 않은 지고지순의 자연이면서 인간의 죄악으로 원형이 상실된 공간에 자리하고 있는 구원의 상징이다. 기독교 정신의 근본은 사랑이며, 이 사랑은 죄악과 대립의 관계이면서 죄의 속죄, 즉 희생으로 사랑이 구현되기도 한다. "깎아질린 벼랑에" "비수"처럼 "자라오르는 난"은 천상의 공간에서 지상의 원죄를 단죄한 그 희생으로 피어나는 "빛의 개벽"이다. 또는 혜산 스스로 깎아지른 벼랑 같은 위태로운 세속의 삶에서 "안개 떠는 벼랑에 사"는 "마지막 빛의 개벽"을 터뜨릴 지고의 "난"이 되고자 하는 의지의 표현이다. '난'으로 선택된 고산식물의 존재는 가장 고결하고 미려한 현실에 야합하지 않는 혜산의 시의식을 반영하고 있다.

<고산식물>의 구조적 특성은 부정적 현실과 미래에 대한 지향이다. 이러한 구조적 특성은 혜산의 초기시에서 꾸준히 심화 확대되어 왔는데, 후기시에 접어들수록 그 밀도가 더욱 강화되고 있다. 혜산에게 있어 가까운 과거는 인간이 자행한 온갖 죄악으로 부정적이지만, 태고의 과거는 훼손되지 않은 이상향이다. 그러므로 그 구조는 긍정적 과거 → 부정의 현재 → 현재를 극복한 이상적이고 긍정적인 미래로 집약될 수 있다. 또한 비유와 상징의 다양화가 이루어지고 있어 "깎아질린 벼랑", "짙은 안개비" "바람"과 "상한 죽지"로 비유되는 현실세계의 부정적 측면과, "비수"와 "포효"는 부정적 현실을 극복하려는 시인의 의지로, "빛의 개벽"과 "꽃"은 그러한 의지로 도달되는 자유와 사랑의 상징이다. 혜산을 저항시인으로, 자연친화의 시인으로, 종교시인으로 다양하게 논의할 수 있는 근거는 그의 시가 지닌 다양한 지향성에 근거한다.

이와 같이 그의 시는 형이상학적 인식에 주제적 동기를 두고, 인식의 과정상에서 인식의 주관으로서의 시인이 취하는 방향 등이 복잡한 '관념적 진실'의 세계[179]를 취하고 있다. 그러므로 "깎아질린 벼랑"은 수직적 공간으로서

사, 1991), p. 167.

의 '신'과의 만남의 장(場)으로, 또는 극도로 혼란스러운 세속의 삶으로 풀이 될 수 있다. 그러므로 벼랑에 사는 고산식물로서의 '난'은 현실에 있어서는 이상의 추구이며 척박한 상황에서는 정의의 표상이 되기도 한다. 이것은 <사도행전・20>에서 논의되었던 혜산의 기독교시의 객관성 확보 문제를 더욱 공고히 하는 것으로, <고산식물>에도 적용되어 그를 종교시인으로 규정할 수 없게 한다.

박두진의 신과의 만남은 천상으로만 우러르는 것이 아니라, 일반적인 삶으로까지 그 맥락을 연결시키는 데 그만의 독특한 신앙시 특성이 자리한다. 그렇기 때문에 그는 시대의 질곡에 처해 있을 때나 세속적인 삶이 불행했을 때조차도 그 삶 자체를 떠나 천상으로 도피하는 게 아니라 왜곡된 삶 자체를 포용하고 의연하게 대응할 수 있었던 것이다.

또한 이 신앙시들은 신성사의 측면과 함께 세속사의 측면에서도 살펴 볼 수 있다. 그것들은 예수 그리스도의 고난에 찬 행적임과 동시에 연약한 인간으로서의 "내"가 겪는 신성체험과 신앙 고백이라고 할 것이다. 이러한 두 가지 측면은 예수 안에서 거듭 태어나기를 통해 생활 자체가 바로 신앙으로 통합되고 고양되는 모습을 보여준다.[180)]

그러나 그의 시의식은 그 과정에 있어 때로 분리되거나 전체로서 통일을 지향해 가는 특징을 지니기도 한다. 그래서 그의 시 전반에는 삶에 대한 모순과 고통, 견딤과 극복이 그 안에 자리하고 있다. 하나님 같은 사람, 사람 같은 하나님인 예수의 행적이 <사도행전> 연작시에 수록되어 있다면, 혜산의 기독교시 전편에 흐르는 것은 예수의 죽음을 통한 부활을 기다리고 확신하는 모습이다. 인간의 삶에 자리하고 있는 모순과 질곡이 박두진의 시에서

---

179) 위의 책, p. 165.

180) 김재홍,「가시면류관, 또는 거듭나기」, 박두진 시선집,『가시면류관』(서울: 종로서적, 1988), p. 145.

는 역설적으로 나타나 올곧은 지향점을 추구하거나 정면대결의 양상을 보이기도 한다. 그의 시는 인간의 삶 그 자체에 선악 혹은 정·부정이 한데 뒤엉켜 있음을 부정하지 않는다. 그의 시에 나타나는 표상으로서의 동물들이 확연하게 두 세계로 양분되어 있음도 이와 맥락을 같이 한다. 약자와 강자, 양과 이리의 설정은 선과 악을 구분하려는 데 궁극의 목적이 있지 않다. 악과 부정은 진정한 삶 또는 영원한 삶으로 해소될 수 있는 것인데, 그것은 그의 생에 대한 기독교적 휴머니즘으로부터 연유[181]하였다. 끊임없이 제기되는 빛과 어둠의 세계, 이상과 현실의 대립은 혜산 시가 지향하고자 하는 이념을 향한 강한 지향성과 깊은 관련을 갖는다. 그러므로 생이 모순과 갈등에 차 있을수록 그의 시는 보다 강렬한 생명의 의지를 느끼고 보다 충만한 삶의 의욕으로 표상된다.

늦게 잠들은 숲들의 기지개
아득한 겨울잠에서 깨기 위해
뒤착이는 잠꼬대
안타까와
바닷바람 일제히 뭍에 올라 설레이고
나무마다 흔들고
새로 타오르는 태양의
손길 화사하게
삳삳이 쏟아지며 대지를 두들긴다.
아, 어제는 이미 어제
내일이 비로소
오늘로 다가와 앞에 서는
아침 봄

---

181) 오세영,「휴우머니즘의 옹호와 자연의 의미」,『박두진전집』⑧(서울:범조사, 1984), p. 285.

안에서 치오르는 생명의 합창
훨훨훨 깃을 치는 자유의 금빛 날개
일어서는 역사
의지의 깃발들이 꽃으로 폭발한다.

<바닷바람 햇살>

이 시에서는 "안에서 치오르는 생명의 합창"이 느껴지고, 그의 생에 대한 무한한 신뢰감과 긍정적인 수용을 발견하게 된다. 박두진이 삶의 어둠 속에서도 무한한 신뢰와 희망을 두고 있었던 것은 이 세계의 모든 것이 부정된다 하더라도 그 마지막의 것에 있어서 부정될 수 없는 어떤 절대 긍정이 있음을 인식한 까닭이다. 그것은 또한 죄인이기 때문에 오히려 구원을 받게 되는 저 기독교의 역설이 있었기 때문이다.[182] 기독교 세계관이란 논리적이고 과학적으로 해결할 수 없는 역설적인 것이다. 역설의 참된 가치는 모순을 넘어 조화를 지향함으로써 초월적 진리를 보여주는 것이며, 종교적 체험이란 인간의 언어로는 표현하기에 불가능하므로 역설적일 수밖에 없다. 이러한 역설은 "아득한 겨울잠에서" 깨어날 때 바닷바람 뭍에 올라오고, 내일이 비로소 오늘로 다가온다는 시어로 나타난다. 이러한 역설은 "당신이 나를 속속들이 아신다고 할 때/ 나는 나를 더욱 알 수 없고/ 당신이 나를 모른다고 하실 때/ 비로소 조금은 나를 압니다."에서 잘 살펴볼 수 있다. 혜산은 그 스스로 치열한 자아의 고뇌와 갈등을 거쳐 근원적인 모습과 만나고자 한다. 그러한 갈등을 거쳐 만나는 모습은 봄의 아침 같은 생명의 충만함과 자유의 금빛 날개로 승화되어 있다.

박두진의 시는 어둠과 정면 대결하는 고발과 저항의 불이 타오를 때에도, 자연과의 교감에 있어서도 그 속에는 언제나 신의 섭리와 충족과 화해의 포용을 보여준다.

---

182) 위의 책, p. 285.

먼, 햇살의 나라에서 온 사람이어. 너여.
높디 높은 하늘 푸르름의 나라에서 온 사람이어. 너여.
네 눈의 눈빛,
푸르고 맑고
깊디 깊은 네 영혼의 호수,
자꾸만 내가 빠져 들어가게 하는 서늘어움이어. 너여.

(중략)

나로 하여금
이 세상과 저 세상
저 세상과 이 세상이 하나가 되게,
꿈과 의식, 행동과 그 정지,
생명의 그 새로움과
죽고 싶은 허무,
살고 싶은 영원으로
달리게 하는
너 음성 아름다움 기가 막힘이어.

(중략)

땅에 쓰는 하늘의 시가 하늘나라 사랑이게,
하늘에 쓰는 땅의 시가 땅의 나라 사랑이게,
먼 먼 해의 해넋 불러내리고,
먼 먼 별의 별넋 불러내리고,
너와 나 땅의 넋이 하늘까지 자라게,
너와 나 하늘의 넋이 땅의 땅끝 가득 차게,
너여.
비둘기 혹은 아장아장 제비걸음,
송아지 혹은 또각또각 사슴걸음,
파랑새

혹은
활활한
불의 새로
뜨거이
와
안기라.

<빛살 속의 너>

시인이야말로 가장 하나님을 닮은 사람이고, 하나님이 말씀으로 우주를 창조했으며, 시인은 말로써 세상을 창조한다면 위의 시는 그것을 잘 뒷받침해준다. "땅에 쓰는 하늘의 시가 하늘나라 사랑이게/ 하늘에 쓰는 땅의 시가 땅의 나라 사랑이게" 기구하는 시인이 해의 넋과 별의 넋과 땅의 넋을 불러내어 땅 끝에서 하늘까지 자라도록 한 것은 "사랑"일 것이다. 그리고 어김없이 이 시에도 혜산 시의 상징 미학의 핵심체인 '불'[183]이 나타나고 있다. 특히 이 시에서 '불'은 생명의 활력을 불어넣는 에너지를 상징하며 '파랑새'의 이미지로 재현된다.

<빛살 속의 너>는 하늘의 별을 불러 내린 시인이 "너"와 "나"의 만남의 신비로움과 괴로움과 기쁨을 말[184]하고 있다. 신비로움과 기쁨이 "이 세상과 지 세상이 하나" 되게 하는 것이라면 그것은 "죽고 싶은 허무"의 괴로움을 견디고 극복하는 과정을 거친 후이며, 또한 다음의 시에서 나타나는 바와 같이 "악의 섶을 불사"른 후에 도달되는 경지일 것이다.

나 여기에 있나이다 주여.
바람에 불리우는 밤의 이 작은 촛불

183) 유시욱,「불의 생명 미학」, 박두진시집『빙벽을 깬다』해설(서울:신원문화사, 1990), p. 203.

184) 이상섭, 앞의 책, p. 251.

혼자서도 이 한밤 서서 타기 어려운
너무 짙은 어둠을 물러가게 하소서.

나 여기에 있나이다 주여.
파도에 덮치우는 밤의 이 작은 쪽배
혼자서는 이 풍랑 헤쳐가기 어려운
너무 미친 이 파도를 잔잔하게 하소서.

불길이게 하소서. 차라리,
지직지직 타는 불길 밤을 불질러
저 덧쌓이는 악의 섶을 불사르게 하소서.
어둠이란 어둠을 다 불사르게 하소서.

파도이게 하소서. 차라리,
가라앉아 햇볕에 일렁이다가도
일어서서 허옇게 밀고가는 노도
일체 악을 말살하는 노도이게 하소서.

<나 여기에 있나이다 주여>

'혼자서'라는 시어는 외로움과 아울러 홀로 있음의 가장 순수한 모습을 나타내고 있다. '촛불'은 스스로를 소멸함으로써 주위를 밝혀 주는 희생 또는 개별화된 생명을 상징한다. 그러나 이 개별화된 생명은 혼자 한 밤 타기 어려운 상황에 직면해 있다. 하나의 촛불로는 "너무 짙은 어둠"을 감당하기 어려운 것이다. 이러한 인간적인 아픔과 절망의 극한 상황에서 의지하는 기도의 형식으로 이 시는 이루어졌다. 기도는 자신에 의지하기보다 절대자의 뜻을 구하는 데 비중이 크다. 불길 →파도 →노도로 진행되는 자기 존재확인과 갈구는 혜산이 가진 생의 외경 정신을 생동감있게 표현하고 있다.

박두진의 시가 지니는 불굴의 생명력은 작품 <해> 이후 후기시에까지 이르도록 그의 신앙과 더불어 면면히 이어지고 있다. 그것은 시인의 신념 즉 "생명의지", 또는 범우주적, 범자연적인 생명의지라는 의미로 제기되고 있기도 하다. 인간의 문제와 우주의 문제가 서로 치환될 수 있는 이유는 그의 생에 대한 외경의 정신 때문이다. 그는 인간의 고귀함 가운데 가장 근본이 되는 것이 생명 그 자체라고 보았다. 비록 그 생명이 추하고 죄스럽다 하더라도 단지 살아 있다는 사실 하나 때문에라도 그 무엇과도 바꿀 수 없는 존귀성을 지닌 것이다.[185] 그래서 "바람에 불리우는" "작은 촛불" 같이 미미하고 위태로운 생명일수록 그가 지닌 생명에의 외경은 더욱 진지하다. 박두진의 시가 인간의 절망과 추악한 면을 거침없이 토로하고 있으면서도 쉽게 절망에 빠지지 않는 것도 이와 맥락을 같이 한다. 그리고 그에게는 처음부터 마지막까지 함께 하는 구원의 믿음이 있는 것이다.

이상하다.

왜 나는
이제껏
당신이 내게서
멀리에만 계시다고
생각했을까.

올려다 볼 수도 없이
높은
하늘의
하늘나라에만 계시다고 생각했을까.
(중략)

---

185) 오세영, 앞의 책, p. 288.

이제야
그 뜻을
겨우겨우 아네.

하느님과 나 사이

한치 한푼
일분 일초.

머나 먼
높고 높음
있을 수가 없는
바로
내 안에 당신이
당신 안에
내가 있어,

내가 바로 당신,
당신이 바로 나인, 한몸,

<성내재>에서

'죄지은 자 다 내게로 오라'는 성서의 구절은 죄지은 자의 사함을 전제로 한다. 죄를 통한 시련은 구원으로 해소된다.

박두진의 <성내재>는 새삼스러운 체험으로부터 하나님이 내 안에 있음을 깨닫는다. "멀리에만 계시다고" 생각했던, "하늘나라에만 계시다고" 믿었던 구원의 신이 "내 안에 당신이" 있음을 깨닫는 "내가 바로 당신/ 당신이 바로 나"로 "한몸"이 되기까지, 신은 감히 손닿아 잡을 수 없는 곳에 있었다. 그 먼 곳에 계심을 느끼면서, 비로소 신은 가장 가까운 곳, 더구나 내 몸에 존재함을 체험하는 것이다.

고통을 견딤과 극복의 의지로 승화시키고자 하는 시인에게는 늘상 자신 속에 존재하는 신마저도 '부재'를 깨닫는 고통을 통해 확실한 존재를 확인해야만 값진 것이다. 그러기에 그는 인간 속에 존재하는 모든 악을 부정하지 않는다. 그 악은 반드시 구원받으리라는 확신이 있기 때문이다.

그것은 일어나리
배암은 배암끼리
늑대는 늑대끼리
악어는 악어끼리
독수리는 독수리끼리
날개는 날개끼리

(중략)

절망의 노래로 희망의 노래로
무릎꿇음으로 일어나리.
눈물의 노래로 일어나리.
허공의 노래로
축제의 노래로
영원의 노래로 일어나리.
절망에서 뜨거움
밝음에서 눈 멀음
어둠에서 밝음
질서에서 무질서에서
무에서 유에서
사랑과 미움
불멸과 멸
(중략)

무간 지옥 죽음과

무한 영원 살음
일체 유의 무의 그 핵에서
새빛불 펄펄
일어나리.

<예레미야의 노래>

박두진 시를 특징 짓는 요소 가운데 하나가 선악의 이원적인 가치대립이라고 볼 때 그것은 선악의 대립이며, 성(聖)과 속(俗)의 대립이다.[186] 그러나 그의 시에서는 이 대립이 대립으로 그치는 것이 아니라 "절망에서 뜨거움", "어둠에서 밝음" 등 대립의 극복으로 나타나고, "무에서 유"가, 악은 선으로 실현이 되기에 의미를 가진다. 그것은 또한 약육강식이 없는 지상낙원의 도래를 염원하는 것이며, 원시적인 평화에 대한 믿음[187]을 보여주기에 박두진의 신앙시가 개인주의적 신앙시 차원을 넘어서는 의미를 확보하게 되는 것이다

혜산은 지금 존재하는 모든 것들이 본래의 신이 창조해 놓은 모습이 아니라고 인식한다. 일체의 인위적인 것들이 본래의 모습으로 되돌아 갈 때, 자연의 모든 생명이 비로소 제 빛을 발하게 되고, 인간의 근원적인 모습과 하나의 공동적 운명체를 가질 수 있다고 보는 것이다. 그러나 지상에서의 삶은 분열과 고통, 악의 혼돈 속에 진정한 가치를 상실하였다. 이러한 진정한 가치의 부재 안에서 혜산은 견딤과 극복, 그리고 구원에의 기도가 절실함을 인식하고, 마지막 구원의 줄인 신께로 다가선다.

혜산은 '생명에의 외경' 정신을 바탕으로 하여 기독교 사상이 짙은 그만의 독특한 종교시를 썼던 것이다. 이러한 종교시에 응축되어 있는 것은 자연에

186) 박춘덕,「한국 기독교시에 있어서 삶과 신앙의 상관성 연구」, 부산대학교 박사학위 논문, 1993, p. 96.

187) 김윤식 · 김현, 앞의 책, p. 268.

의 친화와 생명이 있는 모든 것에의 외경에 대한 간절한 기원이 담겨 있음을 간과해서는 안될 것이다.

2. 지고한 구원의 형상

혜산의 시의식과 신과의 만남은 그의 후기 시집인『사도행전』이나『예레미야의 노래』,『포옹무한』에 이르러서야 나타난 것은 분명 아니다. 그에게 있어 신앙은 그의 초기시에서부터 근저에 도도히 흐르는 정신이었다. 그러나 그가『포옹무한』에서 밝혔다시피 "자신의 정신적 내면의 자전적 편력과 방황을 신과의 관계에서 고백적으로 써보려"[188] 했었다는 고백은 후기에 들어 그의 신앙이 더욱 돈독해졌다고 해석하기보다는 역사의 소용돌이를 거치면서 그에게 절대 절명으로 다가 선 '구원'에의 갈망이 더욱 절실해졌음을 시사해준다. 그는 스스로 교회문을 두드리고 하나님 앞에 나아갔다고 고백하며, 그 자신 언제나 거리낌 없이 기독교인임을 밝혀왔다.

박두진은 시의 본질과 시의 가치, 시의 기능 등 시의 모든 창조행위로서의 주제 설정과 표현이 얼마나 지난한 일인가를 고백했다.

> 말씀이 곧 진리이고, 말씀에 천지가 창조됐다는 말은 말씀 — 언어의 기계적 기능적 의미에서가 아님을 알 수 있다. 신이신 하느님의 전지 전능한 권능에 의한 절대적 원인과 배경, 절대적 사랑과 창조의 의지가 그 본질이며 그 원동력이었음을 이해하지 않으면 안된다.
>
> 시 자체가 지니는 지고한 가치에 비추어 시에 임하는 창조의 자세와 마음가짐이 어떻게 어느만큼 진지 진솔하고 치열해야 할 것인가를

---

188) 박두진,『포옹무한』(서울:범조사, 1981), p. 9.

갈수록 더 알고도 남음이 있다.[189]

혜산은 시에서 진리의 말씀을 찾아내고, 진리의 말씀이 울림이 되어 온 천지를 진동할 때 시인은 그 본분을 다한 것이라고 본다. 그가 초기시에서 후기시에 이르기까지 진지하게 접근했던 것이 하나님의 모습에 가장 가까운 시인이 되고자 했던 것이다. 인간의 언어로써 진리의 말씀에 가장 가까이 접근할 수 있는 것이 시라고 믿었기 때문이다. 그러므로 그는 자연 그 자체도 그저 있는 그대로의 자연으로보다 자기화, 생명화, 관념화하기를 주저 않는다. 그것의 귀결점이 그의 후기시 대부분을 이루고 있는 수석시임은 분명하다. 인간과 신과의 관계에서 살아나는 자연, 자연과 인간과 신과의 만남의 도달점, 그 도달점을 그는 수석에서 찾아낸 것이다. 수석이라는 구체적인 소재를 통하여 그는 창조주의 지극하고 위대한 능력을 찾아내고 있는데, 그의 『수석열전』, 『속·수석열전』, 『수석연가』에 실린 일련의 시들이 그것이다.

"시는 진·선·미의 결정체이며 인간 본성품의 표상을 형상화한다고 볼 때, 혜산은 진선미에 '성을 합한 사위일체'를 다사한 우리말의 내재율을 통해서 표출하고 있다."[190]라는 평가는 그의 후기시, 특히 수석시의 특징을 잘 나타내주는 것이라 하겠다.

수석은 응축된 자연[191]이면서 무한한 보편성을 지닌 인간의 예술품과 대비되는 자연의 예술품[192]이다. 수석시는 지금까지 지속되어 오던 원형 감각(primitivism)과 사회의식이 돌이라는 단일 유형 속에 압축·통일되어 시상의 공간은 팽창되고 확산되었으며,[193] '돌'의 상징은 성서와 밀접하게 관련[194]

---

189) 박두진,「시쓰기와 시」,≪문학사상≫권두칼럼, 1989, 11.

190) 김해성,『한국시론』(서울:진명문화사, 1975), p. 273.

191) 홍신선, 앞의 책, p. 298.

192) 박두진,「수석미·예술미」,≪현대시학≫, 1976, 10, p. 17.

193) 유시욱,「인식과 참여의 실상과 일관성의 의미」,≪현대문학≫, 1987, 11.

되어 있다.

혜산의 수석시에는 지금까지 추구해 온 자연과의 친화, 인간·역사에 대한 원죄의식, 신과의 전일한 만남이 응결·집약되어 있다. 혜산에게 수석은 자연의 정수이면서 초월적인 본체이기 때문에 수석과의 만남은 시적 인식의 절정을 가져온 것이다.

먼 항하사
영겁을 바람부는 별과 별의
흔들림
그 빛이 어려 산드랗게
화석하는 절벽
무너지는 꽃의 사태
별의 사태
눈부신,
아
하도 홀로 어느 날에 심심하시어
하늘 보좌 잠시 떠나
납시었던 자리.
한나절내 당신 홀로
노니시던 자리.

<천태산 상대>

혜산의 수석시는 하나의 기독교인이 되기 위해 끝없이 자기를 선택하여 얻은 그 수확물이다. 그에게 있어서는 수석 하나의 선택은 그의 삶의 선택이고 정신의 선택이며 인간의 선택이기도 하다.[195)]

---

194) 「창세기」2장에는 호마노라는 돌이 최초부터 창조되어 있었고, 돌판에 새겨진 십계명, 골리앗이 던진 자갈돌 등 돌은 성경에서 진리, 정의의 상징으로 나타나 있다.
195) 신대철,「인간과 무한한계」,『박두진전집』④(서울:범조사, 1984), p. 258.

그는 수석을 통해서 인간의 모습을 본다. 또한 자연의 세계와 신의 세계가 합일되어 있음을 발견한다. "자연이면서 예술품, 인간이 자연을 가지고 창조한 그 의도와 솜씨보다도 더 미묘하고 경이로운 존재물"196)이 바로 그의 수석이며, "가장 진실한 시의 근원, 그 알맹이, 그 실체로서의 돌의 구체성"197)을 시로 쓰려 했다.

그렇기 때문에 "하늘보좌 잠시 떠나/ 납시었던 자리"에 "인간적인 것을 극복하여 신 앞에 가장 완벽한 인간으로 다가서려는198) 삶"의 자세가 나타나 있다. 또한 가장 완벽한 인간으로 신 앞에 다가선 인간의 모습이, 또는 인간 앞에 선 신의 모습이 너무도 눈부신 모습으로 그려지고 있다. 삶과 기독교가 분리되어 있는 것이 아니라, 인간적인 것까지 철저하게 포옹하는 그의 시정신이 수석시에도 여실하게 보여지고 있는 것이다.

<천태산 상대>는 그의 수석시 가운데에서도 초기시이다. 이 시에서 우리가 주목해야 할 점은 시인이 하나님 자리인 '상대'를 눈여겨보고 있다는 점이다. 수석에서 그가 찾아내려 한 것은 인간적인 것이라기보다 인위적인 세속을 초월한 이상에 대한 추구였다.

그러나 그의 신과의 합일은 유한한 존재로서의 망설임과 서성임 끝에 조심스레 다가서는 내밀한 접근이기도 하다.

어디로 해서 너의 문을 들어갈까.
어떻게 어디로 해서 너의 내부
너의 가장 안의 너의 너
너의 너의 속살을
들여다 볼 수 있을까.

---

196) 박두진,『하늘의 사랑, 땅의 사랑』(서울:문음사, 1979), p. 337.
197) 박두진,「수석미 · 예술미」,≪현대시학≫, 1976. 10, p. 19.
198) 신대철, 앞의 책, p. 259.

네가 정말로 드러내는 너의 사상
네가 정말로 소리내는 너의 음악
네가 정말로 하고 싶은 너의 말을
들어 볼 수 있을까.
밖으로부터도 너의 안은 빛으로 비쳐서 밝힐 수 없고
안으로부터도 너의 빛은 밖으로 비쳐서 밝히지 않은

(중략)

싱싱한 황금의 햇살도 조용히 몸으로
칠칠한 밤의 어둠도 조용히 조용히
몸으로 빨아 들여
낮과 밤 사시장철 영원 혼자 있어
말하지 않고 듣지 않고 보지도 않고 있어
슬프지도 노하지도 기쁘지도 않고 있어
바람에도 파도에도 흔들리지 않고
사랑에도 독주에도 취하지 않는다

<완벽한 산장>에서

나와 너의 관계가 상정되어 있는 것은 혜산 수석시의 특징이다. '당신'이 신을 호칭하는 것이라면, '너'는 인간적인 나, 인간의 삶인 나를 호칭한다. 특히 나와 너의 거리와 관계는 '나'가 주체가 되어 설정된다. 나는 "너의 내부"로 들어갈 수 있다. 내가 설정한 나와 너의 관계이기 때문이다. 그러므로 "너의 속살을/ 들여다 볼 수"있으며 "사상"과 "너의 음악"을 들어볼 수도 있다. 거리 두기는 다가가기 위한 장치이다. 불완전한 삶을 완전한 삶으로 올리려 할 때에도 '거리 두기'는 필요하다.

너를 부르면 그것은 다름 아닌 '나'가 되고 모든 시는 다 너를 부르고 갈망하는 만남의 욕구이다. 모든 너는 나 자신 혹은 나 자신 속에서 내가 찾을 때 진정한 시적 분신을 찾는 것이다. 모든 시는 너와 내가 부르고 찾는

만남이며, 내가 생각하고 갈망하는 유일한 것을 찾고 만나는 것이다.[199]

내가 땅의 일에 마음을 쓸 때
너는 하늘의 일을 생각하고,

내가 하늘의 일을 생각할 때
너는 땅의 일에 골몰한다.

내 손이 겨우겨우 닿지 않을 만큼
언제나 단정하게 거리를 재어 갖는,

내가 가장 인간이고자 할 때
가장 나는 네 앞에 초라하다.

너는 언제나 반쯤만 눈을 뜨고
반쯤만 내 앞에 가슴 열어,

아주 영원히는 잊어버릴 수 없는 강의 언덕
그 바닷가 그 하늘의 별밭에 자유로 피어 서서,

내가 빠지는 감정의 푸른 늪
내가 오르는 사상의 정상을 조용히 지켜본다.

너는 언제나 황홀로 거기 섰고
나는 언제나 네 앞에 비애로 홀로 있다.

<정>

'나'와 '너'의 분리는 수직적인 관계이다. "언제나 단정하게 거리를 재어

---

199) 박두진,『현대시의 이해와 체험』(서울:일조각, 1995), pp. 170~171.

갖는" 너와 나 사이의 분리된 관계는 "내가 가장 인간이고자 할 때"에 그래서 "가장 나는 네 앞에 초라"할 수밖에 없다. 여기에서 나와 너는 시인과 수석과의 관계이면서, 인간적인 나와 내 속의 진정한 나이다. 또한 지상의 너는 천상의 너로 치환될 수 있으며, 나와 너는 가장 완벽한 의미의 시적 갈망으로서의 대상 그것 자체가 된다.[200] 나와 너의 관계가 시인과 수석과의 관계라는 점에서 볼 때 "너는 언제나 황홀로 거기" 서 있다면 "나는 언제나 네 앞에 비애로 홀로 섰"음을 되짚어 볼 필요가 있다.

혜산은 「수석미 · 예술미」에서 "정선된 한 개의 수석이 범자연의 속성을 완전 무결하게 닮고 있는 데 비해 인간은 하느님의 속성을 완전무결하게 닮고 있지 못하다"고 말하고 있다. 이러한 인간 한계의 깨달음이 내가 '비애' 일 때 너는 '황홀'로 서 있고 너와 나의 거리를 수직적이면서 일정한 미적 거리를 갖게 한 것이다.

그러나 <정>에서 보여준 수직적 거리 두기는 인간한계의 단순한 깨달음과 한계상황을 인식하기 위한 장치는 아니다. 그것은 오히려 나와 수석과의 관계를 통해 정신의 합일을 추구하기 위한 자세로 보여진다.

비로소 하늘로 타고 올라갈 수 있는 사다리.
죽음의 바닥으로 딛고 내려갈 수 있는 사다리.
빛이 그 가시 끝 뜨거운 정점들에 피로 솟고
비로소 음미하는 아름다운 고독
별들이 뿌려주는 눈부신 축복과
향기로이 끈적이는 패배의 확증 속에
눌러라 눌러라 가중하는 이 황홀
이제는 미련없이 손을 들 수 있다.
누구도 다시는 기대하지 않게

200) 위의 책, p. 170.

혼자서도 이제는 개선할 수 있다.

<가시면류관>

유한 존재자인 '나'는 무한 존재자와의 합일을 도모한다. 그것은 혜산의 시 여러 부분에서 나타나고 있는 바처럼 고난을 통하지 않고는 도달되지 않는 세계다. 절대자와의 만남은 "하늘로 타고 올라갈 수 있는 사다리"의 상승적 이미지와 "죽음의 바닥으로 딛고 내려갈 수 있는 사다리"라는 하강적 이미지 속에 동시에 이루어지는 것임을 시적 화자는 깨닫는다. 나와 너, 혹은 당신과의 만남은 가시면류관을 쓰고 "피로 솟"는 고행의 역사가 예정되어 있으며, 그것은 또 다른 차원에서 "눈부신 축복"을 의미한다.

그에게 있어 인간이라는 한계의 높낮이는 바로 이러한 대립 개념에서 비롯된다. 그에겐 '영원을 주격으로 한 현재'의 삶일지라도 육체와 직접 결부되어 있는 감각이나 감정적인 삶은 정신적인 삶에 비해 한 단계 낮은 삶이고 정신적인 삶일지라도 인간의 삶인 한 신 앞에서는 인간의 한계를 다 드러내는 삶이다. 이러한 그의 삶의 단계는 그로 하여금 인간으로서 완벽한 삶을 추구하게 한다.[201] 완벽한 삶의 추구에는 "가시"로 인한 "피"가 예견될 수 있으며, 바위를 지고 오르는 시지프스처럼 끝없는 고통이 노정되고 있음을 표현하였다. 이러한 고통은 무한 존재자와의 합일을 위한 것이고 인간 구원은 이로써 도달될 수 있다.

누구가 저기를 올라갈까
꿈으로 쌓아올린 하늘 닿는 저 꼭지
터지면 샘물솟을 융기의 저 내밀
누구가 저기를 올라갈까

---

201) 신대철,「박두진의 수석시의 근원과 인간의 한계」,『어문학』제1집 (서울:국민대학교 출판부, 1982), p. 145.

손 씻고 발 씻고 넋을 마저 씻고서도
그대 아니 가슴 열면 기웃조차 할 수 없는
정해라 펄펄 오는 꽃의 사태 그 너머
희디하얀 저 봉오리를 누구가 올라갈까

<유방>

어떻게 너에게 닿을까
가슴이어.

천만년 또는
천만리 멀고 멀은
계곡을 불어치는 윙윙한 하늘바람,

한 떼 씩의 바다가 일어서려다 주저앉고
치달리며 피흐르는 산맥들의 발목
지금은 적막한
절름대는 광야의 상한 짐승이어.

너에의 달디달은
유혹은 꿈의 늪
체념은 느린 죽음
육신은 마른 흙
바다보다 더 설레는 안의 바람 속
춤추는 이 회오리 마음어지러움이어.

그 죽어도 다시 살을
오직 하나 불씨
서로 보며 불 튀는 눈과 눈의 영원
포옹이 그 육신으로 영으로
푸득거릴,
어떻게 너에게 닿을까

사랑이어

<너의 융기>

<유방>과 <너의 융기>는 인간 육체의 일부를 대유함으로써 초인간적인 미적 진실을 다룬 작품이다. 인간의 신체 구조 중 가장 따뜻함을 갖추고 있는 부분을 환기시키면서 인간이 궁극적으로 가진 지고지순한 순결과 꿈을 노래하고 있다.[202)]

위의 시를 제목 없이 시의 내용만 읽을 경우에는 모두 일상성이 배제되어 있고 신성한 세계에의 근접을 노래하고 있는 것처럼 보이나, 시적 표제 제시로 말미암아 초월세계의 통로를 인간으로서 접근할 수 있는 세계로 그림으로써 휴머니즘을 성취하고 있다. 이 차이는 소재에서 온 것인데, 수석이 갖고 있는 특징적인 요소들을 효과적으로 살려 유방을 산으로 비유하고 있으며, 이런 비유는 수석이 지니고 있는 독특한 질감과 거기에서 비롯된 자연미가 아니면 얻기 어려운 것이며, 수석이 아니고서는 시의 소재로도 다루어지기 어려운 것이다.[203)] 봉우리라는 같은 소재에서 혜산은 인간으로서 접근할 수 있는 세계를 추구하기도 하고, 접근 불가능의 신성한 세계를 다루기도 한다.

어떻게 저기에 발디딜까
혼자서 이고 있는 이마 위 저 만년설
아무도 속되이는 가까이함을 거부하는
희디하얀 하늘 우러름 하늘에의 무릎꿇음
달빛도 손대려다 절로 섬짓 물러서고
별들도 내려앉다 먼 멀리로 되돌아가고

<만년설 원산>에서

---

202) 박두진의 1993년 5월 26일 강의 노트에서.

203) 신대철, 앞의 논문, p. 147.

신발이 다 닳고
발바닥이 피흘려도 올라갈 수 없어라.

정강이로 오르고
무릎으로 오르고
가슴과 턱
이마로 올라가도 다다를 수 없어라.

눈으로 볼 수 있는 하늘의 하늘 끝
마음으로 닿을 수 있는
마음의 마음 끝
어떻게도 이대로는
바라볼 수 없는,

그 음성 아득하게
내리시올 자비
커다랗게 허릴 굽혀
안아올려 주실
그 정상 이마직서 홀로 울어라.

<지성산>

<유방>과 <너의 융기>가 봉우리라는 같은 소재를 택하면서도 인간이 도달할 수 있는 봉우리라고 한다면, <지성산>과 <만년설 원산>은 인간이 범접할 수 없는 봉우리이다.[204] 혜산은 수석에서 인간의 모습을 보고, 신께로 다가가기 위한 사다리를 찾아내기도 한다. 또한 범접할 수 없는 신성성에 압도되기도 하며, "발바닥이 피흘려도 올라갈 수 없"음을 절망하기도 한다. 속된 것을 "가까이함을 거부하는" 신께, 세속의 삶을 살아가는 인간이 느껴

204) 박두진의 1993년 5월 26일 강의 노트에서.

야 하는 한계인 것이다. 그러나 그는 견딤과 극복에서 희망의 구원이 약속된다고 보았고, 인간 한계의 극복도 한계를 느끼는 것에서 시작된다고 보고 있다. 물론 그 한계는 "다다를 수 없"기에 더욱 절망스럽지만, 혜산은 피흘려 다다르고자 하는 인간에게 신이라는 무한 절대자는 "커다랗게 허릴 굽혀 안아 올려 주실" "자비"를 베풀 것이라는 확신에 차 있다.

수석에서의 '만남과 인식'의 문제는 수석의 '발견'에서부터 '교감' 그리고 '의미 부여'까지로 확대된다. 그것은 '창조의 파악'으로 확대되며, '수석'은 대상 자체에서부터 우주의 역할까지 담당한다. 천지창조의 신비적 조화와 우주 생성의 엄숙한 갈망이 수석에 담겨져 있다. 수석은 궁극적으로 천지창조에 연결된 종교적 숭고미로 부양된다. 하나의 존재를 향하여 접근하는 그지없는 경건함과 고답적인 의식이 주축이 되며, 순정무구한 자연의 원리와 내밀한 형이상적 투시력이 있어 질서의 재창조도 그 안에 있다.[205] 그 질서의 진의는 무한한 꿈으로 확대되며, 수석이야말로 가장 신을 닮은 형상을 하고 있다. 혜산은 그들로부터 무한한 무질서와 질서를 찾는다. 무질서는 질서를 위한 것이다. 질서는 신께 좀더 다가서려는 정돈된 순간이다. 그러므로 인간한계의 절망 앞에서도 "자비"를 확신할 수 있는 것이다.

돌과 돌들이 굴러가다가 나를 두들기고,
모래와 모래가 쓸려가다가 나를 두들기고,
물결과 물결이 굽이쳐가다가 나를 두들기고,

너무도 기나긴 억겁의 세월,
햇살과 햇살이 나를 두들기고,
달빛이 나를 두들기고,
깜깜한 밤들이 나를 두들기고,

---

205) 하현식,『한국시인론』(서울:백산출판사, 1990), p. 108.

별빛과 별빛이 나를 두들기고,

(중략)

그, 분노가 나를 두들기고,
회의와 불안,
고독이 나를 두들기고,
절망이 나를 두들기고,

아니, 사랑이 나를 두들기고,
끝없는 뉘우침
끝없는 기다림
갈망이 나를 두들기고,

양심과 정의, 지성이 나를 두들기고,
진리와 평화
자유가 나를 두들기고,
겨레가 나를 두들기고,

끝없는 아름다움
예술이 나를 두들기고,

나사렛 예수
주 그리스도와 하나님,
말씀이 나를 두들기고.

<자화상>

혜산은 수석에서 자연이면서 예술품인 존재, 인간이 자연을 가지고 창조한 그 의도와 솜씨보다도 더 미묘하고 경이로운 존재물을 발견했다. 수석을 통해 자연과 예술을, 인간과 자연과 신의 합일을 도모했던 그가 <자화상>

에서는 수석이 곧 '나' 자신과 동일한 것임을 밝혀낸다.

수석과의 진정한 인격적인 만남은 그것이 형성되기까지의 고난과 극복의 과정을 이해하고 체험하기 전에는 완전하다고 볼 수 없다. 그래서 그는 '돌'이 되어 체험하며, 돌과 나는 간격없이 일체가 된다. 돌이 나를 "두들기"는 건 내면의 형성과정을 위한 단련이며, "햇살"과 "달빛", "별빛"이 나를 "두들기"는 건 자연에 의한 단련이며, "양심과 정의"가 나를 두들기는 건 모순의 현실을 직시하라는 내면의 양심으로 인한 진정한 자기 단련이다. "하느님"과 "말씀"이 나를 "두들기"는 건 신앙에 의한 진정한 형성물로 완성되어감을 표현한다. <자화상>은 박두진의 수석시가 '자연과 인간 그리고 신이 합일화된 세계의 경지'라는 정의에 가장 근접해 있는 작품이다.

'나'와 '너', '당신'이 하나가 되어 있는 돌 그 자체가 수석이며, 수석은 그대로 선택된 순간 한 편의 시가 된 것이다. 수많은 단련의 과정을 통하여 비로소 혜산에게 의미로 발견되는 수석의 모습과, 온갖 모순과 고통과 절망이라는 단련을 통하여 신 앞에 가까이 다가가려는 혜산 자신의 모습이 어떤 것이 우위에 있다고 할 수 없을 만큼 동질화되어 있다. 그렇게 온몸으로 체험한 후 수석에서 그가 발견해 내는 것은 상징이자 계시요, 발견이다.

바람이 불고
아무도 없고
엷은 겨울 볕 얼어붙고,

진종일 혼자서 헤매고,
홍얼홍얼 가다 말다
마음 못 잡는,
어떻게 그렇게
내 앞에 계셨어요.

깜짝 놀라 당황해서
안아올리면서
말끔하게 걷히는
가슴 속의 안개.

알 수 없는 뜨건 눈물
왈칵 쏟아지고,
그 자리서 넋을 잃고
주저앉았지요.

여울소리 이따끔씩 얼음 꺼지는 소리,
속의 상처 가슴 안고
방황하던 벌판에,

마리아, 마리아,
어떻게 그때 내게
그렇게 오셨어요.

<마리아상>

"어떻게"는 자기 자신을 주체할 수 없을 때 수석시에서 자주 쓰는 그의 관용어이다.[206] 자연이면서도 예술품이고 자연의 정수이자 핵심[207]이며, 신의 조화 능력이 최대로 실현된 구체적인 작품이 수석이라면, 혜산은 수석에서 그가 만나고자 하는 대상을 최대로 만나고 있다. 그 만남의 과정은 수많은 단련의 과정을 거치면서 진행된다. "속의 상처 가슴 안고/ 방황하던 벌판에" 서 있을 때 구원의 신은 그에게 다가 온다. 수석이라는 자연의 이법과 인간의 대립, 기원의 총체적인 모습으로 현현한 것이 수석이며, 수석과 혜산은 '수석

206) 신대철, 앞의 책, p. 148.
207) 박두진,『박두진전집』④ (서울:범조사, 1984), p. 15.

시'라는 한 지점에서 만나고 있다. 작은 한 개의 돌이면서도 돌로 그치지 않는 작은 돌이 갖는 의미의 크기와 깊이, 상징과 계시의 힘이야말로 가장 기초적인 힘이라고 믿는 그에게 '마리아의 왕림'은 아주 자연스러운 일이다.

수석시 가운데 현실 비판 의식이 가장 극명하게 드러난 작품은 <가을 절벽>으로 세상에 존재하는 수많은 선과 악의 공존을 본다.

저,
절벽이 절벽에 매달려 있다.
절벽이 절벽 위에
절벽이 절벽 아래 매달려 있다.

절벽이 절벽 옆
절벽이 절벽 뒤
절벽이 절벽끼리 매달려 있다.

절벽이 절벽을 딛고 서고
절벽이 절벽을 이고 서고
절벽이 절벽에 등을 대고 있다.

절벽이 절벽에게서
절벽이 절벽을
나고 나고 또 나고 나고
낳고 낳고
또 낳고 낳고,

우주 공간 아득 층층 절벽이 절벽에
매달려 있다.
어디에나 까맣게
절벽에 절벽이 매달려 있다.

절벽은 새파란 하늘빛
절벽은 푸른 달빛
얼음빛,
절벽은 노을빛
주황빛
절망빛
무지개빛 오로라빛
땅거미빛
핏빛,

(중략)

절벽에는 꿈
절벽에는 무망
절벽에는 고독
절벽에는 그 눈물,

절벽에는
카인
절벽에는 아벨이 매달려 있다.

절벽에는 욥
절벽에는 예레미야가 매달려 있다.
절벽에는
소크라테스
공자
싣달다
노자, 장자
맹자
코페르니쿠스
아인시타인이 매달려 있다.

절벽에는
예수 그리스도가 매달려 있다.

성모 마리아와
열 두 사도
바울 사도 울음소리 매달려 있다.

떨어지지 않게 힘껏
피 철철 손에 흘리며
기어오르며 기어오르며 매달려 있다.

(중략)

아니 저 절벽
절벽에는 또
사탄의 아들
지옥의 아들
독재자 학살자 전쟁광
그 원흉 졸개들이 매달려 있다.

(중략)

절벽에는,

절벽이 절망에
절망이 절벽에
파랗게 파랗게 매달려 있다.

<가을 절벽>

"절벽이 절벽에 매달려 있"는 것은 절망이 절망 끝에 매달려 있다는 것이

고, 비극적인 상황의 극대화를 보여주고 있는 것이다. "절벽이 절벽 위에" 매달려 있는 것은 극복될 수 있는 한계의 깨달음이고, "절벽이 절벽 아래 매달려 있"는 것은 극복될 수 없는 한계의 인식이면서 동시에 더 이상 절망할 것이 없는 구원의 상태일 수도 있다.

절벽에는 "카인"과 "아벨"이 공존하고 있으며, "예수 그리스도"와 "사탄의 아들"이 함께 매달려 있다. 절벽에 매달려 있는 것은 "고독"과 "눈물"뿐 아니라 이 세상에 존재하는 모든 선과 악이다. 그러나 이러한 모든 존재는 "떨어지지 않게 힘껏/ 피 철철 손에 흘리며/ 기어오르며 기어오르며 매달려 있다." 선한 것은 선한 것대로의 존재 가치가 있으며, 악한 것은 악한 나름의 존재 이유가 있음을 혜산의 시에서 다시 보게 되는 것이다. "파랗게 파랗게 매달려 있"는 절망은 한계를 깨닫는 인간에게 베풀어주는 절대구원이라는 희망의 색채일 수 있다. 그의 부정정신은 궁극적으로 절대 긍정으로 나아가는 단초이며, 혜산은 일체의 구원을 수석에서 발견, 수석시로 승화시킨 것이다.

모든 사물은 우리가 그것을 향해 갈 때 제 존재를 드러낸다. 사물이 우리의 일상 속에 놓여 있더라도 관심을 갖지 않을 때 사물은 자연의 일부 혹은 인간의 일부가 되어 있지만, 그 사물에 다가서는 즉시 우리는 한 사물이 경이롭게도 근원적인 세계를 집약하고 있는 것을 보게 된다. 박두진은 그 세계를 정선된 한 개의 수석에서 본다. '본다'는 말은 희랍어 Theoria에서 나온 말로서 원래는 자기를 버리고 신을 보는 것, 신과 하나가 되는 것을 뜻하는 종교적인 기원을 가진 말이다. 신은 다르지만 사도인 그가 수석과의 첫 만남을 순수 영원한 환희라고 하고 수석을 통해서 신의 조화능력을 보는 것은 자연스러운 일이다.[208)]

또한 정선된 한 개의 수석이 범자연의 속성을 완전무결하게 닮고 있는 것을 발견하는 일은 다음의 시에서도 살필 수 있다.

---

208) 신대철,「인간과 무한한계」,『박두진전집』④(서울:범조사, 1984), pp. 280~286.

물이 단겨갔을 뿐, 가끔씩 바람이 단겨갔을 뿐, 햇살이 단겨갔을 뿐, 아무도 너를 만든 사람이 없다. 어둠이, 하늘의 대웅성좌가, 걷혀가는 아침 안개가, 혹은 보슬비, 혹은 소낙비, 펑펑 쏟는 함박눈이 단겨갔을 뿐, 아무도 너를 만든 사람이 없다. 지나가는 말방울소리, 먼 개짖는 소리, 새벽 닭 우는 소리, 난리 때 난리꾼소리, 도둑들의 도둑발자국소리 단겨갔을 뿐, 아무도 너를 만든 사람이 없다. 그 기나긴 세월이 바람에 섞여서, 바람이 그 세월에 섞여서, 춘하추동 꽃 떨어지는 잎 떨어지는 소리, 춘하추동 쫓기는 소리 쫓는 소리, 죽이는 소리 죽는 소리, 빼앗는 소리 빼앗기는 소리, 우는 소리 울리는 소리 단겨갔을 뿐, 아무도 너를 만든 사람이 없다. 물에 나무그림자 구름그림자, 꽃그림자, 달그림자, 별그림자, 해그림자 단겨갔을 뿐, 아무도 너를 만든 사람이 없다. 쓸쓸하게 물가에, 그러나 모나지 않게 물가에, 그러나 짙은 쑥빛으로 조용하게, 외롭게, 맑디맑게 잠겨 있는, 지금 내가 너를 집는다. 물기 젖은 너, 날씨 맑고 하늘 고운, 그 너무너무 오랜 옛날, 그 너무너무 오랜 미래, 덥석 너를 손에 집어 가슴 안는다.

<청자상감화훼문 도판>

수석이 형성되기까지의 신비성을 열거와 반복에 의해 강조하고 있는 이 시는 일개 수석으로서 의미뿐 아니라 천지창조의 신비, 우주생성의 원리까지 포함하고 있다. 그러므로 하나의 존재로 탄생된 '수석'은 그 자체로 우주이며, 자연이며 인간사와 신성사까지 조화롭게 펼쳐 보이고 있다. 혜산이 수석을 통해 완벽하고도 재창조된 자연을 발견하는 것은 예정된 결과이다.

엄선된 수석 이전, 선별할 때 혜산은 돌을 보는 것이 아니라 의미를 보고 있으며, 자연의 어떤 의미, 시대의 어떤 의미, 현실의 어떤 의미, 혹은 그런 것이 모두 얽혀 한 덩어리가 된 생명의 어떤 의미를 본다.[209]

---

209) 전봉건,「돌밭의 박두진 그 메모」, 김해성 편,『한국시인론』(서울:백산출판사, 1990), p. 107.

『수석열전』 등 연작시집에서 자연사와 인간사, 그리고 신성사가 자연스럽게 화해되고 합치됨으로써 그의 시는 정점으로 향해 나아가게 되었다. 그의 수석시는 '수석'이라고 하는 돌의 형상 속에서 인간사와 자연사, 그리고 신성사의 모든 모습을 함께 투시하고 통합해 낼 수 있게 됨으로써 인생과 예술, 예술과 종교가 마침내 행복한 화해를 이룩하게 된 것이다.[210]

---

210) 김재홍,「가시면류관, 또는 거듭나기」,『가시면류관』(서울:종로서적, 1988), p. 145.

제6장

결 론

1939년 ≪문장≫지를 통해 등단한 이래 지금까지 근 60여년 동안 지속적인 시작활동을 해 온 혜산 박두진은 조지훈, 박목월과 함께 '청록파'로 지칭되면서 우리 현대 시문학사에 매우 중요한 위치를 차지하고 있다. 따라서 많은 평론가들이 그의 시세계에 대해 언급하였으며, 각 대학에서 많은 연구 대상이 되기도 하였다.

그러나 부분적이고 단편적인 연구에 머문 정도라 할 수 있겠다. 60여 년이라는 활동기간과 1,000여 편이라는 작품 양을 미루어 볼 때 그에 대한 총체적인 연구는 이제 본격적으로 이루어져야 할 시기에 이르렀다.

이 연구에서는 그의 시에 대해 지금까지 있어 왔던 연구 성과를 토대로 종교적 인식이 어떻게 예술적 형상성을 매개로 체계화되었고, 아울러 혜산이 추구한 인간과 삶에 대한 구체적 현실 인식이 이루어졌는지를 살펴보기 위해, 먼저 기독교정신이 그 시세계의 기저에 자리하게 되는 배경을 살펴보면서, 그의 자연에 대한 시세계를 시기별로 나누어 고찰해 보았다.

이 작업을 위해 먼저 제Ⅱ장에서 박두진의 시적 체험의 기저가 되는 그의 생애를 살펴보았다. 고향 고장치기의 환경이 그에게 준 자연과 시인과의 친화, 그리고 일제라는 잔혹한 식민체제 아래에서 종교적 의지를 통해 현실을 극복하고자 했던 시인의 시세계를 살폈다. 또 6·25와 4·19라는 민족의 분열과 정치적 위기 상황 아래에서 보여준 시인의 고뇌, 그리고 수석을 통해 신과의 합일을 도모한 시적 편력을 살폈다.

그의 시적 변모는 모두 세 시기로 나누어 볼 수 있다. 먼저 등단하면서부터 해방 후까지를 초기로, 또 6·25의 민족상잔의 비극과 4·19혁명기를 거치면서 유신시절까지를 중기로, 그 이후를 후기로 나눌 수 있다. 그러나, 이러한 시적 변모에도 불구하고 그의 시의 세계는 자연— 인간— 신의 세계에 대한 끊임없는 탐구로 발전적 형태를 띠며 하나의 귀결을 향하고 있다.

그의 시적 변화의 특징을 시기별로 구분하는 것은 한국문학사의 서술을 위해 이미 많은 연구자들이 10년 정도의 기간을 주기로 어떤 뚜렷한 변화가 있어 왔다는 견해를 제시한 바 있으며, 혜산 자신도 시작업 당시 이미 설계되어 있던 초기에는 '자연', 중기에는 '인간', 후기에는 '신'의 3단계에 의해 시 작업을 계속해 왔다고 고백한 바도 있다. 이 또한 시인의 논지에 너무 따른 것은 아닌가 우려할 수 있다. 그러나 혜산의 작품을 전체적으로 살펴볼 때, 그의 시적 변모는 자연, 인간, 신의 3단계를 거치고 있음을 확연히 알 수 있다.

그래서 이 연구에서는 제Ⅲ장에서 초기시를 중심으로, 제Ⅳ장에서 중기시, 제Ⅴ장에서 후기시를 중심으로 하여 그의 시적 변모를 살펴보았다.

초기는 자연과의 친화시기로, 자연을 소재로 하여 자연이 가진 원래적이고 근원적인, 그리고 그 속에 가진 힘을 노래하고 있다. 앞의 논의에서 살폈듯이 어두운 시기에 시인들이 취할 수 있었던 통로들 가운데서 박두진은 자연을 그 분출구로 하고 있는 것이다. 그러나 중요한 것은 그의 시 작품 속에 단순히 일제치하에서 고통받은 민족의 수난상을 그려낸 것이 아니라 힘과 미래에 대한 밝은 전망이 담겨져 있다는 사실이다. 그는 일제의 잔혹성이 최고조에 달했던 어둠 속에서 "해야 솟아라"라고 절규하며 밝음에의 의지를 담고 시단에 등장하였다. 해방 이후 발표된 공동시집 『청록집』과 시집 『해』에 수록된 작품들은 구원으로서의 자연과 어두운 시대를 밝혀 줄 자연을 그 대상으로 하고 있다. 이러한 초기시에 수록된 시는 대개가 동・식물의 이미지가 자주 등장하여 선・악의 대립을 분명히 보여주며 나아가 모두 화해롭게 공존하는 이상향을 제시하고 있다. 이는 일제라는 시대적 상황과 그것에 대한 시적 대응이 자연과 친화된 모습으로 나타났다고 볼 수 있다.

혜산과 자연과의 특별한 관계는 그의 유년시절을 보냈던 고향 안성의 고장치기와 깊은 관련을 맺고 있다. 자연은 인간의 의식 속에 정체성을 불어

넣어 준다. 자연을 배경으로 하여 시인은 자신의 인생관과 사상을 내용으로 한 창작을 하게 되는 것이다. 이 시기에 혜산은 '해'와 '산'이라는 상징물을 통해 이상적인 환희의 세계를 추구한다. 특히 혜산은 자연을 만들어낸 창조주에 대한 경외감을 보여줌으로써, 실재적인 자연이 아닌 관념적이고 도덕적인 자연을 추구했는데, 그것은 시인의 기독교적 신념에 의한 이데아의 세계를 구체화한 것이기도 하다.

일제의 포악한 탄압이 자행되던 식민체제 아래에서 박두진은 <향현>과 <묘지송> 등의 작품을 통해 일제 말기의 고압적이고 비인간적이고 잔혹한 억누름을 꿰뚫고 새로운 삶을 지향하려고 하였다. 그것은 기독교적인 세계관에서 비롯된 것으로 새로운 부활의 가능성을 그리고 있어 예언자의 낙관주의를 견지한다. 아울러 혜산의 태도는 <어서 너는 오너라>, <산과 산들을 일으키며> 등의 작품을 통해 투쟁의식을 나타내고 있어 적극적인 항일의 태도를 보여주고 있다. 이처럼 박두진의 초기시는 민족 암흑기의 고통의 현실을 바탕으로 하면서도 미래지향적인 의지를 자연을 매재로 한 시를 통하여 '있는 그대로의 자연' , '있어야 할 자연'으로 형상화하였다. 주목할 것은 혜산의 자연이 감상주의나 도피주의에 머물지 않고 밝은 미래의 전망이 제시된 것이며, 이로써 혜산의 자연이 갖는 독특한 의미가 있는 것이다.

다음으로는 중기시를 중심으로 박두진의 시세계를 살폈다.

박두진은 그의 초기시에서 식민지 현실의 모순과 부조리에 분노하면서도 기다림의 기쁨과 희망의 밝은 시세계를 추구했지만, 중기에 들어서면 그의 삶은 현실에 대한 갈등과 절규로 변한다. 중기시의 내용은 6・25라는 동족의 상잔에 따르는 비극과 독재에 저항한 젊은 학생들의 4・19 혁명 의지가 그 배경이 된다. 시인의 관심은 비극적이고도 모순된 현실인식과 더불어 인간사에 대한 분노로 시적 경향이 기울게 되는 것이다. 6・25의 상상할 수조차 없었던 동족상잔의 현실 속에서 인간이기 때문에 겪어야만 하는 고통과 좌절을 시로 형상화했으며, 4・19와 5・16을 거치면서 완전한 자유인으로서 서기까지 민주화의 어렵고도 험한 길을 제시하였다. 자연에서 인간에로의 전환은 시인의 시각을 고통과 세속적인 삶의 관심으로 집중시킨다. 이와 동시에 그 전환은 아울러 인류에의 기원과 인간에 대한 구도정신으로 나타나게 된다. 지상에서의 인간의 삶은 고통스럽고 무거웠으며, 인간이 처한 사회현실은 암담했다. 그러나 시인은 민족간의 끝없는 악순환의 원리를 부정하는 한편 희망찬 민족의 미래와 인류평화를 소망했다. 이 무렵 박두진의 시세계는 원형적인 동일성 회복을 지향하는 메시아 관념과 민족에 대한 영원한 자유와 평화의 실천적 의지가 나타난다. 그는 왜곡된 역사의 비극적 모순을 메시아의 재림을 기다리는 시정신과 민족을 사랑하는 마음으로 승화시키고자 하였다. 이 시기에 현실 참여의 시가 가장 두드러지며 현실의 고통을 극복하고자 하는 혁명가적인 저항의지를 강하게 보이고 있다.

끝으로 그의 후기시에 대해서 살펴보았다.

후기의 시세계는 그의 의식의 기저에 놓여 있던 기독교 사상이 신과의 만남으로 이루어진다. 자연과 인간과 신앙과의 삼위일체가 마침내 '신과의 만남'을 성취함으로써 합일되는 것이다. 특히 혜산이 전력을 기울였던 수석시는 이러한 삼위일체의 전형을 보여준다. 일제의 질곡에서 '해'가 솟아나는 이미지를 통해 광명의 세계를 갈구하고, 동족끼리의 다툼에서는 절대 구원과 평화의 길을, 4·19혁명을 전후해서는 현대의 죄악과 불의를 통렬히 비난하던 박두진이 마침내 절대의 사랑과 자유, 인류평화를 소망하며, 신과의 만남을 이룩하는 것이다. 혜산의 시의식은 태어난 세상이 모순과 고통에 가득 차 있음을 자각하고, 이와 더불어 창조주에 대한 무한한 경외와 더불어 상실된 낙원에 대한 회복을 지속적으로 희구한다. 그래서 그의 시 전반에는 삶에 대한 모순과 고통, 견딤과 극복이 자리하고 있으며, 예수의 부활을 기다리며 확신한다. 즉 생이 모순과 갈등에 차 있을수록 혜산의 시는 보다 강렬한 생명의 의지를 느끼고 한층 충만한 삶의 의욕으로 표상된다. 이는 생명에의 외경과 구원의 확신에서 오는 것이다. 이 시기에 있어 혜산의 시는 고도의 상징성을 간직하고 있음을 알 수 있다.

혜산의 가장 후기시는 수석에 관한 작품이다. 그에게 있어 자연은 실재적인 자연이 아니라 자연화, 생명화, 관념화된 자연이고, 그것의 결집이 바로 수석이다. 그는 인간과 신과의 관계에서 살아나는 자연, 자연과 인간과 신과의 전일(全一)한 만남을 바로 수석에서 찾아 낸 것이다. 수석에서의 만남과 인식의 문제는 수석의 발견에서부터 교감, 그리고 의미 부여로 확대된다. 천지창조의 신비적 조화와 우주 생성의 엄숙한 갈망이 수석에 담겨져 있다. 혜산은 시집 『수석열전』, 『속 · 수석열전』, 『수석연가』 등을 통해 자연이면서 예술품, 창조주가 만든 경이로운 존재물로서 수석의 세계를 발견했다. 그는 수석의 상상력을 바탕으로 하여 자연과 예술, 인간 — 자연 — 신의 합일을 추구하였으며, 이것이 하나로 응결 · 압축된 세계가 수석시였다.

이상으로써 장을 달리하여 박두진의 초기시, 중기시, 후기시를 모두 고찰해 보았다.

일제라는 어두운 시대에 태어나 민족의 수난을 빠짐없이 겪어야 했던 시인 박두진은 무력감에 빠져드는 감상적인 시는 지양한다. 부정적인 힘에 가리워진 시대를 살수록 힘의 시, 밝고 힘찬 기상과 종교적 신앙의 깊이를 더하는 시를 쓰고자 노력했음을 알 수 있다.

자연의 완전성을 추구하는 혜산의 시는 현실과의 관계를 직시하며, 왜곡된 역사적 현실의 위기와 어둠을 비판적으로 인식하고 있다. 따라서 그는 현실에 참여할 수 있는 자연인으로서의 위상을 견지하면서 역사의 위기에 처해서 우리 민족의 나아갈 이상적인 방법을 제시하고 있다. 그래서 일제강점기의 억압된 현실 속에서 그는 원초적이고 신성한 자연을 통해 민족의 기상을 우회적이고 힘있게 외쳤고, 나아가 절대자인 신을 통해 구원의 길을 제시하고자 했다. 이것은 그가 기독교시인 또는 크리스천으로서의 시인이라는 논지와는 근본적으로 다르다. 폭력적인 시대 상황에서 그가 천거할 수 있었던 것은 언어로써의 항거였으며, 이러한 시어를 좀더 심화, 확산할 수 있도록 보좌한 것이 경건한 신앙심이 발로가 되었다는 것이다.

아울러 혜산의 시에서 신앙성을 논하며 간과할 수 없는 사실은 그의 시가 종교적인 이념을 일관되게 추구하면서도 다른 한편으로는 삶의 현실에 대한 역사의식을 내면화해 갔다는 점이다. 이것은 그를 종교시인으로 규정할 수 없게 하는 중요한 단서가 되며 신앙이라는 목적이념을 앞세운 시가 아니라 시를 통한 종교적 승화를 추구했었음에 주지해야 한다.

초기시부터 그의 시 저류에 종교적인 색채가 항상 흐르고 있었지만, 후기에 올수록 그는 신과의 만남을 삶의 현실 속에 더욱 밀도있게 도모하고 있음을 알 수 있었다. 인간의 실존적 한계를 깊이 체험한 혜산에게는 초월적인 힘을 가진 절대자와의 신앙적 만남이 불가피했던 것이다.

다음으로 혜산 시의 구조에서 주목해야 할 점은 동어반복에서 보여지는 지속적인 긴장감과 그것이 주는 환상적인 세계의 묘사가 가능하다는 점인데, 이는 박두진 시를 구성하는 특유의 구조라 할 수 있다. 박두진은 그의 독특한 운율을 간직한 시인이다. 그의 시에 나타난 운율은 여러 편의 시를 놓고 가리려 할 때 혜산만의 뚜렷한 운율로 인해 쉽게 찾아낼 수 있다. 누구도 모방할 수 없는 그의 개성은 우리말의 흐름을 빠르면서도 유려하게, 또는 유장하게 배치하였다. 폭포처럼 강렬한 쏟아짐의 시어는 혜산의 저항의지를 더욱 강하게 표출한다. "삐이 삐이 배 뱃종!", "호오이 호오이", "워어이 워어이", "삐이 호이, 삐이 호이" 등의 의성어와 "이글 이글", "훨 훨 훨", 여릿여릿" 등 의태어의 적절한 사용은 우리말이 가진 소리를 더욱 풍부하게 한다. 때로 빠르게 때론 강하게, 때로는 유장한 혜산만의 운율을 창조하였기에 그의 시는 시대를 초월하여 남을 것이다.

그는 자연을 통해 구원의 세계에 이르고자 이상을 추구한 시인이면서, 일제와 6・25전쟁과 4・19혁명, 그리고 5・16과 유신정권을 거치면서, 힘과 미래지향적인 의식을 가지고, 신앙인의 자세를 견지한 채 현실을 바라보고, 그로부터 의식적 혁명의 완수를 기도했던 혁명적 시인이다. 또한 후기시에서 보여주듯 오묘한 수석 세계와의 대화를 통해 자연과 인간과 신의 완전한 합일을 추구하기도 하였다. 이러한 시적 변모의 다양성 속에서도 그가 창조한 것은 독특한 "혜산만의 목소리"였다. 그 목소리는 우뚝 솟은 청산, 이글이글 솟아오르는 태양처럼 힘차고, 표현력 왕성한 우리말의 노래였으며, 인간의 죄악을 준열히 꾸짖는 신의 노한 음성이기도 했다. 인간에 대한 사랑을 잃지 않았던 시인 혜산은 때로 따스한 서정의 목소리를 견지 한 것은 물론이다.

이러한 단계는 발전의 형태를 띠며 하나의 지향점을 향하고 있다. 그 지향점은 '생명력 넘치는 삶의 추구'였다. 박두진이 추구한 생명력 넘치는 삶의 범주 안에는 우주에 존재하는 모든 존재물이 제 각각의 의미소를 가지고 하나의 섭리 안에서 화해롭게 공존하는 큰 의미의 '삶'이 포함되어 있음을 간과할 수 없다. 약육강식의 논리를 힘있게 발설한 의미도 이러한 모순의 삶이 극복되어야 한다는 강한 전제가 있었기에 가능한 것이었다.

혜산을 자연파 시인만으로, 저항시인만으로, 종교시인만으로 규정한다면 부분으로 전체를 평가하는 오류를 범하는 것이며 다양성의 시인을 한 측면에서 보고 그 한 측면이 그 시인의 전부라고 고집하는 것이 될 것이다. 그의 자연에의 외경은 초기시에서 나타났다 그친 것이 아니라 시작업에 지속적으로 나타난 것처럼 민족과 인간, 신에 대한 관심과 사랑이 또한 시평생 일관되게 나타났다. 그러므로 그를 생명력 넘치는 삶을 추구한 시인이라고 규정하였다. 생명력 넘치는 삶을 추구하였다는 것은 시대마다 그 대상이 다를 수 있어도 우주 공간이 존재하고 만물이 존재하는 한 그 의미의 폭은 오히려 확대될 것이다. 혜산이 이러한 영원성의 시를 쓴 사실은 한국 현대시에 있어서 시의식의 폭과 깊이를 한층 넓혀 주었다는 시사적 의의를 가지며, 이로써 그의 시사적 위치는 더욱 확고해졌다 할 것이다.

| 참고문헌 |

1. 자료

박두진, 『박두진전집』(전10권), 범조사, 1982~1984.
______, 『박두진문학정신』(전7권), 신원문화사, 1996.
______, 『해』(시집), 청만사, 1949.
______, 『오도』(시집), 영웅출판사, 1954.
______, 『거미와 성좌』(시집), 대한기독교서회, 1962.
______, 『인간밀림』(시집), 일조각, 1963.
______, 『하얀날개』(시집), 향린각, 1967.
______, 『고산식물』(시집), 일지사, 1973.
______, 『사도행전』(시집), 일지사, 1973.
______, 『수석열전』(시집), 일지사, 1973.
______, 『속·수석열전』(시집), 일지사, 1976.
______, 『야생대』(시집), 일조각, 1977.
______, 『하늘까지 닿는 소리』(시집), 범조사, 1978.
______, 『포옹무한』(시집), 범조사, 1981.
______, 『빙벽을 깬다』(시집), 신원문화사, 1990.
______, 『폭양에 무릎 꿇고』(시집), 두란노, 1995.
______, 『시인의 고향』(수상집), 범조사, 1959.
______, 『생각하는 갈대』(수상집), 을유문화사, 1970.
______, 『언덕에 이는 바람』(수상집), 서문당, 1973.
______, 『하늘의 사랑 땅의 사랑』(수상집), 문음사, 1979.
______, 『그래도 해는 뜬다』(수상집), 어문각, 1986.
______, 『돌과의 사랑』(수상집), 청아출판사, 1986.

______, 『박두진 문학적 자화상』(수상집), 한글, 1994.
______, 『나 여기에 있나이다 주여』(신앙시집), 홍성사, 1983.
박두진, 『예레미야의 노래』(시선집), 창작과 비평사, 1981.
______, 『가시 면류관』(시선집), 종로서적, 1988.
______, 『가을절벽』(시선집), 미래사, 1991.
박목월 · 조지훈 · 박두진,『청록집』, 을유문화사, 1946.
____________________,『청록집 이후』, 현암사, 1968.
김동리 · 조지훈 · 김춘수,『청록집 · 기타』, 현암사, 1968.

2. 단행본

곽광수, 『가스통 바슐라르』, 민음사, 1995.
구중서, 『민족문학의 길』, 새밭, 1979.
권영민, 『한국현대문학사』, 민음사, 1993.
김동리, 『문학과 인간』, 백민출판사, 1948.
김봉군 외,『한국현대작가론』, 민지사, 1984.
김영수, 『기독교문학』, 신원출판사, 1977.
김열규, 『시적 체험과 그 형상』, 새문사, 1981.
김용직, 『정명의 미학』, 지학사, 1986.
______, 『변혁기의 시와 문화』, 서울대학교 출판부, 1992.
______, 『한국문학의 비평적 성찰』, 민음사, 1974.
______, 『한국현대시연구』, 일지사, 1991.
______, 『해빙기의 한국 시문학사』, 민음사, 1989.
______ · 박철희 편,『한국현대시작품론』, 문장, 1981.
김우창, 『궁핍한 시대의 시인』, 민음사, 1977.
______, 『지상의 척도』, 민음사, 1981.
김윤식, 『근대시와 인식』, 시와 시학사, 1992.

______, 『한국근대작가론고』, 일지사, 1974.
김윤식 · 김 현,『한국문학사』, 민음사, 1973.
김장호, 『한국현대시인비판』, 시와 시학사, 1994.
김재홍, 『한국대표시평설』, 문학세계사, 1983.
______, 『한국현대시인연구』, 일지사, 1986.
______, 『한국현대시인비판』, 시와 시학사, 1994.
김종길, 『진실과 언어』, 일지사, 1974.
김종철, 『시와 역사적 상상력』, 문학과 지성사, 1978.
______, 『현대문학과 기독교』, 현대사상사, 1979.
______, 『나의 칼은 나의 작품』, 민음사, 1975.
김준오, 『시론』, 문장사, 1982.
김춘수, 『시론』, 송원문화사, 1971.
______, 『의미와 무의미』, 문학과 지성사, 1979.
김해성, 『현대시인연구』, 진명문화사, 1990.
______, 『한국시론』, 진명문화사, 1975.
______, 『한국현대시비평』, 당현사, 1976.
______, 『한국현대시인론』, 금강출판사, 1973.
______, 『한국현대시문학사』, 형설출판사, 1974.
______, 『현대한국시인연구』, 대학문화사, 1980.
김현자, 『한국현대시 작품연구』, 민음사, 1988.
______, 『한국현대시사연구』, 일지사, 1987.
김희보, 『한국문학과 기독교』, 현대사상사, 1979.
______, 『기독교 문예사조사』, 종로서적, 1984.
문덕수, 『현대한국시론』, 이우출판사, 1980.
______, 『현대시의 해석과 감상』, 이우출판사, 1982.
박두진, 『시와 사랑』, 신흥출판사, 1960.
______, 『현대시의 이해와 체험』, 일조각, 1995.
______, 『한국현대시론』, 일조각, 1992.

박이도, 『한국 현대시와 기독교』, 종로서적, 1987.
박이문, 『시와 과학』, 일조각, 1990.
박철석, 『한국현대시인론』, 학문사, 1986.
박철희, 『현대시인론』, 형설출판사, 1982.
______, 『한국시사연구』, 일조각, 1980.
______ 편, 『박두진』, 서강대학교 출판부, 1966.
______ · 김시태 편,『현대시의 이해』, 문학과 비평, 1990.
박호영 · 이숭원,『한국시문학의 비평적 탐구』, 삼지원, 1985.
백기수, 『미학』, 서울대학교 출판부, 1979.
서광선, 『종교와 문학』, 이화여자대학교 출판부, 1981.
서정주, 『한국의 현대시』, 일지사, 1969.
송 욱, 『시학평전』, 일조각, 1964.
신동욱, 『문학의 비평적 해석』, 연세대학교 출판부, 1980.
______, 『문학의 해석』, 고려대학교 출판부, 1976.
______, 『우리시의 역사적 연구』, 새문사, 1984.
______, 『우리시의 짜임과 역사적 인식』, 서광학술사, 1993.
신상철, 『현대시와 님의 연구』, 시문학사, 1983.
신용협, 『현대한국시연구』, 국학자료원, 1994.
신익호, 『기독교와 한국 현대시』, 한남대학교 출판부, 1988.
양왕용, 『한국 근대시 연구』, 삼영사, 1982.
오규원, 『현실과 극기』, 문학과 지성사, 1978.
오세영, 『서정적 진실』, 민족문화사, 1983.
______, 『현대시와 실천 비평』, 이우출판사, 1983.
오탁번, 『현대문학산고』, 고려대학교 출판부, 1976.
유시욱, 『시의 원리와 비평』, 새문사, 1991.
유현종 외,『시의 이해』, 민음사, 1991.
윤재근, 『시론』, 도서출판 둥지, 1990.
______, 『한국대표시평설』, 문학세계사, 1983.

이강언, 『한국현대시의 이해』, 영남어문학회, 1987.
이건청, 『한국전원시연구』, 문학세계사, 1987.
이상섭, 『복합성의 시학』, 민음사, 1990.
이성교, 『한국현대시연구』, 과학정보사, 1985.
이숭원, 『근대시의 내면구조』, 새문사, 1988.
_____, 『한국현대시인론』, 개문사, 1993.
이승훈, 『문학과 시간』, 이우출판사, 1983.
_____, 『시론』, 고려원, 1982.
_____, 『한국현대시론사』, 고려원, 1993.
_____ 편저,『문학상징사전』, 고려원, 1995.
이영섭, 『신시론』, 우리문학사, 1994.
이운용, 『한국현대시인론』, 지평, 1990.
_____, 『한국현대시사상론』, 친우, 1986.
이인복, 『한국문학과 기독교사상』, 우신사, 1987.
_____, 『한국문학에 나타난 죽음 의식의 사적 연구』, 열화당, 1979.
이철범, 『현대와 현대시』, 문학과 지성사, 1979.
이형기, 『시와 언어』, 문학과 지성사, 1987.
장백일, 『한국현대문학론』, 관동출판사, 1984.
정영자, 『한국문학의 원형적 탐색』, 문학예술사, 1982.
정태용, 『한국현대시인론』, 어문각, 1976.
정한모, 『한국현대시문학사』, 일지사, 1974.
_____, 『현대시론』, 보성문화사, 1982.
_____ · 김재홍,『한국대표시평설』(증보판), 문학세계사, 1995.
정현기, 『한국문학의 사회사적 의미』, 문예출판사, 1986.
정현종, 『숨과 꿈』, 문학과 지성사, 1982.
조병춘, 『한국현대시사』, 집문당, 1980.
_____, 『한국현대시평설』, 태학사, 1995.
조신권, 『한국문학과 기독교』, 연세대학교 출판부, 1983.

조연현, 『한국현대문학사개관』, 정음사, 1974.
______, 『한국현대작가론』, 청운출판사, 1965.
______, 『한국현대작가연구』, 새문사, 1981.
조지훈, 『시의 원리』, 신구문화사, 1959.
조창환, 『한국현대시작품론』, 문장, 1981.
채규판, 『한국현대시비교시인론』, 탐구당, 1987.
최규창, 『한국기독교시인론』, 대한기독교서회, 1984.
최유찬, 『문예사조의 이해』, 실천문학사, 1995.
최재서, 『최재서평론집』, 홍문각, 1978.
하현식, 『한국시인론』, 백산출판사, 1990.
한계전, 『한국현대시론연구』, 일지사, 1983.
______, 『한국현대시해설』, 관동출판사, 1994.
홍문표, 『현대시학』, 양문각, 1991.
황동규, 『사랑의 뿌리』, 문학과 지성사, 1977.

3. 논문 및 평론

구 상, 「시인의 토양과 그 작업 - 유치환, 박두진」, ≪시문학≫, 1950. 1.
구중서, 「박두진 시집『고산식물』」, ≪창작과 비평≫, 1974. 9.
구창환, 「한국문학의 기독교사상연구」, ≪한국언어문학≫, 제15집, 1977.
기진오, 「한국 기독교 문학의 형성에 관한 연구」, 국민대 대학원 석사 학위논문, 1985.
김광섭, 「『청록집』을 읽고」, ≪민주일보≫, 1947. 7. 28.
김광협, 「단일소재와 시 표현의 다양성 -박두진의 「수석열전」속편을 중심으로」, ≪현대문학≫, 1976. 6.
김동리, 「삼가시와 자연의 발견」, ≪예술조선≫, 1948. 4.
김문직, 「시와 신앙 -박두진 시의 방향」, ≪세대≫, 1964. 6.

김상엽, 「현대시에 나타난 기독교적 영향」, 단국대 대학원 석사학위논문, 1975.

김소암, 「한국기독교 문학 연구」, 단국대 대학원 석사학위논문, 1975.

김시종, 「삼가시와 자연의 발견」,≪예술조선≫, 1948. 4. 8.

김열규, 「한국시가의 서정의 몇 국면」,≪동양학≫2, 단국대학교 동양학 연구소, 1972.

김영수, 「사막과 선인장」,≪현대문학≫, 1964. 10.

______, 「신학적 상상력」,≪한국문학≫, 1976. 2.

김완하, 「밝은 내일의 신념과 희망을 노래한 시인」≪문학사상≫, 1998. 2.

김용주, 「박두진 연구」, 국민대 대학원 석사학위논문, 1986.

김용직, 「초기 청록집의 세계에 대하여」,≪심상≫, 1974. 4.

______, 「박목월・조지훈・박두진-인간과 현실의 시」,≪심상≫, 1974. 4.

______, 「시와 신앙, 박두진의 경우」≪현대시학≫, 1974. 12.

김우창, 「한국시와 형이상」,≪세대≫, 1963. 6.

______, 「손 들어 표할 하늘 없는 곳에서」,≪문학사상≫, 1976. 4.

김용주, 「박두진 연구」, 국민대 대학원 석사학위논문, 1987.

김윤성, 「박두진론」,≪현대공론≫, 1953. 12.

김윤식, 「심훈과 박두진-황홀경의 환각에 대하여」,≪시문학≫, 1983. 8.

______, 「박두진론」,≪현대문학≫, 1970. 4.

김윤학, 「박두진 시≪해≫의 문체언어학적 고찰」,『박두진교수정년퇴임기념논문집』, 혜산기념문집간행회, 1981.

김응교, 「빛의 힘, 돌의 꿈-박두진의 상상력 연구」, 연세대 대학원 박사학위논문, 1997.

김일훈, 「박두진시론」,≪현대문학≫, 1972. 6.

김재홍, 「가시면류관, 또 거듭나기」, 박두진 시선집『가시면류관』해설, 종로서적, 1988.

______, 「자기 극복과 초인에의 길」,≪현대시≫, 1984. 여름호.

김정순, 「한국현대시에 나타난 낙원사상고 - 서정주와 박두진을 중심으로」,≪인간과 미래≫, 1976. 12.

김종길, 「견고에의 집념」,≪창작과 비평≫, 1968. 여름호.

김종철, 「시와 역사적 상상력」,≪창작과 비평≫, 1978. 봄호.

김주연, 「한국현대시와 기독교」,≪기독교사상≫, 1984. 9.

김춘수, 「자유시의 전개」,『청록집 · 기타』, 현암사, 1968.

______, 「두 개의 '적막'사이 -박목월과 박두진의 시적 현주소 ≪심상≫, 1977. 2.

______, 「청록집의 시세계」,≪세대≫, 창간호, 1963. 6.

______, 「청록집 천지」,≪신세계≫, 창간호, 1964.

김하태, 「현대문학과 기독교 전통」≪기독교사상≫, 1961. 8.

김현승, 「나의 시작생활 20년」,≪현대문학≫, 1958. 4.

김홍기, 「박두진에 나타난 기독교 사상 고찰」, 호남대 대학원 석사학위 논문, 1993.

김희보, 「시인과 하나님」,≪기독교사상≫, 1980. 11.

나완식, 「혜산 박두진 시연구」, 경원대 대학원 석사학위논문, 1996.

민병기, 「청록파 시의 혈연성」,『어문논집』, 고려대 국어국문학연구회, 1982.

박근영, 「박두진의 시정신 소고」,『상명여대 논문집』, 1983.

박두진, 「시와 시의 양식」,≪문장≫, 1940. 1.

______, 「기독교 시와 한국의 현대시」,≪현대시학≫, 1964. 10.

______, 「'해'론」,≪문학사상≫, 창간호, 1972 · 10.

______, 「시의 운명」,≪문학사상≫, 1972. 10.

______, 「영원한 시대 당대의 시」,≪현대시학≫, 1964. 3～4.

______, 「초시기의 저변」,≪월간문학≫, 1970. 10.

______, 「시의 본질과 기능」,≪시문학≫, 1978. 3.

______, 「40년대 박두진의 문학 서한」,≪문학사상≫, 1981. 3～4.

______, 「시와 그 지향」,≪현대 문학≫, 1991.

______, 「기려의 역정」,≪조선문학≫, 1996. 7.

______, 「꿈에서, 눈물에서, 피에서 한꺼번에 터진 시의 봇물」,≪문예창작≫, 1983. 7.

______, 「시쓰기와 시」,≪문학사상≫, 1982. 9.

______, 「수석미 · 예술미」,≪현대시학≫, 1976. 10.
박양균, 「기도의 양상 -박두진론」,≪시와 비평≫, 1956. 2.
박이도, 「예언자의 포효 -박두진론」,≪기독교사상≫, 1981. 4~9.
______, 「한국현대시에 나타난 기독교 의식 -윤동주 · 김현승 · 박두진의 시를 중심으로」, 경희대 대학원 박사학위논문, 1984.
박진환, 「내연의 불꽃 그 꽃잎의 미학」,≪현대시학≫, 1974. 6.
박철석, 「청록집시론」,≪시문학≫, 1973. 3.
______, 「한국현대시에 나타난 자연관」,≪현대시학≫, 1976. 2.
______, 「목월과 두진의 시」,≪현대문학≫, 1978. 2.
______, 「청록파 시인의 자연사상」,『수련』, 제8집, 부산여대, 1973. 12.
______, 「지훈과 돌의 미학」,≪현대문학≫, 1976. 8.
박철희, 「신앙과 현실인식 -박두진의 시역노정」,≪문학과 지성≫, 1972. 10.
______, 「갈등과 해소의 방법」,≪문학사상≫, 1982. 9.
______, 「청록파연구」,『동양문화』, 제14 · 15호, 영남대학교, 1974.
______, 「청록파연구Ⅱ」,『국문학논문선9』, 민중서관, 1977.
______, 「영원에 대한 동경, 종교에의 귀의 - 박두진의 시세계」,≪소설문학≫, 1981. 11.
______, 「박두진 시작품의 정체」,≪조선문학≫, 1996. 7.
______, 「서정적 자아와 신앙적 자아 -수석열전의 세계」,≪현대문학≫, 1974. 1.
______, 「수석의 현상학」,『박두진 문학전집』제10권, 범조사, 1981.
______, 「자연과 인간, 그리고 신」,≪문학사상≫, 1998. 2.
박춘덕, 「한국기독교시에 있어서 삶과 신앙의 상관성 연구」, 부산대 대학원 박사학위논문, 1993.
박태욱, 「한국 현대시의 기독교사상」,고려대 대학원 석사학위논문, 1983.
박태진, 「박두진 영역시집 소감」,≪현대문학≫, 1972. 2.
배형우, 「청록파 시인의 자연관 연구」, 동아대 대학원 석사학위논문, 1979.
서수원, 「청록집의 시 대비 연구」, 경남대 대학원 석사학위논문, 1985.
신규호, 「한국기독교문학고」,≪시문학≫, 1986. 7~8.

신대철, 「박두진의 수석시의 근원과 인간의 한계」『어문학』, 제1집, 국민대학교, 1982.
______, 「박두진 연구Ⅱ - 초기시와 수석연작시와 비교」,『어문학』, 제2집, 국민대학교, 1983.
______, 「박두진 연구Ⅲ」,『어문학』, 제3집, 국민대학교, 1984.
______, 「박두진 연구Ⅳ - 포옹무한을 중심으로」,『어문학』, 제4집, 국민대학교, 1985.
______, 「인간과 무한한계」,『박두진전집』제4, 5권, 범조사, 1982.
신동욱, 「시에 있어서 저항과 지속의 의미」,≪조선문학≫, 1996. 7.
______, 「역사에 있어서 결핍과 충족의 변증법」, 『박두진 전집』7권, 범조사, 1983
______, 「해와 삶의 원리」,『박두진전집』제2권, 범조사, 1982.
______, 「견결한 의지와 자연과의 융합」,≪서평문화≫, 1996. 여름호.
신용협, 「박두진의 시 연구」, 고려대 대학원 석사학위논문, 1977.
신익호, 「한국현대기독교시연구」, 전북대 대학원 박사학위논문, 1987.
심재욱, 「한국현대시인의 자연관」,『한국어문학연구』제10집.
안수환, 「기독교시와 물리적 대상 - 박두진의 '포옹무한'을 중심으로」,≪현대시학≫, 1980. 1.
______, 「다형문학과 기독교」,≪시문학≫, 1977. 3~4.
양광용, 「'청록집'을 통한 삼가시인의 작품연구」, 경북대 대학원 석사학위논문, 1969.
오동춘, 「빛의 시인 박두진론」,『연세어문학』, 9·10합집, 1977.
______, 「혜산 박두진론」,『국어국문학』85호, 국어국문학회, 1981.
오세영, 「이미지 구조론」,『현대문학연구』제11집, 서울대학교 문리대, 1970.
우미자, 「박두진 연구」, 원광대 대학원 석사학위논문, 1983.
유시욱, 「복잡성과 일관성에 얽힌 불사조의 이야기」, 박두진 시선집 『가을절벽』해설, 미래사, 1991.
______, 「불의 생명미학」, 박두진 시집『빙벽을 깬다』해설, 신원문화사, 1990.
이동주, 「박두진」,≪현대문학≫, 1976. 10.

이상섭, 「포옹무한, 그 모순의 극복」,『박두진전집』, 제6권, 범조사, 1982.
이승하, 「한국기독교적 시의식 연구」,≪현대시학≫, 1974. 5.
이운용, 「자연의 의미와 기독교시」,≪월간문학≫, 1987. 11.
______, 「한국기독교시 연구」, 조선대 대학원 박사학위논문, 1988.
이유경, 「두진선생과 목월선생의 신작」,≪현대시학≫, 1971. 6.
______, 「박두진의 사도행전」≪현대시학≫, 1973. 3.
______, 「수석과 시의 일체화 -박두진 시집 '수석열전'의 세계」,≪현대시학≫, 1974. 5.
이유식, 「박두진론」,≪현대문학≫, 1965. 11.
이중구, 「한국 기독교 시인의 시에 나타난 사상」, 서울대 대학원 석사학위논문, 1977.
이철영, 「청록집 시연구」, 숭전대 대학원 석사학위논문, 1983.
임승빈, 「청록파 시연구」,청주대 대학원 석사학위논문, 1982.
임영빈, 「한국기독교문학이란」,≪기독교사상≫, 1959. 5.
임정아, 「박두진 시의 기독교사상」,『중앙대 어문론집』, 제12집, 1977.
장백일, 「고독속에서 찾는 시정신」,『박두진교수정년퇴임기념논문집』, 혜산기념문집간행회, 1981.
______, 「원죄를 끌고 가는 고독」,≪현대문학≫, 1969. 5.
______, 「고독 속에서 찾는 구도」,≪기독교사상≫, 1976. 8.
장일우, 「박두진론」,『청록집 · 기타』, 현암사, 1968.
전봉건, 「박두진의 연작시」,≪현대문학≫, 1971. 6.
정공채, 「자유와 사랑 -박두진의 마의 늪」,≪심상≫, 1974. 9.
정지용, 「시선후」,≪문장≫, 1939. 6.
정태용, 「박두진론 -현대시인연구 2」,≪현대문학≫, 1970. 4.
정한모, 「청록파의 시사적 의의」,『청록집 · 기타』, 현암사, 1968.
정현기, 「박두진론 -심상구조의 뜻 갈래와 그 핵심」,『연세어문학』, 9 · 10합집, 1977.
조남기, 「기독교문학론」,≪기독교사상≫, 1978. 9.

조연현, 「성신에의 신앙 - 박두진론』,≪해동공론≫, 1949. 3.
차한수, 「내면의식의 성찰」,≪현대시학≫, 1982. 6.
최일수, 「박두진의 '아 민족'」,≪현대문학≫, 1970. 3.
최재선, 「초월과 지향, 그 역설적 미학」,≪문예한국≫, 1996. 여름호.
최창록, 「청록파에 있어서의 자연」,≪현대문학≫, 1976. 10.
하현식, 「지사의식과 신앙적 희구」 상 · 하,≪현대시학≫, 1984. 6~7.
함홍근, 「청록파 작품의 비교 분석적 연구」, 중앙대 대학원 석사학위논문, 1982.
홍신선, 「상승과 초월의 변증법」,『한국현대시문학대계』, 지식산업사, 1983.
황금찬, 「한국문학에 투영된 기독교 사상」,≪한국문학≫, 1986. 2.

4. 외국서적

Abrams, M.H., *The Mirror and the Lamp*, Oxford University Press, 1971.
Bachelard, G., *L'Eau et les rêves*, 미가림 역,『물과 꿈』, 문예출판사, 1983.
Bachelard, G.,, *La Poétique de la reverie*, 김현 역,『몽상의 시학』, 기린원, 1995.
Brooks, C., & Warren, A., *Understanding Poetry*, New York, Holt Rinehart & Winston, 1976.
Frye, N., *The Anatomy of Criticism*, 임철규 역,『비평의 해부』, 한길사, 1985.
Hohoff, C., *Wasist Christliche Literatur?*, 한승홍 역,『기독교 문학이란 무엇인가?』, 두란노서원, 1986.
Jung, C.G., *The Archetypes and The collective Unconsciousness*. New York: Bollingen Foundation Inc., 1959.
Kierkegaard, S.A., 박환덕 역, 『죽음에 이르는 병』, 범우사, 1975.
Lacan, J., 권택영 역,『욕망이론』, 문예출판사, 1994.
Marcel, G. 외, 이경식 역,『기독교와 현대사상』, 현대사상사, 1980.
Richards, I.A., *Principles of Literary Criticism*, London, Routledge & Kegan Paul, 1955.
Tate, A., *On the Limits of Literature*, 김수영 · 이상옥 공역, 『현대문학의 영역』, 중앙

문화사, 1962.

Wellek, R. & Warren, A., *Theory of Literature*, Harmondworth, Penguin Books, 1970.

Woodhouse, A.S.P., *The Poet and his Flaith*, Chicago Univ. Press, 1965.

| 작가연보 |

1916년 3월 10일 경기도 안성군 안성읍 봉남리 360번지에서 부친 박기동(1870～1947)과 모친 서병권(1880～1951)의 4남으로 출생.

1924년 경기도 안성군 보개면 동신리(고장치기) 220-7번지로 이사

1933년 서울 창전동으로 이사

1939년 6월 <향현>, <묘지송>, 9월 <낙엽송>, 1월 <의>, <들국화>등의 작품이 정지용 시인에 의하여 ≪문장≫지에 추천.

1940년 <의>, <들국화>(≪문장≫1), <나의 하늘은 푸른 대로 두시라> (≪문장≫9), <설악부>(≪문장≫11), 논문 「시와 시의 양식」(≪문장≫4)

1941년 <꽃구름 속에>(≪문장≫4)

1946년 6월 조지훈, 박목월과 공저로 『청록집』(을유문화사) 간행.

1947년 <바다로>(≪백민≫2)

1948년 <상조>(≪백민≫5)
5월 한국청소년문학가협회 시부위원장 역임.

1949년 5월 시집 『해』(청만사) 간행, <가을>(≪백민≫5), <햇볕살 따실 때에>(≪학풍≫2), <산아>(≪민성≫5), <비둘기>(≪백민≫5), <해변>(≪문예≫8), <별따신 하늘 아래>(≪문예≫10)전국문화전체총연합회 중앙위원.

1950년 <한 아름 해당 꽃이 솟을 때마다>(≪문예≫1),
<숙에게>(≪문예≫3), 별을 지고(≪문예≫전시판)

1951년 <부활절 별편>(≪신천지≫3)

1952년 <섬에서>(≪문예≫1)
공군 종군작가6(창공구락부) 복무.

1953년 <개선도>(≪신천지≫6), <학>(≪문화세계≫7)

1954년 <어느 벌판에서>(≪신천지≫1)
6월 시집 『오도』(영웅출판사) 간행.

1955년 <아이를 재운다>(≪현대문학≫4), <푸르름을 마신다>(≪문학예술≫10), <기원>(≪여원≫11), <대추나무와 별>(≪현대문학≫11)
4월 연세대학교 전임강사로 취임,『박두진 시선』(성문관) 간행.

1956년 <돌의 노래>(≪문학예술≫4), <나무>(≪문학예술≫7), <아가야>(≪신태양≫9), <바다와무덤>(≪현대문학≫9), 논문「1955년도 시단 총평」(≪현대문학≫1) 6월 아세아 자유문학상 수상.
한국문학가협회 시분과위원장.

1957년 <갈보리의노래>(≪문학예술≫4),<갈릴리의서정>(≪신태양≫6), <아내를 위한 자장가>(≪현대문학≫9),<볼을 댄다>(≪사상계≫10), <시인 공화국>(≪현대문학≫11)

1958년 <그때서야 비로소 너는>(≪사상계≫1), <조춘연음>(≪현대문학≫3), <산맥을 간다>(≪사조≫6), <봄에의 격>(≪현대문학≫6), <기빨에 대하여>(≪사상계≫7), <거미와 성좌>(≪현대문학≫10), <영원행>(≪자유공론≫12)

1959년 <조용한 선언>(≪사상계≫5), <전율의 수목>(≪자유공론≫9), <바다의 영가>(≪현대문학≫11), <심연송>(≪사상계≫12)
4월 연세대학교 조교수.
10월 수상집 『시인의 고향』(범조사) 간행.

1960년 1월 시론집 『시와 사랑』(신흥출판사) 간행.
10월 연세대학교 교수직을 사임.
<인간밀림>(≪현대문학≫1), <무제>(≪현대문학≫4), <우리들의 기빨을 내린 것이 아니다>(≪사상계≫6), <바다가 바라뵈는 언덕의 풀밭>(≪문예≫6)

1961년 4월 이후 1965년 2월까지 대한감리회 신학대학, 한양대, 동덕여대, 건국대 등에 출강.
4월 시집 『거미와 성좌』(대한기독교서회) 간행.
<근작3제>(≪현대문학≫2), <항아리>(≪현대문학≫4), <산이 좋다>(≪자유문학≫4 · 5합병호), <해변의 사자>(≪사상계≫6), <상한 장미

>(≪현대문학≫8)

1962년 8월 『한국전래동요독본』(을유문화사) 간행.
<웅>(≪현대문학≫2), <고원>(≪사상계≫3), <자는 얼굴> (≪현대문학≫7), <계절>(≪신사조≫10), <고독의 강>(≪사상계≫11)

1963년 3월 제12회 서울시 문화상 수상.
4월 오화섭, 장덕순 교수와 공저로 수상집 『교수와 돌이와 시인의 증언』(어수각) 간행.
8월 시집『인간밀림』(일조각) 간행.
<장미가 날개 속에>(≪현대문학≫1), <강2>(≪세계≫6), <너>(≪현대문학≫8), <자는 얼굴4>(≪사상계≫12)

1964년 <내 손의 이 붉은 피는>(≪사상계≫3), <월인영가> 외5편(≪세계≫6), <절정>(≪문학춘추≫6), <해일> 외1편(≪현대문학≫8), 논문「한국현대시의 형성과 체험」(≪문학춘추≫4)

1965년 <아 동해 우리바다>(≪경향신문≫1. 1), <아가>(≪사상계≫2), <장미>(≪주부생활≫5), <김윤경선생> 외3편 (≪현대문학≫5), <미족의 역사>(≪사상계≫8)<잔내비>(≪현대문학≫12), 고려대학교(전 우석대학교) 조교수와 부교수 취임.

1966년 <신생의 노래>(≪신아일보≫1. 1), <종아리>(≪문학≫6), <하일 · 어린 것들>(≪세대≫8), <장미집 오제>(≪현대문학≫8), <남해습유 3제>(≪현대문학≫11)

1967년 <이 기원을>(≪경향신문≫1. 1), <부활>(≪한국일보≫3. 26), <섭리>(≪동서춘추≫6), <7월의 편지(≪조선일보≫7. 6), <천로역정>(≪현대문학≫10), <강>(≪신동아≫11), <해>(≪현대문학≫12), 12월시집『하얀날개』(향린각) 간행.

1968년 <예루살렘의 나귀>(≪사상계≫1), <고산식물> (≪현대문학≫8), <변산내해 · 우천> 외5편(≪현대문학≫10)
11월 시선집 『청록집 · 기타』, 『청록집 · 이후』(현암사) 간행.

1969년 <학>(≪신동아≫1), <상>(≪중앙≫4), <날아가버린 새>(≪현대문학≫

5), <사도행전 · 자장가 · 개선 · 언덕의 바다 · 성> (≪세대≫8), <그강가>(≪신동아≫8), <인간적>(≪월간문학≫10), 논문「전통적 서정방법과 반전통과 서정방법」(≪현대문학≫1), <우주논리>(≪현대문학≫3)

1970년 1월 수상집 『생각하는 갈대』(을유문화사) 간행.
3월 시론집 『한국현대시론』(일조각) 간행.
3월 이화여자대학교 부교수로 취임.
3월 3 · 1문화상 예술상 수상.
<향가>(≪현대문학≫2), <바람에게>(≪월간중앙≫2), <날개>(≪현대시학≫4), <얼굴>(≪신동아≫8), <별 밭에 누워>(≪현대문학≫10), <가을나비>(≪월간중앙≫12)
논문 「서술성의 거부와 감상성의 거부」(≪현대문학≫1), <북향>(≪월간문학≫3), <주제적 진실과 표현의 진실>(≪현대문학≫3), <형상과 상징과사상>(≪현대문학≫3), <시의 심도>(≪현대문학≫9)

1971년 10월 영역 선시집『Sea and Tomorrow』(박대인 역, 일조각) 간행.
<연가>(≪월간문학≫1), <아,민족>(≪현대문학≫4), <난에게>(≪세대≫4), <사도행전>(≪현대문학≫6～12), <밤에>(≪월간문학≫8), <바다로간다> 외4편(≪시문학≫9), <별들의 묵계>(≪창조≫10) 논문 「인간의 체험과 민족의 체험」(≪현대문학≫1), <시의 음악성>(≪현대문학≫2), <개념과 감각의 사이(≪현대문학≫3), <시의 본질과 기능>(≪문학과 지성과 봄), <시련의 상속과 저력의 귀결> (≪월간문학≫4)

1972년 9월 연세대학교 교수로 취임.
<수석열전>(≪시문학≫10～79. 6), 논문「가변과 불변」(≪시문학≫3)

1973년 4월 수상집 『언덕에 이는 바람』(서문당) 간행.
4월시집 『고산식물』, 『사도행전』, 『수석열전』(일지사) 간행.
12월 시론집 『현대시의 이해와 체험』(일조각) 간행.
<새들의 사랑>(≪시문학≫8)

1976년 9월 대한민국 예술원상 수상.
10월 시집 『속 · 수석열전』(일지사) 간행.

1977년 10월 시집 『야생화』(일지사) 간행.

1979년 4월 수필집 『하늘의 사랑 땅의 사랑』(문음사) 간행.

1981년 8월 연세대학교 교수직 정년 퇴임.

9월 단국대학교 초빙교수로 취임.

12월 시집 『포옹무한』(범조사) 간행.

1982년 <베드로・형이상・떨어져내리는 꽃>(- 꺼지지 않는 횃불로 - ≪창작과 비평≫)

5월 시선집 『나 여기에 있나이다 주여』(홍성사) 간행.

4월~1984년 2월 『박두진전집』(시부문 전10권)(범조사) 간행.

1983년 11월 시선집 『청록시집』(정음문화사) 간행.

『한국현대시문학대계』<박두진>(지식산업사) 간행.

1985년 8월 단국대학교 초빙교수 퇴임.

1986년 3월 추계예술대학 전임대우 교수 취임.

4월 수상집 『돌과의 사랑』(청아출판사) 간행.

8월 수상집 『그래도 해는 뜬다』(어문각) 간행.

12월 시선집 『일어서는 바다』(문학사상사) 간행.

1987년 3월 시선집 『불사조의 노래』(해원출판사) 간행.

1988년 시 <서한체>(≪현대문학≫11)

10월 제2회 '인촌상' 수상. (문학상)

1989년 5월 제1회 '지용 문학상' 수상.

12월 시선집 『서한체』간행. (제1회 지용 문학상)

1990년 4월 시집 『빙벽을 깬다』(신원문화사) 간행.

1991년 3월 산문전집・수필① 『햇살, 햇볕, 햇빛』(대원사) 간행.

1993년 10월 한글학회 '외솔상' 수상.

1994년 9월 수상집 『문학적 자화상』(도서출판 한글) 간행.

1996년 1월 『박두진 문학정신』(신원문화사) 간행.

1998년 9월 16일. 영면.

경기도 안성군 보개면 기좌리 선산에 묻힘.

찾아보기

ㅊ…………

ㅋ…………

박두진의 생애와 문학

인쇄일 초판 1쇄 2003년 01월 22일
2쇄 2015년 07월 21일
발행일 초판 1쇄 2003년 02월 03일
2쇄 2015년 07월 22일

지은이 임 영 주
발행인 정 찬 용
발행처 국학자료원
등록일 1987.12.21, 제17-270호

서울시 강동구 성내동 447-11 현영빌딩 2층
Tel : 442-4623~4 Fax : 442-4625
www. kookhak.co.kr
E- mail : kookhak2001@hanmail.net
ISBN 978-89-541-0009-0 *93810
가 격 13,000원